新潮文庫

赤猫異聞

浅田次郎著

新潮社版

10141

赤猫異聞

記

明治八年五月二十八日　東京第三大区六小区市《いち》ヶ谷《や》谷町旧備中松山板倉家下屋敷跡
地ニ市ヶ谷監獄署ヲ設置致シ　旧来ノ伝馬町牢屋敷《てんまちょうろうやしき》囚人ヲ収監ス
就而《ついて》ハ牢屋奉行石出《いしで》帯刀《たてわき》家所掌ノ書類一切　司法省ニ移管スルモ　御一新時ノ混乱ニ
於《おい》テ不備空白ノ部分有之付《これあるにつき》　旧役人科人《とがにん》等関係者召喚ノ上　各々《おのおの》事情ヲ聴取ス
尚《なお》本件ハ太政官《だじょうかん》ノ御内達ニ依《よ》リ「後世司法ノ参考ト為《な》ス」迄而《までにて》　記録一切ハ公文書ニ
非《あら》ス
異聞風説ノ類《たぐい》ト承知置可事《べきこと》

明治八年八月朔日《ついたち》
市ヶ谷監獄署典獄　笹山伊三郎
同　書記　飯塚康

一、旧伝馬町牢屋敷同心　中尾《なかお》新之助《しんのすけ》証言

嘉永《かえい》二酉年《とりどし》生二十七歳　現職市ヶ谷監獄署吏員

明治元年暮の火事につきましては、今もよう覚えておりまする。

赤猫、と申されますか。まあ、そう言われてわからぬでもないが、赤猫などと称するは芝居《しばや》講談の類《たぐ》いで、正しくは「解き放ち」と申しました。

そもそも「赤猫」は放火犯の俗称、総じて火事を指します。しかるに伝馬町牢屋敷《てんまちょうろうやしき》におきましては、火の手が迫った際の「解き放ち」をそう呼んでおりました。

むろん囚人どもの符牒《ふちょう》でございますよ。私ら役人がまかりまちごうて「赤猫」などと口にしようものなら、上役からこっぴどく叱《しか》られたものです。

たとえいかなる極悪人でも、火事で焼き殺すは余りに不憫《ふびん》というわけで、鎮火ののちはいつ幾日《いっか》、どこそこに必ずや戻れと厳命して解き放つ。戻ってくれば罪一等を減じ、戻らぬ者は草の根分けても探し出して磔《はりつけ》獄門、という次第になります。

赤い獄衣を着た囚人どもが、これ幸いと猫のように逃げ出すゆえの「赤猫」じゃ、などと耳にした覚えがありますが、とんだ俗説でございますな。なぜなら赤い獄衣は明治のこっちの話でして、旧幕時代のものは浅葱《あさぎ》木綿と定《き》まっておりましたゆえ。猫の赤い舌のようにちろちろと炎の立つさまを、そのように称したのではありますまいか。火の手がよほど迫ってこなければ、解き放ちはいたしませぬ。高さ一丈五尺の練塀の上、幅六尺の濠《ほり》の向こうまで火がきて、いよいよ石出《いしで》帯刀《たてわき》様のご英断と相成るのです。たしかに、あの戊辰《つちのえたつ》の年の瀬の解き放ちの折には、私も練塀の上にちろちろと出入りする猫の舌を、この目で見たように思いまする。

正直のところを申せば、解き放ちはいかにも芝居がかった、伝馬町牢屋敷の華のごときものでございました。火事と喧嘩《けんか》が江戸の華ならば、その華の中の華でございますな。

なにしろ私らは、どう精進したところで出世も御役替えもありえぬ不浄役人なのです。二十俵二人扶持《ぶち》というお代物《だいもつ》も、まずその下はありますまい。代々牢屋預りを務める石出帯刀様ですら、身代は三百俵十人扶持の御目見得以下でございました。その石出帯刀様はじめ配下の同心六十人は、名目上いわゆる一代抱《かかえ》の分限ではあっても、手代りの侍などいるはずはないから、つまるところは父子永代の不浄役人とされておりました。

そうした私どもが、石出様の号令一下、悪人の命も人の命と信じて解き放ちを致すわけですから、これを華と呼ばずに何としましょう。

ところで、その解き放ちの事例がどれくらいあったかというと、まず明暦三年の振《ふり》袖《そで》火事から始まって、近くは天保十五年六月晦日《みそか》までのつごう十一度。ばんたびのように思えても、実は百八十余年の間でございますから、おのれの出役中に一度あるかなきか、という話になる。

不謹慎ではございますが、老役が自慢げに語る天保の解き放ちから指折り算《かぞ》えて二十四年、同じ辰の年でもあるし、そろそろ出番がかかってもよかりそうなものだというのが、あの明治元年における牢屋同心たちの、ひそかな胸のうちでありました。

さて、それにつけてもあの明治元年と申すは、まことわけのわからぬ、妙ちくりんな年でございましたな。

少々不敬にあたる話となるやもしれませぬが、あの解き放ちを語る上ではなおざりにできぬ背景ゆえ、黙ってお聞き下され。

典獄《てんごく》様や司法省のお役人方々は、およそ旧幕のご家来ではござりますまい。たしか書記の飯塚様は御旗本のご出自でしたな。ならば都合がよい。聞き手はようわからずとも、語り手と書き手がわかっておれば、きちんと記録に残せましょう。

慶応が明治に改元されましたのは、あの年の九月八日。天朝様の江戸入りが十月十三日。これらは新時代を奉祝したる記念の日ゆえ、私も胸に刻んでおりまする。

しかし困ったことには、将軍家はすでにその一年も前に大政を奉還なされておられましてな。ただの大名におちぶれたのであれば、江戸八百八町は広すぎる。ましてやそののちの画策もうまく運ばずに、まるで先行きが見えぬのだから、市中取締りや私ら町方のことなどに手が回るはずもない。

それでもまあ、二百七十年も続いた制度の有難さで、私どもはわけもわからぬままに従前通りのお務めを果たしておりました。一体全体、幕府などは無《の》うなっておるのに、牢屋敷を切り回すだけの銭金はどこから出ていたのでしょうな。同心六十人に小者下男《しもおとこ》を合わせればつごう百人ばかり、給金だけでもたいそうなものでしょうが、私どもは役人というよりも石出家の郎党使用人のようなものでしたから、すべては石出帯刀様の懐《ふところ》から出ていたのでしょう。

なにしろ江戸開府のころに召し出されて以来、手代りのない一途《いちず》な御役目などほかにはございますまい。お務めが不浄な分だけ実入りはございましたろうし、なに百人の家来ぐらい当分は食わしてやるわい、という豪気でしょうか。

あの当座は、やれ王政復古だの新政府だのと申しましても、こんな具合に何もかもが様変わりするなどとは夢にも思うていない。公方《くぼう》様と天朝様が入れ替わるだけ、頭がすげ替わるだけだと、私ども下役人は高を括《くく》っていたのです。

そうした次第で、天朝様が明治元年の十月に江戸入りなされた折は、ホッとしたものでした。しかるに、新政府の役人がやってきてこれこれのお下知《げじ》を賜るのかというと、あんがいなことにそれもない。いくどか来るには来たが、赤熊《しゃぐま》の冠《かむ》りものにダンブクロをはいた薩州《さっしゅう》人は威丈高なうえに言葉が通じぬ。そのうちおたがい面倒くさくなったとみえて、お下知のないまま従前通りの御役目を続ける、というふうになったのでしょう。

そんないいかげんな話がいつまで続くとも思えぬが、まずはとりあえず従前通り、追って沙汰《さた》する、というところですな。

そうこうするうち、明治元年の師走《しわす》のかかりでしたろうか、天朝様が京都にお帰りになられてしまわれまして、あまりにふいの話でございましたから、お中帰《なかがえ》りと言われてもにわかには信じられぬ。これは公方様が巻き返して、元の徳川の世に戻るのではないかと申す者もおり、いや江戸が見捨てられて京か大坂に都をこしらえるのだという噂《うわさ》も立ち、私どもは四百《しひゃく》人からの囚人を牢屋に抱えたまま、まこと往生したものでございました。

明治元年暮の大火と解き放ちは、そのような心もとなき中で出来《しゅったい》したのであります。

背景はそれくらいでようございましょう。あとは、肝心要《かなめ》の舞台の様子が必要でしような。

俗に「伝馬町の牢屋敷」と申しますところは、日本橋と神田を分かつ濠割の南ッ河《か》岸《し》にございまして、往時の江戸の繁華街といえば、まず日本橋から筋違橋《すじかいばし》に至る町筋、それと浅草御門から常磐橋《ときわばし》に通ずる本町通りと定まっておりまして、まあそうした大商業地のまんまん中に、江戸市中の悪人どもをごっそり収監する牢屋敷があったというのは、つい先日までのこととは申せ不用心にも程がある。

あたりにはみっしりと商家や町家が詰まっておりまして、大きな寺も武家屋敷もござりませぬ。牢屋敷の東側の道は、かの赤穂《あこう》浪士の吉良《きら》邸討入りの帰路に当たっていたという話でありました。

そこに敷地二千六百余坪、練塀と濠とをぐるりに繞《めぐ》らした牢屋敷が建っていたのです。天保末年の大火で丸焼けになったあとの普請《ふしん》ですので、どこもかしこもまだまだしっかりとした建前でございました。

その敷地のうちの南側に、石出帯刀様の御屋敷もございましてな、私ども牢屋同心はその御屋敷内の長屋に住もうていたのです。

そこから内塀を隔てた向こうが牢屋でして、まず身分にやかましい時代の話ですので、格別の士分を入れる揚《あがり》座敷の牢があり、百姓牢があり、女牢があった。ちなみに百姓牢と申しますのは、何も百姓ばかりが入れられておるわけではなく、人別のはっきりとした百姓町人が入るのであります。

いわゆる大牢と申しますのは、それらとはまた内塀を隔てておるのです。

東西の縦に長い、すこぶる大きな建物でして、真ん中あたりの入口の近くに揚屋《あがりや》という座敷牢があり、これは別棟の揚座敷とはちがいます。士分でも軽輩の者、または坊主《ぼうず》、神主、医者等が入ります。諸大名の陪臣《ばいしん》もよほどのお高知《たかち》衆でない限りはここでした。

その奥のほうに、東西二つの大牢がありました。侍でも女でもなく、身元のはっきりとした百姓町人でもない者は、とりあえずすべてここに放りこまれます。俗に無宿牢などと言われますが、いわゆる無宿人ばかりではございませぬ。当節の犯罪者とはちごうて、昔の人は罪を蒙《こうむ》ることの恥を知り、なおかつ他に累《るい》が及ぶことを怖《おそ》れたので、名前も人別も偽る者が多かった。そこで素姓のわからぬ者はひとからげに無宿人扱いとして、東西の大牢に入れたというわけです。

当然のことながら、大牢には罪の軽重にかかわらず罪人が雑居しておりました。酒の上での喧嘩やら小博奕《ばくち》やらで、せいぜい尻《しり》を笞《むち》で叩《たた》かれて放免となる者もいれば、八丈やら佐渡のお金山《かなやま》に流される者もおり、死罪を免れぬ極悪人までもが一緒くたでした。

ところで、この伝馬町の牢屋敷で「牢役人」といえば、私らのことではございませぬ。大牢を取りしきっておる囚人たちを、そのように呼ぶのです。

まず総取締に任ずる者が「牢名主」で、これは誰が決めるでもなく、石出帯刀様が任命いたします。その下に添役だの角役だの番役だのがぞろぞろとおりまして、これらは牢名主が定める。本来は大牢に敷き詰めてある畳をきれいさっぱり上げてしまいまして、牢名主は十枚も重ねた高みにデンと座っているというのは、まったく噂通りでございました。

だいたいからして、この牢名主に任ぜられる者は、相応の貫禄《かんろく》がありました。たとえばどこそこに縄張りを仕切るお貸元だの、悪党どもも一目置く島帰りだの、まず他の連中を顎《あご》で使えるほどの貫禄がなければなりませぬ。

最も大きな東の大牢でも五間《ごけん》に三間でございますゆえ、せいぜい三十畳敷の十五坪、これに百人の上をぎっしりと詰めこむわけですから、よほど上手に仕切らねばまとまりがつかぬ。よって二百七十年の間に、こうした牢内での御役が自然でき上がったのでしょう。

今にして思えば、ずいぶんと奇態な慣習ではございまするが、当座は長い徳川時代の末というわけで、私ども若い獄吏は何ひとつふしぎには思いませなんだ。奇態も何も、長い慣習に異を唱える者などおりますまい。それが二百七十年の泰平というものでございますよ。

今日の雑居房を見ておりますと、人殺しや強盗などの重罪人が幅を利《き》かせているように見受けられますが、伝馬町の大牢ではあんがいにそうした風潮はなかった。牢名主の資格と申しますものは、あくまで罪の軽重ではなく、その人物の貫禄でありました。

いやむしろ、どのみち死罪と決まっている極悪非道は牢名主どころか牢役人にもなれませぬ。首を打たれる者を頭《かしら》に戴《いただ》いたのでは気味が悪いし、急なお達しで牢名主がいなくなったなら、牢内が仕切れなくなります。死罪は将軍家のご裁可が必要でしたから、何の前ぶれもなくふいに使者が参るのです。

牢名主に任ずる者は、たいてい遠島になるというのが相場でございました。これもまた公方様のご裁可を賜る重罪人ではありますが、佐渡送りにせよ八丈新島にせよ、出立の日取りというものがある。それまでには何ヵ月と読めるので、牢名主として立てやすいわけですな。そして、いよいよ島送りの期日が近づくと、牢名主は「御隠居」の重ね畳に下がって、次の牢名主にお役目を引き継ぐ。あれこれと指導をする立場となるのであります。

いかがでございますか。なかなかにうまくできた慣習でござりましょう。

伝馬町の牢屋敷にはたいてい四百、多いときには五百もの囚人がおりましたゆえ、それをわずか六十人の牢屋同心が、しかも三番勤で取締るためには、牢内を囚人どもで自治するというこうした慣習が必要であったのです。

さて、こうくどくどと語っておったのでは、いつまでたってもお訊《たず》ねの件に行きつきませぬ。

明治元年暮の解き放ちにつきまして、時代の背景と舞台の設《しつら》えは、あらましおわかりになったと思われます。

それではいよいよ、役者に登場していただきましょう。

あの一件における立役者と申せば、勧進帳における武蔵坊《むさしぼう》弁慶のごとき御仁《ごじん》がおられました。

姓名の儀は、丸山小兵衛《まるやまこへえ》と称します。齢《とし》のころなら四十の半ばを過ぎた老役でございまして、鍵役《かぎやく》同心という御役目を務めておられました。

私どもは出世も御役替えも叶《かな》わぬ不浄役人でございますから、その風采《ふうさい》もまず推して知るべしで、気性も陰険な者が多かったのでござりまするが、この御鍵役は少々毛色がちごうておりました。

こう、色白で下ぶくれの、布袋《ほてい》様のような福相をしておりましてな、身丈があるうえに腹もでっぷりとつき出ていて、町人のなりをさせれば界隈《かいわい》の大店《おおだな》の主人に見えそうな人でありました。

気性もいたって温厚でござりまして、まず大声を聞いたためしもない。それどころか、囚人どもに対して威丈高にふるまうこともなし、私ら若い者から見ると、いてもいなくてもいいような、空気のごとき人物でございました。

御鍵役と申すは、いかにも牢屋の鍵を持っているような名ではござりまするが、実はそうではない。鍵は「鎖鑰《さやく》」と称しまして、一切を町奉行所が握っておるのです。石出帯刀様ですら牢の合鍵は持ちませぬ。囚人の出入りの折には、必ず町奉行所から役人が出張して参りまして、鎖鑰の束を石出帯刀様に渡します。つまり、鍵を持っておるのではなく、鍵を開ける御役目が鍵役同心なのです。

思えば馬鹿《ばか》にされた話ではございますな。私らは不浄役人ゆえ、お上から信用されてはおらぬのです。よって大切な鍵を持たせるわけにはゆかぬ。

鎖鑰渡しの儀、というものがございまして、私もいくどか立ち会《お》うたためしがあります。敷地内の石出帯刀様の御屋敷に町奉行所の与力《よりき》が上がりましてな、慣習とされている口上を述べる。

「南の御前様より、囚獄殿へ、鎖鑰一揃《ひとそろ》え申し渡しまする」

すると石出帯刀様が上座から、

「何々の守様《かみさま》よりの鎖鑰一揃え、たしかに申し受けまする」

と答えて鍵束を引き取る。「南の御前様」と申しますのは南町奉行のことで、月番が北町奉行のときには「北の御前様」となる。この際、与力はけっして奉行の名を口にせぬが、答える石出様のほうは「何々の守様よりの」と答えるのであります。

たとえば、慶応末年の北町奉行は石川河内守《いしかわかわちのかみ》様、南町は松浦越中守《まつらえっちゅうのかみ》様でしたから、「河内守様よりの」もしくは「越中守様よりの」と応ずるわけであります。姓や諱《いみな》はけっして口にいたしませぬ。旧幕の大名旗本は、必ず官名にて呼び習わされておりました。

そういえば、慶応四年の春に越中守様がお辞めになったあとの南町奉行に、佐久間某《なにがし》というお方が就いたことがありましてな。おそらくは官軍の方だと思われますが、当然のことながらこの御奉行様には官名がなかった。

しかし鍵を渡す与力も受け取る石出様も、慣習は従前のままですから、いざ鎖鑰渡しの段になって困った。

与力はいつも通り「南の御前様より云々《うんぬん》」と言うのだが、官名がないものだから石出様には答えようがない。そこでつい、「御奉行様のお名前は」と訊ねてしまわれた。

「ええ、たしかバンゴロウ、と」

のちにわかったのですが、佐久間幡五郎というお方ですな。

石出様はエヘンと咳《しわぶ》かれてから、慣習通りに仰《おお》せになった。

「幡五郎様よりの鎖鑰一揃え、たしかに申し受けまする」

そのお声と同時に、一同は平伏したのですが、誰も顔を上げられぬ。私ども下役はむろんのこと、石出様も御与力様も、おかしゅうてならぬのです。しまいにはみんなして我慢しておるのもばかばかしゅうなりまして、思うさま笑い転げました。

二百七十年にわたる泰平は、今さらわけもわからぬ慣習を私どもに強《し》いておりました。しかしそうした暮らしは、あれこれ物を考えなくてすむだけ、居心地のよいものでもあったのです。だから、ほんの少しでも変わったことをなしたり言うたりせねばならなくなったとき、私らはとまどい、あやしみ、時にはその滑稽《こっけい》さかげんに笑い転げたのでした。

ああ、鍵役同心の丸山小兵衛の話でござりましたな。

この御役は六十人の牢屋同心のうち、上席の二名が務めておりまして、御禄は四十俵四人扶持、つまり私ら平同心の倍でござりましたが、それでも最下層の侍であったことに変わりはございませぬ。

小兵衛は表門続きの門長屋に住もうて、本人と同様にたっぷりと肥えた、愛想のよい妻がありました。子は二人あったのですが、男子は元服前に早逝し、娘は婿《むこ》取りをするでもなく、町方同心の家に嫁に出したという話でありました。

つまり、おのれ一代を限りに家が絶えることになるのですが、そもそもが一代抱の不浄役人、なり手がいないから世襲をしているという程度の御役でござりますから、私どもにしてみればべつだん珍しい話ではござりませぬ。むしろ牢屋同心の娘が町方同心に縁づくというは、果報のうちでありました。

小兵衛もまた、そうした境涯をはかなむでもなく、実にのんびりと、いてもいなくてもよい空気のごとくに日々を過ごしておりました。

明治元年師走の、いよいよ年も押し詰まった二十五日のことであったと記憶いたします。

早朝に奉行所からの使者が参りまして、本日の御沙汰を申し付けた。年の瀬ともなりますと、今日でも同様でありますが妙に御役人が張り切るのであります。すなわち、微罪の者は笞で叩いて放免し、石川島の人足寄場に送る者はさっさと送り出し、所払いの者も年内に追い払うて、入牢者をなるたけ減ずるのであります。ただし、死罪や遠島の重罪人は年を越させるのが常でありました。

そうした次第によって、年の瀬ともなると毎日、へたをすると朝昼に使者がやってくるのです。例の鎖鑰渡しの儀も、そのつど行われました。

しかるに、その二十五日早朝の使者がもたらした御沙汰は、信じ難い内容でござりました。

「信州高島無宿繁松《しげまつ》、右の者、太政官《だじょうかん》にて評議致し候《そうろう》ところ、死罪を申し付く。尚《なお》、検役《しらべやく》には本状使者をこれに充《あ》て、本二十五日をもって執り行うべきこと」

読み上げた与力はひどく困り顔をし、御沙汰書を受け取った石出様も、ためつすがめつ読み直しておられました。

この年の瀬にきて打首を執行するというのは、まず慣習からはずれているのです。しかも繁松という囚人は賭博《とばく》開帳の罪で捕われた者であり、遠島は免れぬにしても死罪というお裁きはまったくもって思いがけなかった。

その日の鍵役であった丸山小兵衛が、「しばらく」と声を上げました。牢屋同心が町方与力に物申すなど、とんでもない僭越《せんえつ》なのですが、さすがに了簡《りょうけん》ならなかったのでしょう。

小兵衛はまこと布袋様が口を利いたような、のんびりとした声で言うた。

「繁松と申す者は、本所新町界隈の貸元が手下《てか》にござって、本件につきましても親分の盆を預る者が罪を被《かぶ》ったに相違ござりませぬ。むろん遠島のお仕置は覚悟の上にござりましょうが、わたくしどももそのあたり博徒ながらあっぱれな忠義と考えまして、東大牢の牢名主に定め申しました。さなる者を死罪とする御沙汰は、何かのまちがいではござりませぬのか」

そのようなことは言わずもがな、御与力様は百も承知であったらしく、小兵衛の無礼を糺《ただ》すでもなしに「御沙汰なればいたしかたあるまい」、とだけ言うた。

旧幕の時代ならありえぬ話でも、御法を司《つかさど》る頭がすげ替わったのですから仕方がない。まちがいも何も、文句をつける相手がわからぬのです。しかし私どもはみな役人である限り、お下知には従わねばなりますまい。

「さよう取りはからえ」

結局、石出様が不満げに広敷から出て行ってしまわれたので、話はそれでしまいとなった。

不満というなら、誰もが不満でござりましたろう。私ども伝馬町の同心はもちろんのこと、町方の与力も同心も了簡できなかったにちがいありませぬ。

戊辰《ぼしん》の戦ではずいぶんと多くの命が失われましたが、だからというて罪人の命まで軽んじてよいという道理はござりますまい。これは江戸の慣習をまるで知らぬ田舎侍どもが、よく物を考えずに下した裁量としか思えませなんだ。しかし、やはり文句のつけようはない。まかりまちがえば、私どもが新政府に逆ろうた罪人にもなりかねぬのです。

さて、そうとなれば余り物を考えぬようにして、早々にすますほかはない。今日の今日に執り行えというは、実に乱暴な話ではありますが、御沙汰書にそう書いてあるのではどうしようもござりませぬ。

当時は死罪にも様々の等級がござりましてな、磔や火《ひ》焙《あぶ》りの刑は小塚原か鈴ヶ森で執行いたしましたが、死罪だの下手人罪だのと言われるものは、牢屋敷内の奥にある土《ど》壇場《たんば》にて執行されました。厳密に申すなら、下手人罪は打首のみ、死罪は打首ののち胴を様斬《ためしぎり》とされるのですが、あの時分はひとからげに死罪と呼んでおりました。旧幕の首斬り役人と申せば、山田浅《あさ》右《え》衛門《もん》が知られておりますな。しかし、かの人物が伝馬町の牢屋敷にやってきたためしはありませぬ。打首は牢屋同心が交代でなすのであります。

牢屋敷の東隅に広場がありまして、まったく絵に描いたような柳が植わっている。その根方に穴を掘って盛土をした土壇場があるのです。

鎖鑰渡しの儀をおえて御屋敷の式台まで出たとき、丸山小兵衛と目が合《お》うてしまいましての。まずい、と思うたがもう遅かった。

「中尾、相済まぬが仕置を務めてくれ」

上司の口から相済まぬもないものだが、命ぜられたのでは否《いや》も応もございませぬ。なるたけ色に表わさずに、「かしこまりました」と答えました。当座は私も算えの二《は》十歳《たち》、仕置役は初めてではなかったが、肚《はら》のくくれる齢ではございませなんだ。

朝飯がすむのを待って、東の大牢に向かいました。

囚人の食事は朝夕の二食でありましたが、それでも日に四《し》合《ごう》の飯と二合五勺の汁はきちんと食わしておりましたゆえ、ひもじい思いはしなかったでありましょう。

信州無宿繁松は、齢のころなら三十半ば、いかにも腕のよい中盆《なかぼん》という風情《ふぜい》の、苦み走った男前でございました。

小兵衛と私が大牢の格子《こうし》近くまで参りますと、牢内は巡察と知ってしんと静まりました。

囚人を格子のきわまで呼び出すにしても、たがえてはならぬ手順があります。まず張番の小者に相手方の名を告げ、「誰それにィ」と呼ばせる。すると本人ではなく、二番役といわれる牢役人が「へえい」と応じて格子口まで出てくる。そこで張番が改めて繁松を指名し、二番役が背中をこごめて、奥の十枚畳のてっぺんに鎮座する牢名主繁松に取り継ぐという次第であります。

昔の囚人と申しますのは、総じて素直でありました。牢内では神様のごとき繁松でも、格子ぎわの土間にかしこまりまして、きちんとお辞儀をいたします。

そこで小兵衛が、例の役人らしからぬ穏やかな口調で、かくかくしかじかの仕儀と相成ったゆえ神妙にせよ、というようなことを言うた。

私どもですら信じ難い御沙汰なのですから、さぞかし仰天するかと思いきや、そこはさすが牢名主を任ずる器量人でして、眉《まゆ》ひとつ動かすでもない。

「妙なお裁きもあったもんで。へい、承知いたしやした」

と言うたきり、さっさと奥に入ってしまった。ここで四の五のとどねたのでは、ほかの連中に示しがつかぬし、往生際《おうじょうぎわ》が悪かろうと思うたのでしょう。しばらく格子の外から見ていると、繁松はまず二人の隠居の顔を呼び寄せて事の次第を手短かに告げ、自分は十枚重ねの席には戻らず、二番役の囚人をそこに据えた。

次の名主は石出様が定めることだが、これほど急なお仕置では後釜《あとがま》もとっさに選べまいと思うたのでしょう、鍵役同心の前で二番役をおのれの後任に推したわけであります。

大牢から戻る道すがら、小兵衛はしみじみ感心して、「斬るにはもったいない器量だの」と言うておりました。

お仕置の仕度が斉《ととの》い、繁松が大牢から引き出されましたのは、わずか半刻《はんとき》ばかりのちでございました。

今日の処刑も同様でありますが、こうしたことは何を考える間もなく、さっさと済ますがよいのです。ことに繁松の場合は、誰もが了簡できぬ分だけ、かえって仕度がすばやく行われたのでしょう。

仕置役の私は袴《はかま》の股立《ももだ》ちを取って襷《たすき》をかけ、向こう鉢巻を締めまして土壇場に待っておりました。

大牢のほうから、わけのわからぬ喚声が上がります。それも繁松の人徳のなせるところでありましょうか、囚人どもが口々に声をかけ、中には泣き叫ぶ声まで混じっておるのでありました。

やがてそれらの喚声は、南無妙法蓮華経《なむみょうほうれんげきょう》の唱和に変わりました。土壇場や刑場に向かう者に対して題目を唱えるのは、伝馬町牢屋敷の古い慣習でございます。その昔、日蓮上人《にちれんしょうにん》が題目を唱えて、龍《たつ》ノ口《くち》で斬られるところを助かったという故事にちなんでおるのです。しかし一方、南無阿弥陀仏《なむあみだぶつ》の念仏は往生してしまうので誦《ず》してはなりませぬ。

つまり罪人は、いかに神妙に見えても最後の最後まで生きる希《のぞ》みを捨てないわけで、けっして往生など願ってはいない、ということなのです。

そのときの題目の唱和が、かつてないほど盛大であったのは当然でございましょう。繁松に罪はないとまでは申しませぬが、過ぎたる罰を下されたのはたしかであり、また、殺すには惜しい俠客《きょうかく》でもあったのです。

待つ間に膝《ひざ》が震えましたな。さほど小心者とも思わぬのですが、義に背いて人を斬るというは怖ろしい。御役目ゆえ致し方なし、といくらおのれに言い聞かせても、その御役目が不実であると思えば膝も震えるというものです。

繁松は堂々としておりました。土壇場の柳の根方に座らされ、目隠しの布を巻かれ、下男が両の手を後ろに引いて首を延べさせても、声ひとつ上げず、何ひとつ抗《あらが》うふうはなかった。

これもまた慣習通りに、「何か言い置くことはあるか」と私が訊ぬれば、まるで平《へい》常《ぜい》のやりとりのごとき落ち着き払《はろ》うた声で、「じいっとしておりやすから、お手元を狂わせませぬよう願います」、などと言うた。

たしかに土壇場の穴に向こうて延べた首は、小《こ》動《ゆる》ぎもしてはおりませんでした。こうなると打首というより据物斬りでございますから、まかりまちごうても仕損じはできますまい。私は息を入れて、刀を大上段に振りかぶりました。

そのとき、北風の吹く冬空に半鐘が渡ったのでございます。それも急を告ぐる早鐘の連打でありました。空耳かとも思うたが、そうではない。

怯《ひる》まずに刀を振り下ろそうとしたとたん、検役の席から小兵衛が走り出て、「しばらく、しばらくしばらく」と、十ぺんも言うた。

「しばらく待たれよ。火急の折に罪人の首をはねるなど言語道断にござる。これ、中尾。刀を納めぬか」

　検役の与力も、ほかの同心たちも異は唱えなかった。私はそれらの顔を一通り眺めてから、刀を納めました。

　これにはさすがの繁松も拍子抜けした様子で、下男どもの手を振り払うと土壇場に大あぐらをかき、目隠しの布をむしり取ってから、

「おうおう、お題目の功徳《くどく》てえやつかえ。二度は勘弁してくれ。括る肚は二つ持たねえんだ」

　と、吐き棄《す》てるように申しました。

　お訊ねになられる明治元年暮の解き放ちは、このような場面から幕を開けたのでございます。

　いったい誰が、どのような権限において四百の悪人を解き放ったか、今さら論じたところで意味はござりますまい。埒《らち》もない話だからこそ記録には残らず、「後世司法ノ参考ト為《な》ス」ほかはないのでしょうな。

　旧来の慣習は重んずるべきだが、徳川幕府が無うなったあと、慣習を取り行うは是か否か。この判定はまこと難しゅうござりまする。

「解き放ち」という慣習を否とするのであれば、今さら「赤猫」と称して何の差し障《さわ》

りもござりますまい。

さて、火の手がいよいよ伝馬町牢屋敷に迫るとなれば、死刑を執行するどころではない。四百の囚人どもを解き放つかどうか、という話になりますな。

さきに申し上げました通り、それは私ども牢屋同心にとっては、一生のお務めのうちに一度あるかなきかの一大事、もそっとありていに申せば、不浄役人のしがない人生に、いっぺんこっきり咲くか咲かぬかという大輪の華でございます。

つまるところ、ことのよしあしよりもまず、ついに来るべきときが来たというわけで、ひどく興奮いたしましたよ。戦場《いくさば》に臨む心境とでも申せば、当たらずとも遠からずでございましょうか。

こうなりますと私ども牢屋同心は、解き放ちをしたくてたまらぬ。まさか口に出したり色に表したりはできぬが、千載一遇の好機到来じゃと、誰しもが考えたはずでございます。このように昔語りをいたしておりましても、ほれ、心はついあの日に飛んでしもうて、快哉《かいさい》の笑みもこぼれるというものでございますよ。

一方、内塀ごしの大牢では、囚人こぞっての送り題目が唱えられておったのですが、半鐘の音が届いたとたん、ふと嵐《あらし》の凪《な》ぐように静まりましてな、やがて「赤猫じゃ」

と呼ばわる声があちこちから上がった。

同じ千載一遇にしても、私らと囚人とではまるで意味がちがう。なにしろ解き放たれて戻ってくれれば、必ず罪一等を減ぜられ、死罪の者は遠島、遠島の者は所払い、所払いの者は敲《たたき》か過料となるのです。あるいは、ご政道もいまだ定まらぬ時分のことゆえ、逃げ得も大いに考えられましょう。いやむしろ、戻ってくるかこざるかは、石出帯刀様のお慈悲に報ゆるかどうかという義理にかかっているのでありまして、逃げれば逃げ得になるであろうことは、わかりきった話でございました。

そんなわけで、東西の大牢からは「南無妙法蓮華経」のお題目にかわって、「赤猫じゃ、赤猫じゃ」の大合唱が沸き起こったのです。

決断は牢屋奉行の肚ひとつにかかっている。こればかりは町奉行所の与力も、口を差し挟んではなりませぬ。その石出帯刀様はと申しますと、検役場《しらべやくば》の縁先に、こう、半裃《はんかみしも》の腕を組んでじいっと座っておられました。

明治の当世は、何でもかでも知恵を出し合い、話し合うて物事を決めるという風潮になっておりますが、侍の時代というのはおのれの領分に力を尽くすことが肝要で、他人の知恵を借りてはならず、あるいは他《はた》の節介を焼いてはならぬが道理でございました。ましてや石出帯刀様は、ご開府以来代々の牢屋奉行でございますから、私どもが意見を陳《の》ぶるなどとんでもない。

ひとりの牢屋同心が御米蔵の屋根に登りましてな、四囲をきょろきょろと見はるかしてから、

「いけません、いけません、柳原《やなぎわら》土手が燃えております」

と叫びました。柳原土手といえば、伝馬町牢屋敷からはわずか五、六丁ばかりですな。向こうッ河岸には火除《ひよ》けの広小路《ひろこうじ》も付けてありますが、火の手がそれを乗っ越えて、神田川も渡ったとなればもういけません。ましてや方角は真北にあたります。

そのとき、土壇場に大あぐらをかいたまま、とりあえず命をとりとめた繁松が言うた。何だか妙に落ち着き払った、いかにも深川の賭場を仕切る中盆の声でありました。

「のう、御奉行様。三途《さんず》の川から取って返《け》えした勢いで言わしていただくがよ、お釈迦《しゃか》様でもありますめえに、じいっと座禅を組んでいなさる間は、ねえんじゃあねえですかい」

控えよ無礼者ッ、と私は叱りつけたのですが、繁松の悪態は止まらぬ。なにしろ相手は土壇場の死にぞこねですから、この世に怖い者などないのです。

「お江戸の流儀でなさるんなら、ここはお解き放ちに決まっとろうが。それとも何か、ご当代の石出帯刀様は、薩長の芋侍の沙汰を待たなけりゃ、情のひとつもかけられね

え腰抜けか」

私は思わず刀の柄に手をかけました。主《あるじ》を腰抜けと罵《ののし》られたのでは、斬首《ざんしゅ》を免れたにせよ無礼打ちに果たされても当然でございましょう。

すると繁松は、何を臆《おく》するでもなく私を睨《にら》み上げて、「おうッ」と一喝した。

「今さっき捨てた首なぞ、ありがたくもねえ、もったいなくもねえ。したっけおめえら、四百《しひゃく》の命をどうする。お沙汰を待って焼き殺しちめえましたと届け出て、了簡なさる天朝様でもござるめえ。無礼打ちも結構だが、このそっ首と引きかえに、四百の命をお救けなさんし」

のちのち思えば、あれが牢名主と呼ばれた者の器量でございましたなあ。囚人どもはみなおのれの子分と思うていなければ、まずあのような口は利けますまい。むろん私なんぞ、その胆力にすっかり気圧《けお》されてしまいまして、刀の柄に手をかけたまま、ただおろおろと検役場の様子を窺《うかご》うておりました。

ややあってから、石出様は沈思なされていたお顔を上げて、たったひとこと「解き放ちをいたす」と仰せになりました。

晴れがましいお声に聞こえたのは、私の思い過ごしでしょうか。

江戸の火消といえば、まず大名火消に御旗本の定火消、しかるに明治元年暮の当座は、御大名の多くは国元にお帰りになっておられるゆえ、御屋敷なんぞはもぬけの殻でございました。御旗本にしたところで、知行取りは采地《さいち》に穴熊《あなぐま》を決めこんでいて江戸になんぞいやしません。

だとすると頼みの綱は、いろは四十七に高輪門前の本組を加えた四十八組と、本所深川十六組の町火消でございますが、これらもまあ御一新のどさくさで、頭数もおいそれとは揃《そろ》わぬうえに威勢が悪い。なにしろ火事どころか、八百八町がいつ戦場になってもおかしくはない時分の話ですから、気構えがなくとも致し方ありますまい。

火事に際しては、大名火消は板木を打ち鳴らし、定火消は太鼓を叩き、町火消は半鐘を打って急を知らせたものでしたが、なるほどあのときは火勢が迫っているにもかかわらず、細々と半鐘の音が伝ってくるばかりでありました。それにしたところで、何やらあわてふためくばかりの、垢抜《あかぬ》けぬ音色から察しまするに、そこいらの丁稚《でっち》小僧か番太郎かが懸命に叩いていたのやもしれませぬ。

火事と喧嘩は江戸の華と申しますけれど、そのお江戸が官軍に乗っ取られたのちとあっては、華も糞《くそ》もござりますまい。

しかし――それにしても妙なものですな。あの時分の話となりますと、ずいぶん大昔のような気がいたします。何でもかでも様変わりしてしもうたせいでございましょうか。こうして語ろうておるおのれが、何やら六十の翁《おきな》になったように思えまする。

そうそう。翁と申せば牢屋同心のうちに、六十にかからんとする長老がおりまして、日ごろのお務めにはもう役立たずの者であるゆえ、上番も下番もなく常に石出様のかたわらにあって、御祐筆《ごゆうひつ》のような仕事をしていた。風采の上がらぬ老人だが、跡取りがないものだから隠居もできず、さりとて牢屋のしきたりなら知らぬことはないから、あんがい重宝がられておるお人でした。

姓名は湯浅孫太夫《ゆあさまごだゆう》と申しました。御祐筆といえば少々大げさだが、たしかに読み書きは達者で、文書などはたいがいその孫太夫が書いて、石出様は署名だけなさるというふうでした。

解き放ちといえば、近い先例は二十四年前の天保末年、当代の石出様はご存じない。同心の古株の中には幾人《いくたり》かいるにはいたが、みな往時は若侍でしたから、経緯をきちんと知っているのは孫太夫ただひとりでございました。

そこで、石出様の御屋敷の奥居に孫太夫を呼んで、解き放ちの方法をあれこれと聞くことになった。いやはや、昔の侍と申しますのは何をするにつけても悠長なものでございましたよ。

湯浅孫太夫を囲みましたのは、石出帯刀様と鍵役同心が二人、うち一人は例の丸山小兵衛であります。それと、平同心ではござりましたが、たまたま仕置役を仰せつかっていた私も同席を許されました。

孫太夫が申しますのには、いかに解き放ちというても伝馬町牢屋敷《ろうやしき》の門前から、えいやっと放ってはならぬそうで。先例に倣《なら》うのであれば、まず囚人を浅草新寺町の善《ぜん》慶《けい》寺《じ》まで歩かせ、その境内にてかくかくしかじかと因果を含め、鎮火ののちはここに戻れと命じて放つのです。

その際、身分の差別はせぬが、死罪遠島の重罪人だけは二人を一番《ひとつが》いとして手鎖《てぐさり》で繋《つな》ぐ。いや、解き放ちに際してではございませぬ。善慶寺までの移送の間でございます。石出帯刀様からお慈悲のお達しがあるまでは、てんでんばらばらに逃がすわけにはいきませせぬゆえ。

この方法は面倒なようでも、なかなか理に適《かの》うております。牢屋敷の界隈は町家が建てこんでおりますから、火の手が神田川を渡ればまずいけません。しかし浅草新寺町の一帯は北が畑地で南が大名屋敷、西は下谷《したや》を隔てた上野のお山でございますから、大きな火除地となっておるのです。よって日本橋あたりの町衆は、火事となれば新寺町をめざして逃げたものでありました。

そうしたわけですから、もし牢屋敷の門前で解き放とうものなら、悪党どもはこれ幸いと火事場泥棒を働くに決まっている。四百人をまとめて新寺町まで移送する必要があるのです。命の懸かった死罪遠島の重罪人なら、それまでは手鎖で繋がねばなりますまい。

と、まあそのように湯浅孫太夫が説明し、ただちに浅草善慶寺に移送と相成った。囚人が四百、それを六十人の牢屋同心と四十人ばかりの下男どもが送るというのですから、大ごとでござりますな。

善は急げと立ち上がりかけたところに、物見の同心が駆けこんで参りまして、火がすぐそこまで迫っていると言うた。まさかと思うて縁側に出てみると、なるほど練塀の屋根の上に猫の舌がちろちろと見え隠れしている。実に「赤猫」でござりました。風が渡ると、真黒な煙が吹き寄せて参りましてな、これはもうよほど急がねばなりませぬ。あのときばかりは、火消のいない火事の独壇場《どくだんじょう》を思い知らされました。

東西の大牢は地獄のような騒ぎで、何はともあれまずそちらを鎮《しず》めねばならぬ。囚人どもにしてみれば、牢内で蒸し殺されるか解き放たれるかの瀬戸際なのですから、声を限りに叫ぶのも当然でしょう。

丸山小兵衛とともに東の大牢へと走った。格子からはまるで投網《とあみ》の中に魚が躍るがごとく、幾百もの腕が延びておりまして、耳を聾《ろう》する命乞《いのちご》いと罵詈《ばり》雑言《ぞうごん》の嵐でした。すでに牢内にも火がついている、というので薄闇《うすやみ》に目を凝らしますと、たしかに脱ぎ捨てられた獄衣が燃えている。

「つまらぬ真似《まね》はするな。大人しくしておれば悪いようにはせぬ。火を消せ」

小兵衛がそう命ずると、何のことはない、牢内の火はじきに踏みつけられて消し止められました。

のちに小兵衛から聞いたのですが、格子の近くに提灯《ちょうちん》や手灯りを置き忘れると、獄衣に火を移して「赤猫じゃ、赤猫じゃ」と騒ぎ立てるのは、囚人どもの常套《じょうとう》だそうで。獄衣は垢じみて脂《あぶら》も乗っているから、たちまち燃え上がるのです。

思い出してみれば、丸められた獄衣の燻《くすぶ》り燃えるさまは猫のかたちに似ていて、「赤猫」の謂《いわ》れはそれかもしれませぬな。

東の大牢に行き着くと、小兵衛は格子ぎわに牢役人どもを呼び寄せた。先に申しました通り、「牢役人」とは牢内を仕切る囚人どもであります。このときの東の大牢は、牢名主の繁松が処刑のために引き出された直後でございましたから、二番役と三番役、それに隠居の二人であったと記憶いたします。

その者たちの顔を招き寄せ、小兵衛はなるたけ騒ぎにならぬよう小声で達しました。

これより浅草新寺町まで歩いて解き放ちをいたすゆえ、整斉とお下知《げじ》に従え、というわけです。

牢内のしきたりと申すは大したもので、この段になると騒ぎは嘘《うそ》のように鎮まりました。小兵衛の話のあらましは聞かずともわかっておりますから、囚人どもはみなちんまりとかしこまりまして、咳《しわぶき》ひとつなかった。

「今しばし待て。よいな」

小兵衛がひとことだけ告げると、囚人どもは一斉に頭《こうべ》を垂れて、「おありがとうございます」と声を揃えました。

西の大牢でも、もうひとりの鍵役が同じ指図をしたのでしょう、伝馬町牢屋敷は静まり返りました。あの静けさは、ちょっと怖いくらいでしたな。牢内には死罪遠島の沙汰待ちが少なからずおるのです。そうした者どもにしてみれば、まったく命を拾ったことになるわけですから、それは天の助けか御仏《みほとけ》のお慈悲にほかならぬわけで、心から神妙になるのでありましょう。

いったいに昔は、御法のもとに力でねじ伏せるというような仕置きを、あまりしなかったように思います。お定めにこうあるゆえ、何が何でもこうだ、ということはしなかった。悪人どもがそれなりに得心して、みずから仕置きを待つというふうがござりました。それもこれも、二百幾十年もの泰平が自然と醸《かも》し出しました空気、とでも申しましょうか。しきたりや伝統というものは、まことありがたい。

私は江戸の昔と明治のこっちとで、幾度も死罪に立ち会いましたが、罪人の往生際のよしあしは雲泥《うんでい》のちがいでございますよ。得心して死するかどうか、極楽か地獄かはその一事にかかっているのではありますまいか。

死罪と申せば、土壇場にて首の繋がった信州無宿繁松。賭博開帳の罪をひとりで被ったゆえ無宿人と称しておりましたが、その正体は深川界隈では夙《つと》に名の知られた俠客でした。

　そもそも私と繁松は縁もゆかりもないのだが、すんでのところで首を落とし損なったといえば、これにまさる奇縁はござりますまい。で、なかなか難しそうな男だが、ここは私がお縄を引いて善慶寺まで連れて行こうと思い立ちまして、内塀を隔てた仕置場へと向かいました。

　ところが、そこで面倒が起こったのです。

　当の繁松は土壇場の筵《むしろ》に大あぐらをかいて、無念無想の腕組みをしていた。どうして誰もお縄を打たぬのだと思うたが、その貫禄たるやまるで人ではない夜叉《やしゃ》か明王のようで、下男など近寄ることもできぬのです。

検役場の軒下には、奉行所の与力と配下の同心たちがあって、私の姿を見ると「やっと来たか」というような顔をしました。

与力と申すは南北の町奉行所にそれぞれ二十五人と定《き》まっており、俸禄は二百俵を越す者もあって、私ども牢屋同心などは影をも踏めませぬ。今でこそ「与力」などと言うておりますが、当座は必ず「御与力様」と呼んだほどでありました。また、配下の同心は徒侍《かちざむらい》ですが、与力は騎馬侍なので、算《かぞ》えるにしても「二十五人」ではなく、「二十五騎」とするのが正しいのです。歩いておっても「馬上与力」なのであります。

とうに奉行所へと引き揚げたとばかり思うていた与力と同心たちが、刑場で待っていたというのも意外でしたが、私を招き寄せて開口一番、まったく思いもよらぬ指図をした。

いえいえ、まさか斬ってしまえなどと言うたわけではございませぬ。いかに与力でもそこまでの無体は申しませぬよ。

「話によれば、重罪人は番いの手鎖に括《くく》るそうだが、この繁松の相方は岩瀬《いわせ》七之丞《しちのじょう》にせい。よいな」

さても面倒なことになった。岩瀬七之丞と申す者は、私どもが「御座敷」と称していた別棟の座敷牢に、ただひとり囚《とら》われていた侍なのです。齢のころは二十三、四、罪科は辻斬《つじぎ》りであります。しかるに罪状通りの者でないことは、同心たちの誰もが知るところでございました。

千石取りの御旗本の次男坊か三男坊、いわゆる部屋住みの身でありますが、お蚕《かいこ》ぐるみで育った若様にはちがいない。それが正月の鳥羽《とば》伏見の戦に参じて敗れ、江戸に帰ったのち上野のお山に入った。五月の総攻めでまたしても死に遅れたのちは、江戸市中の空屋敷に潜伏して、夜な夜な官軍の兵隊を斬って回っていたのです。

いわば筋金入りの朝敵ですな。もっとも、私ら旧幕臣から見れば眩《まば》ゆいばかりでございまして、「キンギレ退治」といえば町人どもからも大いにもてはやされていたものでした。

江戸に進駐した官軍は西洋軍服の袖《そで》に錦《にしき》の布きれを縫いつけてあったゆえ、「キンギレ」と呼ばれ、軍紀も定まらぬ当初はたいそう不人気でありました。

今でこそ日本はひとつの国でございますが、あの当座は言葉もわからぬ外国人に江戸を乗っ取られたようなもので、キンギレ退治に喝采を送るのも、けだし人情のうちでございました。

みなさまの中にも、この手合いには肝を冷やされたためしのある方はおいでになると存じまするが、問われて語る私には何の他意もござりませぬ。どうかお気を悪くなさりませぬよう。

このキンギレ退治の岩瀬七之丞と、すんでのところで首の儲《もう》かった牢名主繁松とを手鎖で繫ぐ。何ともはや、困った話でございますな。伝馬町牢内の指図を町方の与力がいたすのもどうかと思うたのですが、誰に相談しようにもてんやわんやの大騒ぎで、ここは言われた通りにするほかはない。そこで、さして物を考えるいとまもなく、七之丞の囚われている座敷牢へと走りました。

実のところ、私はそれまで岩瀬七之丞なる侍を見たためしがなかったのです。何しろ官兵を八人も叩き斬ったというのですから大変な重罪人で、そのうえ千石取りの御旗本の倅《せがれ》なのだから、牢屋敷でも格段の別扱いでございました。

第一、牢内には人殺しなどそうそういなかったのです。江戸の町というのはあんがいに平穏でございまして、明治のこっちの東京のほうが、ずっと物騒なのです。よって八人殺しなどという凶悪な話は、見たことも聞いたこともなかった。

辻斬りを働けば、まず死罪は免れませぬ。しかしそうはいうても、必ず町奉行と大目付と目付の御三方による、「三手吟味」なる裁判が行われました。七之丞の場合はさらなる重大事件でありますから、その三人に勘定奉行と寺社奉行を加えた「五手《でて》掛《がかり》」と申す吟味を経ねばなりませぬ。

もっとも、平常の話ならば、ですな。吟味をしようにも幕府はのうなっているのです。新政府にしたところで、奥州《おうしゅう》の戦は終わったばかり、箱館《はこだて》の五稜郭《ごりょうかく》にはいまだ反政府の勢力が頑張っている最中で、かたちはまるで整うていない。かくして七之丞は沙汰《さた》待ちのまま、長いこと座敷牢に囚われていたのでした。

思えば辻斬りという罪状も妙でしたな。彰義隊の残党というだけなら、むしろさっさと始末はできたのでありましょうが、新政府にしてみれば官兵が八人も斬られたというのがまずかった。事実が表沙汰になれば、同様の事件が続発せぬとも限りませぬ。よって七之丞は、無辜《むこ》の町人を斬り続けた辻斬りということにされたのではありますまいか。

ただし、みなさまの前だから申すわけではないが、片ッ端から斬られた官兵が弱かったわけではございませぬ。岩瀬七之丞と申す侍は、直心影流《じきしんかげりゅう》男谷《おだに》道場の免許皆伝、幕府講武所にもその人ありと知られた、当代きっての剣客だったのです。

七之丞が囚われていた揚《あがり》座敷の牢屋は、敷地の中ほど東寄りにありまして、間口九尺奥行二間の小部屋が三つ並んでおりました。

ここに入るは御目見得以上と定まっております。すなわち、同じ幕臣でも御家人は入れませぬ。旗本の格式がなければいけませぬ。廊下の先がそのまま裏門に繋がっているのは、立派な御旗本が衆目に晒《さら》されぬための配慮でありました。

旗本と申すは格式であって、禄高《たか》の多寡ではございませぬ。要するに、公方《くぼう》様と直《じか》にお目通りの叶う幕臣の謂《いい》でございます。ありていに申せば、御座敷に囚われる罪人はみな、牢屋奉行の石出帯刀様より偉いのです。

しかし、当たり前のことではございますが、そうした格式ある侍が獄に落つるはずはございませぬ。たとい罪を犯しても表沙汰にはならぬか、そうなる前に自裁するのが武家の面目というものです。したがって私は、十七で家督を継いでからそれまで三年ばかりのお勤め中、岩瀬七之丞のほかには揚座敷に囚われた者を知りませぬ。だとすると、牢屋敷内の大場所を取って三つの座敷牢があるというのもおかしな話ではありますが、どうしたわけか昔からの慣例でそうなっておるのです。

さて、東西に長い揚座敷の棟に入りますと、土間続きの口部屋には誰もいない。同心も張番も大忙しで、七之丞ひとりにかまってはおられぬのです。

牢と申しましても、格別の御座敷はだいぶ様子がちがいます。まず、格子がない。土間から上がりますと、板敷の先はまっすぐな畳廊下がついており、段上がりの御座敷にはふつうの板戸が閉《た》てられているのです。したがって、常には口部屋に同心と張番がおるだけで、むろん施錠《せじょう》することもない。御旗本の体面を考えれば、そういうかたちになるのです。すなわち、今日でいう軟禁、当座の言いようなら「押しこめ」ですな。

二十俵二人扶持《ぶち》の牢屋同心からいたしますと、千石取りの御旗本はたとえ部屋住みであろうが罪人であろうが、雲上人でございますよ。そこで、畳廊下まで上がったはよいものの、いったいどのように対面するべきかとまどうてしまいました。だいたいからして、石出様の御屋敷にも畳廊下などというものはないのです。

三つ並んだ座敷のうち、まん中の一間だけ板戸が閉めてありました。罪人でも身分は身分ですので、まず廊下にかしこまって頭を垂れ、「ごめんつかまつりまする」と言うた。するとじきに、「よし」と罪人の声が返ってきた。大牢の「へーい」という返事とはえらいちがいですな。

御座敷には北側に腰壁があって、さすがにそこだけは桟木を渡した窓が付いておりました。七之丞はその下に書見台を置いて、かたわらの火鉢に手を焙りながら読書をしていたようでした。

「ここで蒸し殺されてはかなわぬのう」

私をちらりと見て書物を閉じ、七之丞は落ちつき払った声でそう言いました。

あれこれ問答をしておる間はございませぬ。私は与力から申し渡されたことだけを手短かに伝えました。つまり、解き放ちをするゆえ浅草新寺町の善慶寺まで、番いの手鎖で歩いてくれ、と。

七之丞はしばらく考えるふうをしてから、

「なるほど、小役人が窮余の策というわけか。格子も閉てられぬ、お縄も打てぬ罪人に、手鎖をかけるとは笑止じゃわい」

そこでようやく私は、繁松と七之丞を手鎖で繋ぐことの意味に思い当たったのです。

ただの辻斬りでないことは、与力も承知している。もし解き放てば、よもや戻ってくるはずはない。せめて蝦夷地《えぞち》へと奔《はし》ってくれるならまだしも、ふたたび闇に潜って官兵を斬り続けるやもしれませぬ。ゆえにここは、神妙のうえにも神妙な繁松と一括《ひとくく》りにして、善慶寺まで送るほかはない。その先はまったく町方の領分ではないが、ともかく検使与力がこの際にとるべき方法としては、最善の策でございますな。もっとも、七之丞からすれば「小役人が窮余の策」と思えたでしょうけれど。

「蒸し殺されるよりはよかろう」

あんがいなことに、七之丞はあっさりと了簡いたしました。

「お聞き分け下さり、かたじけのうござりまする」

と、私は今いちど敷居ぎわに手をついて頭を垂れました。むろん、座敷には上がってもおりませぬ。たとえ罪人であれ、御旗本と同じ目の高さに座るなど、当時はとんでもないことでございました。

そのときふと、七之丞の顔を見ました。若様面《づら》かと思いきや、いかにも剣客というふうな、引き締まった顔でありました。ほんの一瞬、私に向けられたまなこは据わったまま動かず、まるで刃《やいば》ごしに睨みつけられたような気がいたしました。

かと言うて、ヤットーの輩《やから》にありがちの野卑な臭みがないのは、さすが御曹司《おんぞうし》でしたな。まずはていねいに火鉢の灰を熾《おき》にかぶせ、すらりと立ち上がると、仙台平の縞《しま》の袴を手早く付けましての、それから衣桁《いこう》にかけてあった無紋の羽織を着て、「参るぞ」と言うた。髭《ひげ》も月代《さかやき》もきれいに当たっておりましたのは、常日ごろの心がけのよさをおのずと語っておりました。

すでに御座敷の中まで煙がしみ入り、半鐘は間近に響き渡っておりました。怒号や悲鳴が練塀の内外かかわりなく飛び交って、今にも炎に呑《の》まれるのではないかと気が気ではありませぬ。

「牢屋敷同心、中尾新之助と申しまする。善慶寺までお伴つかまつりまする」

間の抜けた名乗りを上げますと、七之丞は何やら気の毒げに私を見くだしました。侍の中でも、御旗本という族種はわけて権高でありまして、答えて名乗るなどということはけっしてなかったのです。

「拙者の相方を務むる者は、さぞかし迷惑であろうな」

七之丞はまさかおのれの相方が、士分ではないとは思っていなかったのでしょう。いや、そのときの口ぶりから察するに、私が手鎖の相方を務めると思いこんでいたのやもしれませぬ。

何とも答えようはありませぬな。相方は素町人の下郎、いやそれならまだよい。土壇場で死に損ねた無宿人、稼業《かぎょう》は博奕打《ばくち》ちなんぞと、どの口が言えましょう。

七之丞はほかの囚人のように赤猫の果報を喜ぶそぶりも見せず、迫りくる火の手を怖《おそ》れるふうもなく、何やら湯屋《ゆうや》にでも出かけるかのようにのんびりと、畳廊下を歩んで行きました。

揚座敷の玄関を出ますと、大牢前にはすでに囚人どもが犇《ひしめ》いておりまして、先のほうは早くも表門を出ている。

みな浅葱《あさぎ》木綿の獄衣でしたが、寒さに身をこごめるくらいのもので、騒ぐでも声高に語るでもなく、まことに神妙な行列でございました。

まずは百姓牢に入れられていた百人ばかりが出て行き、次に東西の大牢から二百余りの無宿人が続きます。それに続いて、東西の揚屋牢にいた士分や浪人、あるいは坊《ぼう》主《ず》、神主といった、いわゆる「長袖者」が出て行きました。

少し間を置いて、女牢の囚人が四十人か五十人、あらかたが夜鷹《よたか》でございましたが、公《おおやけ》に顔を晒すは哀れという石出様のお慈悲で、みながみな晒木綿の手拭《てぬぐい》を冠《かむ》っておりました。

それらをやり過ごしてから、内門を潜《くぐ》って死罪場に参りますとな、奉行所の与力と同心たちがいらいらと待ちかねていた。ともかく岩瀬七之丞の処遇を見届けねば、帰るに帰れぬというわけであります。

土壇場の柳の下には、相変わらず繁松が大あぐらをかいております。立ちこめる煙に目を細めながら、おのれの相方をそれと認めるや、斜に構えて「ケッ」と吐き捨てるように笑うた。

いかに佇《たたず》まいが正しくとも、侍が二本を差しておらぬのですから、ひとめ見て罪人と知れたのでしょう。

一方の七之丞は、大勢の囚人を見送ったあと、残りはこれひとりしかいないのだから、ほかに考えようはない。土壇場にげんなりと座っていれば、事の次第もあらまし見当をつけたやもしれませぬ。で、その百日鬘《ひやくにちかずら》の髭面を見下げ果てて、どうしようもない溜息《ためいき》をついた。

さても奇縁ではござりまするな。いったい何の因果か、岩瀬七之丞と信州無宿繁松は、こうしてひとつの手鎖に繋がれたのでございます。


善慶寺までの道順、でございますか。

それはもう、難しい話は何ひとつござりませぬ。伝馬町牢屋敷の表門を出たなら、まず真北、昔の言いようならば子《ね》の方角に向こうてまっすぐ歩けばよいのです。

地図はござりましょうか。はい、今日のものでけっこうです。江戸が東京となっても、街路は変わっておりませぬゆえ。

みなさま、どうぞお集り下さいまし。

この「囚獄」とありますのが、伝馬町牢屋敷でございます。今は濠《ほり》も埋められ建物も取り壊されて、草まぬけの空地になっておりますが、かつて大勢の首をはねた場所と思えば、ここを買って商いをしよう家を建てようなどという奇特も、このさきまず現れますまい。

さて、表門を出て神田川を越えるとなれば、上手の和泉橋《いずみばし》か下手の美倉橋《みくらばし》を渡らねばなりませぬ。ところが和泉橋の両岸にはもう火が回っているので、界隈《かいわい》の住人は美倉橋に押し寄せており、南側の豊島町《としまちょう》あたりはたいそうな混雑でございました。

もっとも、阿鼻叫喚《あびきょうかん》の地獄かというと、あんがいなことにそうでもない。あらかたは長屋住まいの町人どもで、家財というてもせいぜい鍋釜《なべかま》に煎餅蒲団《せんべいぶとん》ぐらいのものですから、焼けて困るというほどでもない。そもそも惜しむは命ひとつというわけで、さほど怯《おび》えているふうには見えぬのです。

そうした中を四百人もの囚人が粛々と進んで参りますと、人々は火事よりもよほど怖いとみえて、「赤猫じゃ、赤猫じゃ」と叫びながら道を開けました。

美倉橋を渡った先はいくらか町家があって、今の医学校のあたりからはずっと、大名旗本の御屋敷が続いておりました。

それらはどれも、一万坪だの五千坪だのという途方もない広さでありますから、ここまでくればまずは一安心ですな。

この、今は陸軍造兵司の御用地となっておりますところが、かつては出羽《でわ》久保田の佐竹右京大夫《うきょうのだいぶ》様が上屋敷、その向こうが筑後《ちくご》柳川の立花左近将監《さこんのしょうげん》様が上屋敷で、いずれも大大名でございますゆえ、門長屋のつらなる塀ぞいの道でも、町人地の何町分もありました。

ここまで参りますと人の波もあちこちに分かたれましたので、行列をいったん止めて頭数を算えましたが、まずはひとりの欠け落ちもない。どさくさ紛れに遁走《とんそう》することはたやすかったはずなのに、囚人どもの神妙さには私ども役人のほうが、畏《おそ》れ入った次第でありました。

どうやら、がんじがらめにされれば抗うのが人情で、いかにゆるゆるとしておっても理屈さえわかっていれば、いたって従順なものでございますよ。この場合には、まず逃げるか従うかの損得よりも、解き放ちを決心なされた石出帯刀様に対する義理立てが、囚人たちの誰にとっても第一であったと思われます。

私は四百の行列の殿《しんがり》におりました。手鎖に繋がれた罪人は二十人ばかりでしたろうか。急なことゆえきちんと選別したわけでもありますまいが、まあ大方は死罪遠島と決まっている者か、さもなくば性悪な連中でした。

それらにしたところで、今日の押送《おうそう》のように手鎖に縄を通して曳《ひ》いてゆくわけではございませぬ。そんなことをしたらかえって危のうございますゆえ、二人一組の相手《あいて》鎖《ぐさり》として歩かせておりました。そうした連中を行列の尻《しり》に置いて左右を同心どもで固め、殿に例の二人——岩瀬七之丞と繁松の番いを歩ませ、私が警護しておったわけであります。

柳川屋敷の先は稲荷町《いなりちょう》、つき当たりが新寺町通で、そのあたり一帯には大小の寺がぎっしりと詰まっております。あまたある寺の中で、なにゆえ善慶寺かという理由は存じませぬ。私どもはただ、天保の解き放ちに倣っただけでござります。

もっとも、何ごとにかかわらず旧例に倣うというがあの時代の常道でござりましたゆえ、おそらく天保の折にもそれは同様で、つまるところ大昔から解き放ちは善慶寺と定まっておったことになりますな。

あえて理由らしきところを考えまするに、同寺は新寺町の奥の、さして目立たぬ小さな寺であります。解き放ちをいたすには、適当な場所にちがいござりませぬ。

さて、無事に善慶寺まで到着いたしまして、さほど広くはない境内に四百の囚人どもを詰めこみますとな、それこそ箸《はし》も錐《きり》も立たぬというほどの混みようでございました。しかし依然として、誰も彼も神妙なものでございましたよ。はて、この者どもは本当に人を殺《あや》めたり物を盗んだりしたのだろうか、もしや濡《ぬ》れ衣《ぎぬ》を着せられた無実の衆が、少なからずおるのではあるまいか、などと考えてしもうたほどでありました。

殿を務める私が到着しますと、いったん山門が閉められました。あたりは火事など嘘のように静まり返っておりまして、北の風上ゆえに煙も臭《にお》いもなく、ただ嘘でないことには川向こうの半鐘の音が、遥《はる》かに渡ってくるくらいのものでありました。

門の下から境内を見渡しますと、揃《そろ》いも揃うた囚人どもの百日鬘の頭が、那智黒《なちぐろ》の碁石でも並べたようにみっしりと詰んでおりましてな、それで庫裏《くり》の前には、晒木綿で顔を隠した女囚どもが、これまた蛤《はまぐり》の白を集めておるのです。

そうした様子を眺めながら、岩瀬七之丞が言うた。

「拙者も解き放つつもりかの」

私のごとき平同心には、何とも答えようがありませぬ。とりあえずは牢屋敷から出したものの、そもそも七之丞の罪科は質《たち》がちがうのです。

そこで、私が聞こえぬふりをしておりますと、繁松が相手鎖をくいと引いてかわりに答えた。

「のう、お武家様。いってえ何の因果で俺とこうして繋がっているのかは知らねえがよ、ひとり残らずここまで引き出したからにァ、四の五のとおっしゃる御奉行様でもござるめえ。ご安心なさいまし」

七之丞は手鎖を引き返して、「無礼者」と一喝しました。千石取りの御旗本が、死に損ねの博奕打ちに五寸の口を叩《たた》かれたのでは、疳《かん》に障るのも当然ですな。

まわりの囚人どもがぎょっと振り返りましたので、私は二人の間に六尺棒を挟みこんで「静まれ静まれ」と言うた。ところが、今度は繁松が気色ばんだのです。

「おうおう。おめえが何様で、どんなヤマをお踏みになったかは、狭え伝馬町のうちだ、無宿牢にだって聞こえてくらあ。それを百も承知で下手に出りゃあ、頭ごなしに無礼者たァどういう了簡《りょうけん》だね。ならばご無礼ついでに言わしていただくがよ、こうしてお縄を打たれたからにァ、身分の上下《かみしも》なんざあるはずはねえんだ。ちったァ行儀よくしねえか」

繁松の申すところはもっともでございますが、それにしても七之丞が言い返さなかったのは、やりこめられたのではなく武士の体面を慮《おもんばか》ったゆえでござりましょう。素町人など相手にしてはならぬのが、武士の節操というものでございますな。

牢屋敷から善慶寺までの道中、二人はひとことも言葉をかわしてはいなかったと思います。それはたがいが身分のちがいを承知していたからで、いきおい挨拶《あいさつ》もなくかくなるやりとりとなったのですから、険が立っても仕方ありますまい。

そのときちょうど折よく、石出帯刀様が本堂の縁に立たれました。

「御奉行様よりお下知《げじ》を賜わる。一同、神妙にいたせ」

鍵役《かぎやく》の丸山小兵衛が告げますと、囚人どもは待ってましたとばかりに「へーい」と声を揃えまして、一斉にかしこまりました。その折にも二人は息が合いませぬ。繁松はみなと同様に正座をしたのですが、御旗本が御目見得以下の石出様に膝を屈するはずもない。手首を繋がれたまま、ひとりが立ちひとりが座っておったわけであります。むろん私ども役人も片膝立って控えますので、本堂の縁に立たれた石出様と山門の下の七之丞が、黒ずくめの碁盤を挟んで向き合うておるという図ですな。

石出様はあらましこのようなことを仰《おお》せになった。

「おのおのに申し付くる。かくなる次第により、これより解き放ちをいたす。鎮火ののちはすみやかに当寺へと立ち戻るべし。刻限は暮六ツ。万がいち当寺に火が及んでおったとしても、きっと焼跡に戻るべし。神妙に順《したご》うた者は罪一等を減じ、帰らざる者、刻限に遅れたる者は委細かまわず死罪に処す。解き放ち中に盗み、女犯《にょぼん》、意趣返し等の狼藉《ろうぜき》を働きし者も右に同じ。しかと承知いたせ」

そこで囚人どもは、誰が音頭を取るでもなく、また「へーい」と声を揃えて平伏いたしました。それから、石出様が御本尊の前にぬかずかれて、一同もろともに合掌いたすのです。まあ形ばかりではござりまするが、御仏様の前にて誓いを立てるわけですな。

さて、そののちは打って変わった大騒ぎでございます。お下知を賜ったからには、一刻も早くおさらばしたいというは人情で、囚人どもはわれさきに山門から飛び出した。いやはや口々に歓声を上げておし合いへし合い、まるで天下祭の御輿《みこし》が渡るような騒ぎでございましたよ。

いざ解き放ちとなれば、誰しもひとめ会《お》うておきたい家族があり、あるいは惚《ほ》れたおなごも義理ある人もいるのです。

正直を申しますとな、私はそのとき、ああこれはいかんなあ、戻る者などおらぬなあ、と思うたものでありました。

言い伝えによれば、去る天保の解き放ちの折には一人残らず立ち帰って参ったそうでございまするが、それはまあ、牢屋敷の体面上そういうことにしたのでありましょう。ましてや、幕府のご威光のあった天保のころとは、まずご時世がちがいます。石出帯刀様にご恩は感じても、その上の新政府とやらにいったい何の義理がございましょうか。よしんばそのふたつを心のうちで秤《はかり》にかけたとしても、いずれに転ぶかは知れきったものでございました。

そうした騒動の中で、相手鎖の連中は後回しとされました。やつらもまた、まさか繋がって逃げるわけにも参りませぬゆえ、山門の脇《わき》に六尺棒で押しこめられまして、文句を垂れながら座らされておりました。

騒ぎが一段落するのを待って、丸山小兵衛がやって参りましてな、例の悠長な、火事場でなくともいらいらするほどの口調で、連中に申し付けました。

「どいつもこいつも、死罪遠島の重罪人じゃの。おぬしらは今少しここに留め置くべしとの声も聞くが、火の勢いがどうのではのうて、誰にも親や子はあろう。手鎖をはずして解き放つゆえ、きっと戻ってこいよ」

私がひやりとしたのは、それが小兵衛の独断であると思うたからでございます。火消臥煙《がえん》は手が足らぬ。おまけに大名屋敷は多くが空屋敷となっておりますゆえ、風向きによってはこの新寺町にも火が及びましょう。だにしても、重罪人に限っては今少し様子を見るべきでござりまするな。

その件については特段の評定をしたふうもなかったし、だいたいからしてその物いは、石出様や奉行所のお下知を伝えておるようには聞こえなかったのです。

「丸山様、今しばらく」

私は思わず物言いをつけました。もし小兵衛の独断であったのなら、その場に居合わせた私まで、のちのち罪に問われぬとも限りませぬゆえ。

すると、小兵衛はあの福々しい布袋《ほてい》顔をにんまりとさせましてな、このようなことを言うたのです。

「おまえ、こいつらがみな無宿人だと思うか。天保の昔ならいざ知らず、きょうび無宿人を食わせるほど、呑気《のんき》な江戸でもあるまい。見てみい、どいつもこいつも、江戸ッ子でございと顔に書いてある」

以前にも申し上げました通り、当時の罪人は家族縁者に累《るい》が及ぶのを怖れ、またお縄を打たれたことを恥と心得ておりますゆえ、多くは偽名を名乗り、無宿人と称したのであります。上州無宿だの奥州無宿だのというても、それらしき訛《なま》りのある者は少なく、面構えも垢抜けていたのはたしかでございました。

今にして思うても、あの当座の江戸は無宿人を養う余裕などなく、そればかりかかつては無宿人の無法ぶりに手を焼いていた江戸ッ子が、悪事を働いて口を糊《のり》するほどになっていたのです。

だとすると、「誰にも親や子はあろう」という小兵衛の言葉には、ちがった意味が汲《く》み取れますな。つまり、「この際だから親や子にひとめ会うておけ」ではのうて、「親や子が火に巻かれておるやもしれぬ」という心配りにちがいない。

みずから手鎖の鍵をはずしながら小兵衛は、ひとりの囚人に訊《たず》ねました。

「おまえ、無宿人か」

すでに八丈送りと決まっていたその若い男は、にべもなく「いんや」と顎《あご》を振りました。

「そうか。家はどこだ」

「柳原土手の長屋にござんす」

「そいつは心配だ。すぐに行ってやれ」

小兵衛がぽんと背中を叩くと、男は矢も楯《たて》もたまらぬというふうに山門を駆け出て行きました。

「おまえは無宿人か」

と、取り残された相方に訊《き》けば、これも肩をすぼめて、「国は甲州でござんすが、深川の六間堀に所帯がございやす」と、素直に答える。

「天保の大火事は大川を越したゆえ、油断はするな。必ず戻ってこいよ。遠島となっても、世間が落ち着けばじきに恩赦もあろう。差し引きけっして悪いようにはならぬ。よいな」

そうした具合に、いちいち因果を含めて手鎖を解くのでありますが、無宿人と答えたは二十のうちの二人か三人であったのには驚かされました。いや、それよりももっとふしぎに思うたのは、無宿人と偽って罪の定まった者どもが、嘘も隠しもなく身上を答えたことでございます。いったいどうしたわけかはわからぬのですが、私の目には丸山小兵衛ののどかな顔が、布袋《ほてい》大黒《だいこく》どころか慈悲深いお釈迦様に見えたものでございました。

しまいに残ったのは、牢名主の繁松とキンギレ退治の七之丞。この二人の大物はさすがに偽名など使いはせず、罪状もはっきりとしております。かたや土壇場《どたんば》での死に損ね、こなた新政府を仇《かたき》とする者で、これはかりはおいそれと解き放つわけには参りませぬ。

そのとき、小兵衛とは同格の鍵役同心が本堂の階段をばたばたと駆け下りて参りましてな、「これ、小兵衛。おぬしいったい何をしておるのだ」と、目を剝《む》いて言うた。この杉浦《すぎうら》と申す同心は、悪い人間ではないが、とかく物事を杓子《しやくし》定規に計る堅物でござりまして、石出様や町奉行所の与力《よりき》からは信頼が篤《あつ》かった。ということは、お人好《よ》しで融通の利《き》く小兵衛は囚人どもに慕われており、四角四面の杉浦は憎まれておったわけでございます。

「貴公、勝手な真似をしおって」

と杉浦が叱《しか》りつけても、小兵衛は空とぼけて「少々早うござったかの」などと言うた。むろん私にはわかっておりましたとも。小兵衛は親や妻子の身を案じて居ても立ってもおられぬ相手鎖の囚人どもを、見るに見かねて解き放ってしもうたのです。

「御奉行様はの、相手鎖の者どもには今しばらく控えさせよとのお下知じゃ。おぬし、何と申し開きをする」

「はあ。お詫《わ》びいたすほかはござらぬの。拙者はまた、さきほどのお下知がすべてと思うていた。いや、とんだ勘違い」

「何のために死罪遠島の重罪人を相手鎖としたか、子供でもわかりそうなものじゃぞ。所払いや笞《むち》叩きの者どもと一緒くたにして、解き放てる道理はあるまい。思い出してもみよ、おたがいこの中尾の齢《とし》ごろ、天保の解き放ちに立ち会うておるではないか。あの折にも相手鎖の者どもは寺に控えさせておったのじゃぞ」

「はあ、そうでござったかの。あまりに遠い昔の話ゆえ、何ひとつ覚えてはおらぬ」

「腹切りものじゃ」

「それならそれで、まあ、致し方ないの」

上司二人のやりとりに、私が口を挟むわけには参りませぬ。ところが、所在なさげに相手鎖のまま佇んでいた七之丞と繁松が、そのとき異口同音に文句をつけたのでございます。

「控えよ、両人。あれこれ言う間にこの手鎖を何とかせぬか。下郎では話にもならぬ。石出をこれに呼べ」

「済んだことを四の五のと蒸し返したって、何の得もござんせん。たいがいになさんし」

同時にそんなことを言うてしもうてから、七之丞と繁松は思わず顔を見合わせて、何やらうんざりとしておりましたよ。

そうこうしておるうちに師走《しわす》の空はたそがれて参りましてな、風向きが変わったとみえて、頭上を群れ飛んでゆくのは巣に帰る鳥ではなく、火屑《ほくず》ではござりませぬか。門前はにわかに騒がしゅうなりまして、どうやらいったんは新寺町に逃げこんだ町衆が、ここも危いと知ってさらに北へと向こうておるのです。

近在の大名屋敷の御留守居役様か何かでしょうか、馬に乗った立派な侍が通りすがりに大声を張り上げた。

「すでに下谷の御屋敷には火が移った。坂本村に向こうて遁《のが》れよ。急げ」

新寺町の一帯が安全とされているのは、柳川屋敷を始めとするいくつもの大名屋敷が火除《ひよけ》の壁になっているからで、そこを越えたとなれば、北側に犇めく御家人の大縄地はかえって火付の松葉でございますよ。そうなると新寺町にみっしりと詰まった小さな寺々だってひとたまりもござりませぬ。

坂本村と申すは今日の第十大区、すなわち吉原田圃《よしわらたんぼ》からずっとつながる畑地でありまして、そこまで行けばまず焼ける家屋はない。

そのとき本堂の縁に石出様がお立ちになり、こちらに向こうて手招きをなされました。さすがは江戸開府以来の牢屋奉行、べつだん何をあわてる様子もなく、頼もしき限りでございました。

ところで石出様のお下知によると、囚人どもの立ち戻りの刻限は火事が終熄《しゅうそく》したるのちの暮六ッ、という話でございましたな。

これには少々付言を要しましょうか。つまり、いったい何を以《もっ》て火事の終熄とするか。命のかかった肝心なところでございます。

みなさま方の多くはご存じないと思われまするが、江戸の町には大昔からのならわしがござって、火が消えたと判ずれば市中くまなく、鎮火報と称する鐘が鳴り渡るのであります。

もっとも、これは勝手に撞《つ》いてはなりませぬ。まず、御城の大手門と桜田門に踏ん張っておられる方角《ほうがく》火消の御大名が、櫓《やぐら》や石垣の高みからご覧になって、およそ火の消えた旨《むね》を月番の御老中に報告する。次に御老中は公方様のご裁可を賜わって、上野のお山の寛永寺に使者を立つるのであります。で、寛永寺では畏《かしこ》まりまして、大仏堂の向かいにある時の鐘を、時刻にかかわらずゆっくりと撞く。これが鎮火報でございます。

寛永寺の鐘が市中くまなく渡るはずもないが、ほかの寺々はこれを聞いて同じ鎮火報を撞くので、やがてすべてに知れ渡るのであります。つまり、朝夕の六ツと正午に撞かれる時の鐘と同じ理屈で、寺々は寛永寺により近い寺の捨て鐘を聞いて撞き始めるゆえ、相当の誤差は生じまするが、ともかく小《こ》半刻《はんとき》ばかりの間には、目黒の祐天寺《ゆうてんじ》やら上大崎の寿昌寺などの遥かな場所まで鎮火報が届くのでございます。

火は消えたゆえ在所に戻って後片付けを始めよ、という報《しら》せなのですが、ばんたびの火事ではのうて二十年に一度あるかなきかの解き放ちになった囚人どもにとっては、善慶寺に帰って神妙にいたせ、というお触れの鐘でありました。すると、生死を分かつ刻限は、その鎮火報の鳴った日の暮六ツということになりますな。

いや、理屈をあれこれ考える要はござらぬ。解き放ちが師走二十五日の夕刻でござりますゆえ、夜通し焼けたにしても翌《あく》る日にはまず鎮まりましょう。よほどの大火となってもせいぜいその翌日で、つまり囚人どもは次の日の暮六ツ、うまくすると翌々日の同刻に善慶寺へと戻ればよい。しかるに鎮火報を聞き落として首を斬《き》られるのではたまりませぬゆえ、早い話が翌二十六日の暮六ツまでに戻れ、というお下知に聞こえたはずであります。

覚えておることを詳《つまび》らかに語れとの仰せに順うておりますが、いくらかは端折《はしょ》りませぬと話がなかなか進みませぬな。
石出様が落ちついたご様子で手招きをなさった、というところからでございます。丸山、杉浦の鍵役同心に、いまだ相手鎖を解かれぬ七之丞と繁松、もひとり事のなりゆき上、二人の見張り役となっておる私が本堂に上がりますとな、そこには祐筆の湯浅孫太夫をはじめ、天保の解き放ちを経験しておる何人かの老役が控えておりました。

なにしろ火勢は迫っておるので、丸山小兵衛が独断にて相手鎖の重罪人を解き放ったなど、もうどうでもよいというふうでございました。さしあたって評議せねばならぬは、七之丞と繁松の身柄をどうするか、という問題であります。

本堂の隅には、今ひとりの厄介者がおりました。男二人は相手鎖ですが、女には繋ぐ相手もおらず、そのうえ札付きの莫連女《ばくれんおんな》でありますから、後ろ手に縛り上げられた縄で、御堂の柱に犬のごとく結びつけられておったのです。

これは通り名を白魚《しらうお》のお仙《せん》と申しまして、その名のごとく色白の別嬪《べっぴん》だが、正体は三十間堀の白魚屋敷のあたりに巣食う夜鷹どもの大元締でございました。

齢のころなら三十を過ぎた大年増《おおどしま》ではございますが、磨き上げられた艶《つや》と百の夜鷹を束ねる女頭目の貫禄《かんろく》がおのずと漂う、まあ江戸前の鉄火姐御《あねご》とでも申せば、まずほかに言いようはありますまい。

お仙はみずから客を取ることはないのだが、その実、白魚河岸《かし》とは目と鼻の先の八丁堀と誼《よしみ》を通じておりましてな、南北町奉行所つごう五十騎の御与力中、老役を除いた四十騎かそこいらは、みなお仙をめぐる摩羅兄弟であろうなどという下卑た噂《うわさ》もございました。

むろん虚実のほどは存じませぬ。しかるに、あのお仙とひとたびでも情を交わしたならば、まず惚れぬ男はおりますまい。かくしてお仙ひきいる白魚屋敷の夜鷹どもは、南北は三十間堀から楓川《もみじがわ》、東西は京橋から八丁堀までの河岸という河岸に、繁盛《はんじょう》を極めていたのであります。

ところが、そうした繁盛も明治の当節に取って代わったのではどうしようもない。新政府は官兵の軍紀の紊乱《びんらん》を何よりも怖れましたので、まずまっさきに取締られましたのは私娼《ししょう》と博奕、そのあたりのいきさつは誰よりもみなさま方がようご存じでございましょう。すると当然のごとく、太政官《だじょうかん》の厳命を受けた八丁堀の御与力様たちは、たちまちお仙との情けも義理も水にして、いや情けや義理があるからこそあわてふためいて、掌《てのひら》を返したように白魚屋敷の夜鷹を一網打尽とした。

もっとも、お縄を打たれたところで隠売の罪は過料と定まっておりますゆえ、手下の女どもは痛くも痒《かゆ》くもないのだが、元締のお仙には、遠島という重いお裁きが下されました。いわば醜聞の口封じでございますよ。

聞くところによれば、お仙は申し渡しのあったお白洲《しらす》で尻をからげて股《また》を広げ、「おうおう、御奉行様も御与力様も、これが先途の見納めだ。毎度お世話になりやしたと、雁首《がんくび》そろえてお愛想のひとつも言ったらどうでえ」

などと、大見得を切ったそうであります。

そのようなわけで、白魚のお仙は町奉行所にしてみれば大変な厄介者、解き放ちをすればどこで何をしゃべるかわからぬし、まかりまちがえば命を的に骨髄の恨みを晴らさぬとも限らぬ。

さて、お仙と七之丞と繁松、事情は三者三様でござりまするが、いずれもおいそれとは解き放てぬ輩であったことは、これですっかりおわかりでしょう。

慶応が明治に変わってわずか三月、新政府の形はいまだ定まらず、私どもは頭がすげ替わったまま従前通りの御役についていたのです。この三名をどのように処遇するかは、まこと難しい。

考えてみても下され。町方の弱味を握っておるうえ恨み骨髄の莫連女。江戸の闇《やみ》に潜って官兵を斬り続けていた剣客。そして太政官のいいかげんなお裁きで死に損ねた任俠《にんきょう》。どれもこれも従前通りの見識では判断のつきかねる者どもでござりました。

むろん新政府や町奉行所にお伺いを立てる間などない。検使与力はとっくに影も形もなく遁走しておりました。こうなるとさしもの石出帯刀様もどうしてよいかわからず、古株の同心たちから意見を聞くほかはござりますまい。

「天保の解き放ちの折には——」

と、すでに堂内にまで立ちこめる煙にしわぶきながら、湯浅孫太夫が言うた。

「たしか、すべての者どもを解き放ったわけではのうて、重罪人と素姓の悪い者に限っては、この本堂に留め置いたはずでござります」

しかしそのときは、新寺町まで火が及ばなかったのでありますから、まず話にもなりませぬな。

すでに寺には坊主や寺男の姿もなく、同心たちもあらかたは逃げ去っておるのです。

「ともかくここは坂本村まで」

と誰かが言うたのですが、耳を貸す者はなかった。何事も旧来のお定め通り、すなわちこの善慶寺にて石出様のご決断を仰がねばならぬのです。みなさま方はどのように思われるか存じませぬが、二百六十有余年にもわたる幕府諸役の心掛けと申すほかはござりませぬ。

宵闇を煙が被《おお》いまして堂内はすでに暗うなっており、私らは火の粉を振り払いながら立ったまま評定をいたしておりました。

「斬るほかはござるまい」

いきなり杉浦が申しました。言われてみれば最も後顧の憂《うれ》いなきは、それでございますな。

「解き放ったところで、立ち戻ってこようはずはござらぬ。繁松はすでに捨てた命、他の両名は必ずご政道に害をなしまする。いずれにせよ、のちのち石出様の問責は必定にござれば、そのほかの手立てはござりますまい」

石出様はさしてお考えになる様子もなく、然《しか》りと肯《うなず》かれました。声に出さずとも、これはご決断であると思うた同心どもは、一斉に刀を抜いた。むろん私も同様にござります。

牢屋同心はみな死罪の仕置に携ったことがござりますゆえ、人を斬るにも迷いがないのであります。いやむしろ、さなる務めにつく私らにとっては、実は誰しもが考えておった既定の答えであったのやもしれませぬ。そうでなければ、みながみないっぺんに刀を抜くはずもござりますまい。

ところが、ひとりだけ抜かぬ者があった。

「しばらく」と大声を上げて、丸山小兵衛が私らの前に立ちはだかったのです。日ごろの布袋顔が、まるで鬼か夜叉《やしゃ》のような形相に変わっておりました。

小兵衛はたとえば三羽の雛《ひな》を被《かば》う親鳥のごとく、羽織の袖《そで》を双手《もろて》に拡《ひろ》げましてな、石出様と私どもに向こうてこう申したのでございます。

「おのおの方に物申す。この者どもが立ち戻ってこようがこまいが、ご政道に害をなそうがなすまいが、いわんや石出様が責を問われようが問われまいが、そうした理屈はことごとく、われらが私欲、われらが保身より出《い》ずるものでござろう。解き放ちと申すはけっしてさにあらず、神仏の慈悲をわれらが顕現せしむるところなれば、後顧の憂いなきよう斬るなどと申すは、神仏のご意志に反する悪鬼の所業にござる。お考えめされよ。さなる道理あったればこそ、解き放ちは火事にも喧嘩《けんか》にもまさる江戸の華なのではござらぬのか。それともおのおの方は、江戸を乗っ取った薩長《さっちょう》に媚《こ》びへつろうて、華を捨て石くれを抱くおつもりか。今いちど、これにおわす御仏様にかわって物申す。どのような理屈にもまさって重きは、人の命にござる。その人の命を父子代々にわたり奪い続けた不浄役人なればこそ、この華ばかりは石に変えてはならぬ。解き放たれよ」

私どもは小兵衛の胆力に気圧《けお》されたわけではござりませぬ。道理も道理であると、たちまちわかったがゆえに、刀を納めたのでありました。

石出様はやや俯《うつむ》かれて仰せになられました。ただ一言、「解き放て」、と。

さて、さる明治元年暮の出来事について、私が近しく見聞したるはそのくらいでございましょう。実のところは、そこまでの顚末《てんまつ》をこの目で見たかどうかも怪しいのです。

いえ、今さら何を隠しておるわけではございませぬ。のちに聞いた噂を見てきたように語ってはなりますまい。どうかそののちのことにつきましては、しかるべき人物にお訊ね下されまし。

ましてや本日は西獄舎に上番中でございますれば、そろそろ持場に戻らねばなりませぬ。なにぶんみなみな様のご厚情をたまわりまして、ようやく出仕の叶《かな》いましたる負け組の分限にございますゆえ。

二、工部省御雇技官エイブラハム・コンノオト氏夫人

スウェイニイ・コンノオト証言

西暦一八三六年天保七申年《さるどし》生四十歳

現住所東京第三大区三小区半蔵門外英国公使館内

若《もし》クハ横浜山下町グランドホテル館

司法卿《しほうきょう》閣下から折入っての頼みごとと持ちかけられたのでは、否《いや》も応もございませんね。

わざわざ横浜までご足労ねがいましたのは、市ヶ谷監獄の典獄《てんごく》様からのご訊問《じんもん》と伺いまして、これはなかなか他聞を憚《はばか》るお話であろうと察したからでございます。まあ、今では新橋からの鉄道もございますから、ご足労というほどの手間でもございますまい。

それにしても、この暑いさなかに大の男が四人《よったり》もお出ましとは、いったい何のお訊《たず》ねでございましょうか。もっとも、司法卿閣下からイギリス公使を通じてのお話でございますから、わたくしも安心はいたしておりますが。

初めに申し添えておきます。

わたくしの夫は、ビクトリア女王陛下の勅命を奉じて参上した、鉱山技師でございます。縁あって日本人のわたくしと夫婦《めおと》になりましたが、西洋人の妻を思う気持ちと申しますのは、それはそれは強いものでございましてよ。

もしわたくしが何がしかの侮辱を受けたと知れば、出張先の北海道から飛んで帰って、入れ代わりにみなさま方を開拓使の鉱山に送り出すことなど造作もございません。司法卿閣下をはじめ、政府の参議顕官の方々はよろしく存じ上げておりますの。畏《かしこ》くも宮中に招かれて、ご龍顔《りゅうがん》を拝し奉《たてまつ》ったこともたびたび。また今も月に一度は、皇后陛下や宮家の妃殿下方とアフタヌーン・ティーのテーブルを囲んで、四方山話《よもやまばなし》に花を咲かせます。

そして、ここが肝心要《かなめ》でございますがね。アフタヌーン・ティーの語り部は、きまってわたくしですのよ。雲上人の奥方様は、波瀾万丈《はらんばんじょう》のわたくしの人生を夢物語のように楽しまれるのです。

つまり――わたくしには今さら暴《あば》かれて困る過去など、何ひとつございません。むろん主人もすべて承知の上で、わたくしを娶《めと》り、愛して下さっておりますわ。

正直のところを申し上げれば、わたくしがみなさまを横浜までお呼び立てしたわけはそれです。何を訊ねられたところで、わたくしに不利益はない。こちらからみなさまに利益を与えるのですから、ご足労いただくのも当然でございましょう。

ああ、港からいい風が。

東京のイギリス公使館にも住まいはございますが、あのあたりはどうにも蒸し暑くてかないません。夫が出張中の公使館と申しますのも、日本人のわたくしには居心地が悪うございますしね。そうしたら工部省が、このグランドホテルの貴賓室を用意して下さいました。

とても涼しくて、景色もよろしくて、秋のかかりには北海道から帰ってくる主人を出迎えるのにも、好都合でございます。それにわたくし、主人が留守の間に英語の勉強をしなければなりませんし、西洋料理の賄《まかな》いも覚えなければなりませんしね。

適当な家庭教師はいないかと支配人に相談いたしましたら、「それには及びません、奥様」と、ホテルの通辞をよこして下さいましたの。お料理のほうは、厨房《ちゅうぼう》に自由に出入りなさって下さい、と。

御雇外国人とその家族は、政府の肝煎《きもい》りで大切にされますのよ。まさに至れり尽くせり。この先の日本の礎《いしずえ》を築いているのですから、当たり前でございますけれど。

おや、いかがなさいましたか。お紅茶にも葉巻にもお手をつけようとなさらず。いっこうにご訊問も始まりません。

わたくしの顔に、何かついておりまして。それとも、この絹のドレスがそれほど珍しいのでしょうか。

みなさまが何をお考えかは存じております。

人ちがいではなかろうか。

あるいは、

めったなことは訊《き》けぬ。

ごもっともでございますね。でも、人ちがいではございませんし、みなさまを呼びつけておいて、司法卿閣下の折入ってのお頼みごとを反古《ほご》にするわけには参りません。

それでは致し方ございません。お行儀は悪うございますが、まず帽子を投げ――ドレスの裾《すそ》をからげさせていただきましょう。

おうおう。典獄だかヒョットコだか知らねえが、おめえら横浜くんだりまでいってえ何をしに来やがった。好き勝手にあれこれ調べ上げたあげく、面と向き合やァ人ちげえかもしれねえだの相手が悪いだの、役人の風上にも置けねえ、いやさ、男の風上にも置けねえ野郎どもだ。

まったく、どいつもこいつも外国人を神さん仏さんみてえに崇《あが》め奉りやがって、一昔前には唾《つば》吐きつけられた羅紗緬《らしゃめん》が、今じゃあ畏《おそ》れ多くて物も言えねえ奥方様かね。

ま、そりゃあそれでいいさ。おめえらが物も言えなくたって、こちとら司法卿閣下のたっての頼みを水にするわけにァいかねえ。聞けねえのなら聞かせてやるまでさ。お察しの通り、御一新前《めえ》の私《わっち》の名前は白魚《しらうお》のお仙《せん》。スウェイニイてえのは、その名をもじくって亭主がつけてくれたんだ。

どうだい。よもや四十には見えねえだろう。よしんばそう見えたところで、だからどうだてえ男はいるはずもねえ。そんじょそこいらの半ちくな器量よしなら、よくぞ生んで下さんしたとふた親に手を合わせもしようがの、てめえで言うのも何だがごらんの通り別嬪《べっぴん》も度を過ぎりゃ、ろくなことにはならねえのさ。

あげくの果てに、お縄を打たれて八丈島送りてえお裁きが下りたのァ、慶応が明治に改った年の秋口のことだった。

さて、話は長くなる。まずは汗を拭《ふ》いて、葉巻でもおつけなさんし——。

なるほど。

伺いました限り、その中尾新之助《なかおしんのすけ》なる牢屋敷《ろうやしき》同心の申しましたるところに、あらましまちがいはございません。

ここまで訪ねていらしたからには、わたくしの罪科につきましてもあれこれ聞いているのでしょうけれど、それはまあ、今さらどうこう言うことでもなし、お話の本筋とはさほど関係がございませんね。

ただひとつだけ、中尾の証言でみなさまがお気付きになっていないことを、初めに申し添えておきましょう。

多くの囚人たちが解き放たれた中で、どうして三人だけが別扱いとされたのか。重罪人も性悪な者も、ほかに大勢おりましたのよ。岩瀬《いわせ》七之丞《しちのじょう》という侍については、別扱いも致し方ございません。無宿人繁松《しげまつ》も、お裁きが正しかったかどうかはともかくとして、土壇場《どたんば》からすんでのところで救われたのですから、ひとからげに解き放ってはならぬという理屈もございましょう。

では、わたくしは。

炎の迫る善慶寺《ぜんけいじ》の本堂で、役人たちは三人を斬《き》り捨てようとしたのですよ。あのとき、丸山小兵衛《まるやまこへえ》なる鍵役《かぎやく》同心が止めに入らなければ、わたくしたちは焼け焦《こ》げた死体となって闇《やみ》に葬《ほうむ》り去られていたのです。

慶応が明治と変わってからわずか三月、新政府は司法になど手が回らず、旧幕府のお裁きが従前通りに続いていたことはたしかでございます。それにしても、太政官《だじょうかん》から何ひとつお達しがなかったはずはございません。

つまり、こういうこと。

新政府はそうした事情の中で、官兵たちが江戸の市民から嫌われてはならぬと懸命だった。キンギレを肩に付けた官軍とはいえ、しょせんはあちこちの御大名が差し出した寄せ集めの兵隊で、素姓も悪く、お国訛《なま》りの言葉だってそうそう通じないのです。あら、ごめんあそばせ。みなさま方も八年前には、そのうちのひとりであらせられたかもしれませんわね。

だったら話は早うございます。お殿方の道楽はいつの世にも、飲む、打つ、買う。悶着《もんちゃく》の種もまた、飲む、打つ、買う。

このうちのお酒については、まず取り締まりようはないとしても、博奕《ばくち》と女は気を付けねばなりません。そこで見せしめのために捕われたのが、深川の賭場《とば》を仕切っていた繁松と、白魚河岸《かし》の夜鷹《よたか》の元締お仙。

わたくし、こう見えても当座は役者なみの有名人でしたのよ。少くとも京橋から八丁堀までの河岸という河岸では、わたくしに仁義を通さず商売などできはしませんでした。

繁松と申す者は、本所新町にてお上より十手取縄まで預る、麹屋五《こうじやご》兵衛《へえ》という大親分が手下《てか》でございましてね。なになに、一ッ所の賭場を仕切る中盆《なかぼん》などではございませんよ。深川一円の賭場という賭場は、まずこの繁松が仕切りでございまして、いわば麴屋の金櫃《かねびつ》、裏稼業《うらかぎょう》の顔役でございました。しかるべき御役方には月々の賂《まいない》を落としておりましたのも、わたくしと同しでございましょうね。

まあ、そのあたりの事情を新政府がどこまでご存じであったかはわかりませんが、ともかく向後《こうご》、夜鷹買いと博奕は御法度《ごはっと》と官兵どもに思い知らせるために、わたくしと繁松を見せしめにしたのでございますよ。

牢屋同心はひとり残らず知っていたはず。繁松とお仙は太政官よりの厳命にて捕えられた、特別の罪人である、と。

これでおわかりでしょう。四百《しひゃく》の囚人をことごとく解き放ったのち、どうして三人だけが本堂に繫《つな》ぎ留められていたか。それどころか処分に困って、斬り捨てようとまでしたか。

中尾新之助という若い同心は記憶にございませんが、市ヶ谷監獄に戻って詮議《せんぎ》するようなまねは、どうかおよしになって。

べつだん嘘《うそ》の証言をしたわけではなく、面倒な話は口にしなかっただけなのですから。むしろ旧幕の役人から新政府に居流れた立場としては、賢明と申すべきでございましょう。

みなさまがお考えになるほど簡単な話ではございませんのよ。世の中が覆《くつがえ》ったあとで、新たな人生を歩み出すということは。

ほら、何もかもが変わってしまって、変わらぬものは空と海の色ばかり。たった八年前には、粋《いき》な小袖《こそで》をぞろりと着て岸柳の下をのし歩いていたわたくしも、こうして窮屈なドレスを身にまとって、コンノオト夫人と称しておりますの。何もかもが変わっても、人が変わるのは難しい。

どうぞご覧下さいませ。船も波止場も辻《つじ》馬車も、しょせん人間が造り出したものではございますけれど、その人間は神の造り給《たも》うた天然の一部なのです。だから化身できるはずはない。そう、この空や海のように。

気障《きざ》な台詞《せりふ》、ごめんあそばせ。

実は主人の受け売りですの。彼はそう言って、わたくしを口説いてくれました。でも、だからって言葉に甘えて変わらずにおられましょうか。わたくしは主人を造物主と信じて、変わらねばならないのです。

どうぞ、お紅茶を。

中尾新之助の証言にはあらましまちがいがございませんので、先を話させていただきます。よろしゅうございますね。

丸山小兵衛という同心については、人となりなどよくは存じませんが、四十を過ぎた老役の割には目立たぬ人であったと思います。

鍵役同心は二人の交替で、囚人たちに何やかやと厳しく当たるのは、今ひとりの杉《すぎ》浦《うら》という侍でした。その仕事ぶりのちがいと申しましたら、下働きの者が朝食を配るときすでに、きょうの鍵役は丸山か杉浦かがおのずと知れたほどでございます。

杉浦は上番中に、昼夜わかたず見廻りをするのです。そして、居ずまい寝相にまでくどくどと文句をつけます。その権高さと申しましたら、とうてい牢屋同心とは思われず、町方の御与力《よりき》様か何かのようでございました。

一方の丸山は、まず見廻りなどいたしません。たまに女牢を覗《のぞ》きましても、「何か不都合はないか」というようなことを言うぐらいで、そもそも女が苦手なのか、まともにわたくしの顔を見ようともしませんでした。

そうした手合でございますから、あの善慶寺で丸山が割って入ったときには、たいそう意外に思ったものでございました。いったい何を言いましたやら、細かなことまでは覚えておりませんが、相当に筋の通った文句であったと思います。

ともあれその丸山の説得で、御奉行様は翻意なされまして、わたくしども三人は解き放たれる運びとなりました。今にして思えば、丸山は命の恩人でございますね。

御奉行様のお下知《げじ》があってからも、わたくしはしばらくの間、縄で括《くく》られたままでした。繁松と七之丞もいまだ相手鎖《あいてぐさり》に繋がれたまま、それはそれは三人三様にやきもきしたものでございますよ。

なにしろ火の手は迫ってくる。わたくしたちを斬ろうとした同心どもも、とっとと逃げ出す有様で、たぶんそこまでしか語らなかった中尾新之助も、そのときにはすでに逃げてしまっていたのでございましょう。そうでなければ、も少し先までお話しできるはずですから。

御奉行様と両鍵役、あと一人か二人はおりましたか、ともかく何人かが降りかかる火の粉を払いながら何やら相談をいたしておりましてね、それから結論が出たとみえて、ようやく丸山がわたくしたちのところに戻って参りました。

「解き放つ前に申し付くる」

丸山はひとりひとりの顔を見つめながら、このようなことを申しました。

「鎮火報を聞いたのちは、暮六ツまでにきっと立ち戻れ。おぬしらの命は一蓮托生《いちれんたくしょう》と決した。すなわち、三人のうち一人でも戻らざれば、戻った者も死罪。刻限までに三人ともども戻れば、罪一等を減ずるのではなく、三名ともに無罪放免といたす」

きっぱりと言うだけのことを言って、丸山はわたくしの縄を断ち切り、繁松と七之丞とを繋いだ相手鎖の錠も解きました。

ところがふしぎなことには、自由の身となったにもかかわらず、三人ともとっさに逃げ出そうとはしなかったのでございます。

解き放ちの条件というものが、なかなか呑《の》みこめなかったのでございますよ。だって、そうでございましょう、そもそも三人は何の縁もゆかりもないのです。自分が戻らなくて、戻った者の命がどうこうなったところで知ったことではございません。そうした三人を一括りに義理の縄で縛るなど、思いつきにしてもお粗末な話でございます。

ましてや、わたくしは割に合いません。繁松も七之丞もお裁きは死罪と決まっておりますけれど、わたくしは島流しなのです。つまり二人は斬られてもともとでも、わたくしは斬られ損、それでは戻ってこようはずがございませんね。

めったなことを言って、この願ってもない話が水になってはかなわないと思いつつも、わたくしはついつい訊いてしまいました。

「のう、丸山様。おまえさん、私《わっち》がこの割に合わねえ話に乗るとでも思っていなさるのか」

すると丸山は、たいそう悲しげな顔をいたしました。

「帰ってきてくれ。おまえにとっては割に合わぬ話だろうが、ほかに手だてがないのだ」

丸山の背のうしろには、同役の杉浦が腕組みをして立っておりましてね、その不愉快そうな目と向き合ったとたん、ことの次第があらましわかりました。

御奉行様は丸山の進言を容《い》れて、三人を解き放つとお決めになったのだが、杉浦が異を唱えた。江戸の華だの何だのという理屈は、太政官には通用しない、とでも申したのでしょう。それは一面、正論でございますから、御奉行様は考え直されてしまった。

そこであのやきもきとする、立ち評定となったわけでございます。やがて丸山が申したような結論となった。

しかし人間、いくら頭を下げられて頼まれたところで、できることとできないことはございますわ。

「そんじゃあ、帰るか帰らねえかはともかく、もひとつだけ聞いておくよ。三人三様にずらかっちまって、ひとりも帰ってこなかったらどうなる」

聞かでもがなの話ではございますけれど、わたくしの口が勝手に物を言ってしまいましてね。だって、十中八九はそうなるにちがいないと思いましたので。

丸山は答えずに、今いちど三人に向かって頭を下げました。頼む、とまでは言ったかどうか、もう月代《さかやき》を剃《そ》るまでもなく禿《は》げ上がった頭に、塗箸《ぬりばし》のような髷《まげ》がちょこんと載っておりましたっけ。

物言わぬ丸山に代わって、杉浦がこう言いました。

「おのおのに申しておく。さなる場合には、丸山小兵衛が腹を切るそうだ」

三人を一括りにする義理の縄はそれだけ。たったそれだけのか細い縄でございました。

「小役人めが、つまらぬ意地を張りおって」

と、岩瀬七之丞が丸山をせせら笑うように言いました。

「のう、旦那《だんな》。世の中そうそうきれいごとで渡れやしませんぜ」

繁松もそんなことを言った。

ごもっともでございますね。わたくしにはもう、何も言うことはございませんよ。

「ありがとうござんす」と丸山の肩を叩《たた》いて、とっとと逃げました。

境内は目も開けられぬ煙でございました。尻《しり》をからげて山門を飛び出しますとき、ふと振り返りますと、本堂の襖《ふすま》はめらめらと燃えておりまして、そのただなかに丸山がたったひとりぽつねんと佇《たたず》んで、こちらを見つめておりました。

山門の外は、一面が火の海でございましたよ。

あのときほど、公方《くぼう》様のご政道を懐《なつか》しく思ったためしはございません。江戸の町がしゃんとしていた時分ならば、いろは四十八組、本所深川十六組の町火消が、川や濠《ほり》の向こう河岸の火をおいそれとは渡しません。しかしこのときばかりは、下谷界隈《したやかいわい》の御家人屋敷を一舐《ひとな》めにした火の手が、御大名の空屋敷まで呑みこんで襲いかかってきたのです。

何はともあれ新寺町通まで走りますと、右も左ももういけません。残るは北の坂本村に向かう一筋道があるばかりでした。

火の勢いは伝馬町《てんまちょう》の牢屋から歩いてきたころとはまるでちがいます。すでに日もとっぷりと昏《く》れている時刻でしたが、炎は空を焦がして、あたりは夕映えどきのような明るさでした。その中を、いささか逃げ遅れた人々が必死の形相でわれさきに遁《のが》れてゆくさまは、さながら地獄絵図のようでございましたよ。

わたくしもそれまでには、ずいぶんと危い橋も渡り、怖い目にも遭ってきたはずなのですけれど、まずあのときほどあわてたためしはございません。解き放ちはありがたい話だが、逃げる途中で焼け死んだのでは洒落《しゃれ》にもなりますまい。

いくらも行かぬうちにすっかり息が上がり、鼻緒の切れた藁草履《わら》を捨てて裸足《はだし》で逃げていたわたくしを、どうしたわけか七之丞と繁松が二人して支えてくれておりました。まさか一蓮托生と誓った仲ではございませんが、あの二人はへこたれた女を捨てて逃げるような卑怯者《ひきょうもの》ではなかったのです。

それはそうでございましょう。繁松は深川一円の盆を預る博徒の顔役、罪を一身に背負ったうえ御牢内では大牢の名主にまで祀《まつ》り上げられた大器量でございます。一方の岩瀬七之丞は刀も抜かずに降参した多くの旗本御家人の中にあって、夜な夜な官兵を斬り続けていたのです。そうした立派な男たちが、命惜しさに弱きを扶《たす》けぬはずはございません。

しまいには繁松がわたくしを背負いましてね、七之丞は人々を大声で励ましながら、いったいいつの間に拾ったやら、ねんねこぐるみの赤ん坊とその姉らしい女の子を、両脇《りょうわき》に抱えて走っておりましたわ。

そうしてかれこれ十町ばかりも逃げたでしょうか、ようやく坂本村の枯田に転げこみましてね、そこには近在に御屋敷を構える、越中富山の前田大蔵大輔《おおくらのだいぶ》様のご家来衆が大勢待ち構えていらして、手桶《ておけ》の水をふるまって下さいました。

枯田から振り返れば、西と南の空が真赤に燃えておりました。人々はみなぼんやりとつっ立って、赤と黒とに染め分けられた夜を見つめておりましたよ。

——いい思い出なんてひとつもなかったけれど、生まれ育った江戸の町が焼けるさまは、やはり切のうございました。かたわらに佇む繁松も七之丞も、思いは同じであったはずでございます。

どうぞ、お紅茶のおかわりを。

みなさまのご来意がよほど気にかかるとみえて、家令と女中とがかわるがわる覗きに参ります。

――心配しなくても大丈夫よ。用があったら呼びますから、下がっておいでなさい。

あの家令は、徳川の御家人でございましたのよ。それも、公方様のご近習《きんじゅう》を務める御徒《おかち》であったとか。何でも昭徳院《じゅうしだい》様が上洛《じょうらく》なされた折には、京までお供をしたそうです。

主人は侍が大好きでございましてね。将軍家の侍衛であったという経歴をいたく気に入りまして、どこからか雇い入れましたの。あの齢《とし》では、さほど頼もしくも思えませんけれど。

女中はやはり御家人の家柄でございまして、武家の娘は厳しく躾《しつ》けられておりますから、かえってわたくしのほうが行儀作法を教えられておりますのよ。

いやはや——大きな声じゃあ言えねえが、人の世の受け目負い目は、下駄《げた》を履くまでわからねえもんさ。

一石橋《いっこくばし》の袂《たもと》に捨てられていた赤ん坊が、盗みかっぱらいでどうにか飯を食い、ちょいと育ってからは親の残したこの体ひとつで生きてきた。あげくの果てにお縄を打たれて哀れ島送りのところを、思いもよらぬ赤猫騒ぎでお解き放ちと相成った。

そんな人生に、先行きいいことなんてあると思うかえ。

ところがどっこい、足かけ八年しか経《た》たねえうちに、乳母日傘《おんばひがさ》で育った御家人様を家令だの女中だの、顎《あご》でこき使う奥方様さ。

のう、旦那方。うちの亭主の給金がどれくれえだか知っていなさるか。月の末にゃ工部省の会計方が、手の切れるような十円札を十と五枚、そのつど錦《にしき》の袱紗《ふくさ》にくるんで届けにくる。おまけにこのホテル代も飲み食いも、みんな払いは工部省さ。きょうびの百五十円は八年前には百五十両の大枚だ、贅沢三昧《ぜいたくざんまい》したところで使い切れねえ減りもしねえ。

どいつもこいつも、やれ捨て子だのおもらいだの、売女《ばいた》だの莫連《ばくれん》だのとさんざ人を虚仮《こけ》にしやがって。

ざまあみやがれ。

あら、大桟橋にお船が。

いったいどこのお国からいらしたのでしょう。テレスコオプでちょっと拝見。アメリカの客船ですわ。楽隊までがお出迎えして、どなたか偉い方でもご到着なのかしら。

では、無駄口はたいがいにして、お話の続きを。

坂本村の枯田まで逃げのびた、というところからでしたわね。なるべく事細かに、と言われましても、わたくしにとってあの当座の記憶は、それこそ前世のようなものでございますのよ。みなさまも今のお姿に生まれ変わる前の人生など、そうそう思い出せはしませんでしょうに。

とても寒うございました。走り続けたあとの汗が引きますと、師走《しわす》の北風が身を切るようで。

膝《ひざ》を抱えて、歯の根が合わずに震えておりましたら、かたわらに立っていた岩瀬七之丞が羽織を着せて下さいましてね。ああ、やっぱり千石取りの御旗本というのは、偉そうにはしていても心配りができるのだなと、感心したものでございました。

それぞれの身なり、でございますか。

繁松は大牢の住人でございましたから、これは牢名主とはいえお定《き》まりの単衣《ひとえ》物でございました。そう、浅葱《あさぎ》色《いろ》の木綿だか麻だかでございますね。

七之丞は袷《あわせ》の着物に、立派な仙台平か何かの袴《はかま》を付けておりました。一見したところとうてい囚人とは思えません。さすがに大小の刀は差しておりませんでしたが。

わたくしはというと、これが案外なことに牢内の着物などではなくて、当たり前の袷を着ておりました。女牢の定め事と申しますのは緩うございまして、ご禁制は縮緬《ちりめん》ぐらいのものでございました。わたくしも白魚河岸の子分どもがあれこれ差し入れなどしてくれたので、着るものに不自由はなかったのです。

足元はと申しますと、逃げる間に草履の鼻緒を切ってしまったわたくしと繁松は素足で、七之丞は足袋ばかり履いておりました。

「さて、いつまでこうしていても始まらねえの」

と、繁松が切り出しました。わたくしは黙りこくっておりましたよ。人間、切羽詰まったときには、ちょっとした一言でもとんだ災いを招くということぐらいは知っておりましたから。どうしていいかわからないときには、口をきかぬに限るのです。

切羽詰まっていた、というのはおかしな話でございますわね。善慶寺に戻るつもりなどさらさらないのに、丸山小兵衛の申し付けが胸の重石《おもし》になっていたのです。役人の申し付けなら何とも思いませんよ。だが、あれはそのようなものではなくて、丸山の頼みごとでした。

かりそめにも二本差しのお侍が頭を下げた。そこまでの覚悟を無下にしてよいものかどうかと、わたくしはいくらか思い悩んでいたのです。

繁松はわたくしをちらりと見おろしてから、七之丞に向き合いました。

「のう、お侍様。博奕打ちの分限でおめえ様にどうこう指図するつもりはねえが、俺の肚《はら》のうちだけは言わさしていただきやす。娑婆《しゃば》にやり残した仕事を片付けたんなら、さっさと善慶寺に戻るつもりでござんす」

わたくし、ぎょっといたしましたの。だって、繁松はやくざ者でございましょう。任俠《にんきょう》の看板は掲げていたところで、筋の通った人間ならばやくざになるはずはございませんもの。

すると、七之丞は薄情な感じのする白面を歪《ゆが》めましてね、小馬鹿《こばか》にしたように笑いました。

「指図しておるではないか」

「いえ、滅相もござんせん。俺ァどのみち土壇場で捨てた命でござんす。丸山の旦那の一言で首が繋がり、また今しがたもやっぱり丸山の旦那に命を救われました。帰らねえてえ道理はござんせん」

「なるほど。見上げた心がけじゃの。しかし考えてもみよ。おぬしと拙者とでは罪状がちがう」

おっしゃる通りでございますよ。博奕の開帳で首をはねられるなどという話は聞いたためしもございません。そもそも繁松のお裁きにはあやまりがあるのです。

しかし、七之丞の場合はいかがなものでございましょう。牢内の噂《うわさ》によると、官兵を八人も闇打ちに果たした、新政府にしてみれば不倶戴天《ふぐたいてん》の極悪人でございますよ。牢屋奉行と同心が寸の間の立ち評定で決めた話に、太政官が応ずるはずもございません。

繁松は少し考えるふうをしてから、「それもそうだの」と、独りごつように言いました。

「つまらぬ義理は捨てよ。おぬしがおめおめと善慶寺に戻って首をはねられたなら、拙者も後生《ごしょう》が悪い」

繁松は言い返しました。

「おめえ様の後生など知るもんか。丸山の旦那に腹を切らせたんじゃあ、俺の後生が悪いぜ」

たがいの言い分はわかったのでございましょう、二人はそのさき言い争おうとはせず、足元に蹲《うずくま》るわたくしを見つめました。

「ねえさんは、どうなさる」

繁松に問われても、わたくしは黙りこくっておりました。いよいよ切羽詰まったと思ったからでございます。そんなとき、けっして物を言ってはなりません。

炎は新寺町を焼きつくしたと見えて、緋色《ひいろ》の帯を投げ渡したほどに鎮《しず》まっておりました。

「いかがいたすつもりじゃ」

答えてはならない。言葉が魔物だということぐらい、知っておりましたから。

戻る戻らぬはともかく、わたくしには命をかけてもなさねばならないことがございましたの。こんなひどい目に遭わせた男どもを、生かしておくわけにはいかない。そう。意趣返しでございますよ。

おや、いかがなされまして。

市ヶ谷監獄の典獄様ともあろうお方が、たかが女の思い出話に仰天なされるとは。聞かぬほうが身のため、とでもお考えならばよしにしておきますが、それではわざわざ横浜までお出向きになられた甲斐《かい》もなくなってしまいますわね。

それに、話をそちらのご都合で跨《また》ぐわけにはまいりませんの。明治元年暮の解き放ちの折に、わたくしがいったい何を見たか。そう訊ねられてこれをお話ししなかったらあなた、討入りのない忠臣蔵のようなものでございましてよ。ましてやこのご訊問は、太政官のお達しでございましょう。

ああ、なるほどさようでございますか。わたくしの身に障《さわ》りがあったら大ごとだ、と。

ほほほ、とうてい司法省の官員様のお言葉とは思えません。よろしゅうございますか、何を申し上げようがわたくしの身に障りなどあろうはずはないのです。少しはおつむを働かせたらいかが。

わたくしの夫は工部省御雇技官、エイブラハム・コンノオト。政府のお招きに応じた、英国人ですのよ。ということは、その妻であるわたくしも英国人ですの。

この鞄《かばん》、ごらんになって。どう、すてきでしょう。銀細工の口金に真珠がちりばめられていて、夜会服にはとても似合いますのよ。でも、公使館の外に出るときには昼日中でもこれを持ち歩いております。なぜかと申しますとね――そういちいちびっくりなさいますな。たかがピストルじゃございませんか。

主人が去年の聖誕祭に、ピストルの入ったこの鞄を贈って下さいました。たとえば、わたくしが今こうして――あなたを撃ち殺したといたしましょう。いえいえ、ほんの冗談。ご安心なさい、たとえばの話です。

人殺しの理由なんて何だっていいわ。昔のお侍様みたいに、無礼討ちでも。

わたくし、けっしてお縄にはなりませんの。英国人でございますから不逮捕特権とやらを持っておりましてね、日本の司直には捕まえることができません。

まあそんなわけで、わたくしがどのような昔話をしようと、今さら身に障りなどあるはずはございません。これでおわかりでしょう。

おう。わかったのかわからねえのかはっきりしろ。横浜くんだりまで押しかけて、話せというからこちとら思い出したくもねえことまで話してるんだ。これは聞きてえ、それは聞きたくねえなんぞと、何を贅沢ぬかしやがる。よっぽど肚に据えかねたら、無礼討ちもありでござんすよ。

――あら、わたくしとしたことが。ときどき辛抱たまらなくなって、お里が知れてしまう悪い癖。

これはしまっておきましょうね。扱い方には慣れておりますけれど、飛び道具にまちがいはつきものでございますから。

わたくし、殺したいほど憎んでいた男がございましたの。

いえ、「殺したい」ではなくって、「殺す」と決めていた男が。申し渡しは島送りでございましたから、何年かかろうが江戸に立ち戻ったなら、草の根分けてでも探し出して殺すつもりでした。そのためには、せいぜい養生をし神妙に過ごして、一日でも早く放免になろうと決心しておりました。

そこに、あの赤猫騒ぎでございましょう。これは日ごろ信心しておりました将門様《しょうもん》のご霊験《れいげん》にちがいないと、坂本村の枯田から西に向かって、思わず手を合わせたものでございました。

男の名は猪谷《いがや》権蔵《ごんぞう》と申しました。ああ、その名前を声にしただけでも、口が腐る思いがいたします。おぞましさに鳥肌が立ちます。

少々気持ちを落ちつかさせて下さいませ。

――では、続きを。毒を吐くというのは、なかなかつらいものでございますわね。

御一新の当座、猪谷は四十ばかりでございましたろうか。いや、毎朝の出勤前に必ず髪結に立ち寄るほどの洒落者でしたから、もしかしたらもっと上であったのかもしれません。

質素倹約を旨《むね》とするお侍が毎朝髪結でもありますまい、とわたくしが詰《なじ》りますとね、銭は払わんのだから奢侈《しゃし》には当たるまい、などと真顔で嘯《うそぶ》いたものでございました。

猪谷は与力の権を笠《かさ》に着て、勝手な真似《まね》ばかりいたしておりました。髪結どころか、飲み食いをしても何を買っても銭を払ったためしがないのです。

町奉行所の御与力と申しますのは、南北合わせても五十の下しかおりませんから、その権勢はたいそうなものでございましてね。もちろん給金のほかにずいぶん袖の下などもあったのでしょうが、だからこそ平常《へいぜい》は勝手をせず、真面目《まじめ》にお務めを果たしておりました。

五十人とは申しましても、南と北の奉行所は月番交代ですから、実は二十五人がせいぜいなのです。そのうちには奉行所の外に顔を出さぬ役方もおりますので、御与力様といえばまず町衆が見かけることもない雲上人でございました。その気になれば勝手放題もできるのですが、それをあえてするというのが、猪谷の品性の悪さでございますよ。

ましてや猪谷は御奉行様の内与力《うちよりき》でございます。当たり前の与力とは格がちがうのです。

御与力様のほとんどは、南北の奉行所に父子代々お勤めする御家人でございますけれど、御奉行様が御職に任じられますとき、お抱えの御家来を何人か連れてゆく。見ず知らずの与力を差配するのは難しゅうございますから、気心の知れた陪臣《ばいしん》を蝶番《ちょうつがい》にするのです。それが内与力という輩《やから》でございました。

当たり前の与力は、よくもあしくも町衆との付き合い方は知っている。でも、内与力は御奉行様の家来というだけの俄《にわ》か与力でございますから、よくもあしくもそれを知らぬというわけです。しかも御奉行様に近い分だけ格も上なので、古株の与力でもそうそう物は言えません。

御一新の年に北町奉行に任じられたのは、石川河内守《いしかわかわちのかみ》様という三千石格の御旗本でございました。何でもその前は外国奉行であられたそうで、これでお江戸も安泰じゃなどと、町衆はしきりに噂しておりましたっけ。

何が安泰なものですかね。公方様はもう降参なさって、官軍が江戸に向かっているころの話でございますよ。そんなことは百も承知だって、悪いふうには考えたくないというのが人情というもの、わたくしですら何とはなしに、お江戸もこれで大丈夫なと思ったものでございました。

それまでの北町奉行といえば、小出《こいで》様だの井上様だの、御譜代としてはあんまり通りのよくないお名前だったものですから、石川様ならば御旗本中の御旗本というような気がしたのかもしれません。もっとも、石川河内守様がどのような御仁《ごじん》なのか、誰も知らないのですが。

ともかくあのころは、御奉行様がころころと変わりました。南も北もほんの幾月かで交代してしまうので、今の御奉行様がどなただかもわからない。のちになって知ったのですが、御老中以下の御役職はみな同様だったそうです。まあ、役人の首を次々とすげ替えて何とかもう一花咲かそうと思っていたのか、それとも落ち目の徳川様なんぞに忠義を尽くそうという気が誰にもなくなっていたのか、どちらかでございましょう。

明日をも知れぬ江戸の町を押っつけられたのでは、御奉行様もたまったものではありますまい。でも、その御家来の猪谷権蔵は、もっけの幸いと思ったはずです。北町奉行所の内与力といえば、たいそうな権勢でございますからね。

どうせ御奉行様は長く保《も》つまい。ならば幾月かの間に、どうやって懐《ふところ》を肥やすか。猪谷はそればかりを考えていたのです。

殺してやる。殺してやる。

これは意趣返しなんかじゃない。天に代わって成敗するんだ。

将門様に向かって掌《て》を合わせながら、わたくしはそう心に念じておりました。

「ねえさん。何か娑婆にやり残したことがござんすな」

繁松がわたくしのかたわらに屈《かが》みこんで、胸のうちを見すかすようなことを言いました。

「そうびっくりしなさんな。なに、長えこと一天地六《いってんちろく》の賽《さい》の目《め》稼業なんぞいたしておりやすとね、客が勝負に出るときの面《つら》ぐれえは見えるようになるんで。それが見えんようじゃ、中盆は務まりやせん」

正直を申しまして、わたくし男が嫌いですの。見栄《みえ》もはったりもございません。ほんの子供の時分から、力ずくの目に遭ったりおもちゃにされたりしてくれば、どの体が男を欲しがるものですかね。

でも、あのときはたがいの腕が触れるくらい近寄ってきた繁松が、少しも嫌じゃなかった。長い牢暮らしのせいではございません。繁松は女を見くださなかった。ああ、麴屋の盆を預るような、罪を被《かぶ》って牢名主に推されるような男は、やっぱり物がちがうんだなあと思ったものでした。

「へえ。勝負に出るときの面ですかね。そんなもんが見えて、何かいいことでもあるんですかい」

わたくし、空とぼけて訊きましたの。

「そりゃあ、ねえさん。賭場てえのは、丁半の駒《こま》が揃《そろ》わにゃ賽が振れますめえ。いきなり丁の目にどんと張られたらどうします。そんなときには、こう、肩を抱いて宥《なだ》めすかしやして——おや、ねえさん。震えていなさる」

わたくしの肩を抱き寄せた繁松の手は、少しもいやらしくなかった。いえ、女あしらいに慣れているというふうではなく、弱い者をかばっているのです。声にこそ出さないが、つらかろう、寒かろう、とね。

「それで、どうするんだね」

繁松の掌の温《ぬく》もりがここちよくて、話の先をせがみました。

「隣座敷に連れて行きましてね、鮨《すし》を食わせの、酒を飲ませの、世間話でもして熱をさまさせるんでさあ。するてえと、賭場に戻った客は、またちまちまと遊び始める」

世の中が悪くなって、こういう鯔背《いなせ》な男がいなくなった、と思いました。腕の彫物が少しもこれ見よがしでもなく伝法でもなくて、生まれついての勇み肌に見えるような男でした。

「のう、ねえさん。勝負なんぞなさらずに、ちまちまと遊んだほうが利口でござんすよ」

わたくし、すんでのところで胸のうちを口に出しそうでしたのよ。ほんに、猪谷権蔵の悪業三昧が咽元《のどもと》まで出かかって。

いいえ、まさか助太刀を頼もうなどという気はございません。ただ、わたくしが蒙《こうむ》った理不尽な仕打ちを、繁松にはわかってほしかったのです。なぜなら、意趣返しを果たそうが果たせまいが、善慶寺に戻るつもりはなかったから。一蓮托生の繁松は、そのせいで首を刎《は》ねられるのだから。

「あのね、にいさん――」

言いかけたとたん、繁松の人差指がわたくしの唇につっかい棒をいたしましたの。こう、シッ、とね。

それから、叱《しか》るような声で言った。

「あいにくだが、女が命を張った勝負の理屈なんざ聞きたくもねえ。さしでがましい口を利《き》いちまって、ごめんなさんし。そこまでのご覚悟がありなさるんなら、二度と物は申しやせん」

おそらく繁松は、わたくしのただならぬ様子から、意趣返しというあたりまで読み取っていたのでしょう。

「にいさん。あんた、それでも善慶寺に戻るつもりかえ。ほら、見てごらん。あのお侍だって帰るはずはないんだ」

七之丞はと見れば、わたくしたちの一間ばかりうしろで、薄ら笑いをうかべながら腕組みをしておりました。

「馬鹿か、おぬしら」

と、七之丞は蔑《さげす》むように言いました。

「へい。馬鹿は承知のやくざ者にござんす。ましてや立派なお侍様や別嬪のねえさんとは、そもそも命の目方もちげえやんす。どうか馬鹿なんぞお気に留めず、お好きになさって下さんし」

もうこの男の啖呵《たんか》を聞いてはならない、と思いました。力が削《そ》がれる、耳の毒だ、と。

「勝手にさせてもらうよ」

そう捨て台詞をして立ち上がりました。七之丞に羽織を返そうといたしますとね、

「まあ、よいよい」と言いながら、わたくしの背に回って着せ直してくれるのです。

「これから子を産まねばならぬ体を、冷やしてはならぬ」

馬鹿さかげんでいうのなら、繁松も七之丞も似たものでございますね。こちらはよほど女を知らぬとみえて、わたくしを堅気のおぼこ娘だと思っていたようなのです。でも、嬉《うれ》しゅうございました。殿方に体の心配なんぞしていただいたのは、生まれて初めてでしたから。

「お侍さん。あんた、まだキンギレをお斬りなさるつもりかえ」

熾《おき》のように鎮まった遥《はる》かな火事を見やりながら、七之丞は答えました。

「おお、斬るぞ。いくらでも斬るぞ。拙者は鳥羽《とば》伏見で死に損ね、上野のお山で死に損ね、またしても赤猫で死に損ねた。もはや東照大権現《とうしょうだいごんげん》様の験力《げんりき》がこの身に宿っておるとしか思えぬ」

馬鹿にはちがいないが、あしざまにそうとは言えますまい。もしやこのお侍には、権現様の御魂《みたま》が憑《かか》っているのではないかしらんと思いまして、だとするとこのお羽織にも、天に代わって悪党を成敗する何かしらの力が宿っているのかもしれません。

「お返しできませんけど」

思いのたけをこめて、そう申し上げました。

「かまわぬ、かまわぬ」

あまり女人と言葉をかわしたことがないのでしょうか、七之丞はわたくしの顔を見ようともせずに、大きな掌をひらひらと振りました。

清らな心が胸にしみましてね。わたくし、男の純情というものを信じてはおりませんでしたし、知りもしなかったので。

「頂戴《ちょうだい》いたします」

そう口に出したとたん、柄にもなく涙がこぼれましたの。

こんな命の瀬戸《せと》際《ぎわ》に、将門様はいい男を二人もめぐんで下さった。わたくしを欲しがらずに、やさしく労《いたわ》ってくれる男たちを見せてくれた。

駆け出しながら思ったものです。わたくしがおぼこな娘に見えたのは、七之丞が女を知らなかったからではないのだ。沢山の男たちに抱かれても、心で好いたためしのないわたくしは、世間知らずの小娘みたいに見えたのではないか、と。

枯田をしばらく走ってから振り返りますと、繁松は膝を抱えて座ったまま、七之丞は腕組みをして佇んだまま、じっとわたくしを見送っておりました。

さて、わたくしと猪谷権蔵の因果について、お話ししなければなりませんわね。

どうぞお紅茶とお菓子を。いかがでございますか。牛乳とバターでこしらえる焼菓子を、毛嫌いする方はまだおいでになりますけれど、お紅茶にはやはりこれでございましょう。

舶来のお菓子は長旅の間に湿気《しけ》ってしまいますので、公使館でもこのホテルでも、専属のペストリイが焼いておりますのよ。よい牛乳とバターがなかなか手に入らないのが、悩みの種だそうですけれど。

のちほどお子様方のおみやげに、お包みいたしましょうね。

高積改《たかつみあらため》の御与力様から、ぜひにも会っていただきたいお人がある、と言われましたのは、石川河内守様が北町奉行になられた戊辰《つちのえたつ》の年の、旧二月のことでございました。

高積改と申しますのは、河岸に積まれた荷の高さを見張る御役でございます。これがお定めより高すぎますと、川や濠が防火の役割を果たせないので、なかなかにやかましいのです。

わたくしが顔なじみであった御与力様は、この高積改ともうお一方、橋を見廻る定《じょう》橋掛《ばしがかり》ぐらいのものでしたでしょうか。与力は徒《かち》の定廻りなどけっしていたしません。町なかをうろつくのは、その手下の同心たちでございます。高積改と定橋掛は何月かに一度、供揃えもものものしく馬に乗ってやってきました。

まあ、そのような御与力様のたっての頼みというなら、無下にはできますまい。そこで、いつ幾日《いっか》と日を定めまして、三原橋の袂の料理屋で会いましたのが運の尽きでございました。

北町奉行石川河内守様附《つき》内与力。いわば御奉行様の御側用人《おそばようにん》でございますから、その権勢たるやなまなかではございません。ねんごろに誼《よしみ》を通じておいて損な相手ではないと、わたくしは読みました。

だって、そうでございましょう。父子代々の御与力様ですら、内与力にはまるで頭が上がらないのです。御奉行様が恃《たの》みとするのも、もともと見ず知らずの御与力衆ではなく、御家来の内与力に決まっているのです。このひとりを押さえておけば、日ごろ目を光らせている定廻りの同心など物の数にも入りません。

旧の二月でございますから、三十間堀を渡る夜風も温《ぬる》んでおりましてね。料理屋の内庭に咲いた梅の妙に匂《にお》い立つ、朧《おぼろ》月夜の晩でございましたよ。


やい。人の話をせっせと書きつけていなさるそこの旦那。

一切合財《いっせえがっせえ》お書きなさるてえ了簡《りょうけん》なら、話は明《あ》け烏《がらす》のカアと鳴くところまで端折《はしょ》らせていただくが、どうする。

ここは書かずにしっぽりと、耳の薬になすったほうが得ってもんじゃあござんせんかね。薩摩《さつま》長州の芋侍にァわかりゃすめえが、あの時分の大江戸三美人といやァ、新橋の小《こ》ゑん、吉原金瓶大黒《よしわらきんぺいだいこく》の今紫太夫《いまむらさきたゆう》、もひとり白魚河岸《しらうおかし》のお仙姐御《せんあねご》と謳《うた》われたもんさ。

その白魚お仙の濡幕《ぬれまく》を見てえ聞きてえと思うのなら、しばらく書き物はお控えなさんし。

お里言葉と申しますものは、幾年たってもなかなかに忘れられぬものでございますわね。官員様もご苦労なさっていらっしゃるのではないかしらん。

宅の主人も、いまだに日本語はまるでいけませんの。それと同し理屈でございますから、どなた様も無理はなさらぬほうがよろしいかと。

わたくし、主人に会うまでは殿方を愛したためしなど、誓ってございませんのよ。

アイ・ラヴ・ユウ、と日に百ぺんも言われまして、ようやく心の岩戸が開いたのです。

ああ、これが恋愛というものなのだと、初めて知りました。

ですからあの夜、猪谷に身を任せましたのは、打算というほかには何ひとつございません。情のかけらも。

わたくし、御一新のあの年には三十の峠を越しておりましたでしょう。世の中も先行きが見えませんし、ここは何としてでも百人からの子分たちを、食い凌《しの》がせてゆかなくてはならない正念場だと思ったのです。

猪谷は酒を酌《く》みながらこんなことを申しました。

「与力どもとどのような誼《よしみ》を通じておるのかは知らぬが、わしが内与力に立ったからには、おまえを引っ捕まえて、夜鷹《よたか》どもも一網打尽とするは簡単な話じゃ。しかるに、このご時世ではそれも切なかろう。どうじゃ、わしひとりの女にならぬか。さすれば与力同心にいちいち気を遣わずとも、のびのびと商売の立ち行くよう按配《あんばい》してやる。世の中がどう転んでも、わしは安泰じゃ。何となれば、主《あるじ》の河内守様はさきの外国奉行じゃによって、諸国の公使とすこぶる仲がよい。天朝様の御代となっても公方様が巻き返しても、必ず重用されるお方じゃ。すると、殿のお側近くに仕えるわしも、どのみち安泰というわけじゃの。なに、夜鷹の百人やそこいら、食わすのは難しい話ではない。のう、お仙。胸算用を立つるまでもあるまい」

もちろん、私娼《ししょう》は御法度《ごはっと》でございますよ。でも世の中には、必要悪というものがございましてね。一分二分の揚代を払って女郎を買うという贅沢はそうそうできるものでもなし、また一方の女にしてみれば、親に売り飛ばされて苦界に身を沈めるというのも、割に合わぬ話でございましょう。たがいの損得を考えてみれば、チョイの間の夜鷹買いというのが理屈に合うのでございますよ。

しかし、そうした必要悪であればこそ、勝手気儘《きまま》はいけません。夜鷹どもを束ねる頭目がいなければなりませんし、町方は御法度といえども見て見ぬふりをして、何か悶着《もんちゃく》の起こったときには始末をつけなければいけません。

わたくしは、二十七のときに先代のお菊という頭目から、白魚河岸の縄張りを譲られましてね。まあ何とかかんとか、子分どもを束ねてきたのでございます。

つろうございましてよ。百人からの夜鷹をまとめ上げるというのは。殿方とちがいまして、女の気性は人それぞれに難しゅうございますからね。刃傷沙汰《にんじょうざた》こそ起こさぬものの、何かといえば泣いたりわめいたり、果ては身投げの首吊《つ》りの相対死にの、そりゃあ殿方のごたごたのほうが、ずっと始末におえるというものでございますよ。

いえ、やくざ者とのかかわりはございません。渡世人と申しますのはあんがい律義《りちぎ》でございましてね、稼業《かぎょう》ちがいと見ればけっして相手にはしないし、他人の米櫃《こめびつ》に手をつっこむような真似もいたしません。

そりゃあ、地場のお貸元に盆暮の付け届けぐらいはいたしましたが、無理を言われたためしもなし、こちらから何かお頼みしたこともございませんの。だから、あの深川の繁松という中盆《なかぼん》も、名前ぐらいは耳にしておりましたが、渡世ちがいですので交《こう》誼《ぎ》はありません。

何か悶着が起きたときは、地の親分ではなくて奉行所の同心に相談します。頭目のわたくしが物を言うのは与力ですね。同心では貫禄《かんろく》が足らないので、よほど古株でもない限りわたくしと対等の口は利きません。

白魚河岸の夜鷹が江戸一番の繁盛《はんじょう》を極めましたのは、八丁堀が縄張りのうちだからです。常日ごろから御番方、御役方にかかわらず親しゅうさせていただいておりまして、まあ中にはなじみの男もいるわけでございます。

南と北の奉行所の同心方は、あらまし八丁堀の同心長屋に住もうておいででしたので、月番が代わりましても得手不得手はございません。しかし、みなさまそれぞれになじみの女が異なるものですから、悶着がどこに持ちこまれるかはわからず、そのつどわたくしなり子分なりの誰かしらが、お礼を申し上げたりそれなりの付け届けをするのがたいそうな手間でございました。相手のある話ですから、手ちがいまちがいも起こりやすい。

わたくしの胸算用というのは、そのあたりでございましたのよ。北町奉行所の内与力ひとりを押さえておけば、わたくしの手間が省けます。揚がりのうちのいくばくかを月々回しておくだけで、面倒な始末は猪谷がつけてくれる、と読んだのです。ならば、猪谷の女ということでも結構でございましょう。もちろん妻も子もあるお侍様で、お住いだって八丁堀の同心長屋などではない、立派な門構えの拝領屋敷なのですから、それはそれで男の弱味を握ったことになりますのでね。

先代のお菊姐《ねえ》さんには、言いつかっておりました。頭目は客を取っちゃならない。そのかわり、てめえの高売りをせえ、と。

それはおそらく、何百年も昔からずっと申し伝えられてきた、頭目の心掛けなのでしょう。憐《あわ》れな女どもを預かる頭目は、おのれひとりの利得を考えてはならないのです。

わたくし、惚《ほ》れた腫《は》れたの悶着は一度もございませんの。それが何よりも頭目の才覚だと、お菊はつねづね言っておりましたっけ。ですから、猪谷に心が動いたわけではございませんのよ、けっして。

「どうじゃ。悪い話ではなかろう」

猪谷は重ねて申しました。手を握られましたとき、ああこの男は遊びを知らんなあと思いました。殿方のそうした本性と申しますものは、見たきり話したきりではわかりません。遊び人ほど猫を被っているものでございますからね。でも、肌が触れたとたんにピンとくる。

まあ、いっぱしの遊び人ならば、損得勘定など口にはいたしませんね。正面きって口説いてくるはずです。わたくしが話に乗りましたのは、この男ならばどうとでもなる、手玉に取れる、と思ったからでございます。

「不粋な物言いはよしにして下さいまし。百人の子分を食わせるのは私《わっち》の仕事、おまえ様はその私に惚れて下さりゃいいんです」

そう言って、男を押し倒しました。いかにもこっちが一目惚れいたしました、というふうに。相手にがつがつさせてはいけません。お侍は身分にかかわらず気位が高いので、好いた惚れたも受け手に立たせてやらなければならないのです。

もちろん、閨《ねや》の作法もそれは同しですわ。相手が大店《おおだな》の主や町年寄ならば、おぼこのように身を任せます。お侍様ならばその逆でございますのよ。

それに、みなさまの前で何でございますけれど、お侍に上手はいらっしゃいませんの。乱暴で身勝手ですから、大切な体を傷物にされてもかないませんしね。

そのうまいへたで申しますなら、猪谷は幕尻もいいところ、いや番付に書きようもないくらい。しかも、へたのうちでも一等始末におえぬ、「下手の長談議」でございました。お手合わせのそのときから、ああ当分はこいつに抱かれなきゃならんのかと、いささかうんざりしたものでございます。

「どうじゃ、よかったであろう」

ようやく事をおえたあと、そんなことを言うのもお侍の常。遊びを知る町衆ならば、口が裂けたって言うものですか。第一、それはこっちの台詞《せりふ》でございましてよ。

ともかくそうして、わたくしは猪谷権蔵の女になりましたの。

たいがい五十日《ごとおび》でございましたか、何かと物入りの晦日《みそか》は抜きにしても月に四度か五度、中間《ちゅうげん》がわたくしの家にやってくる。今晩どこそこで、というわけでございます。並の御与力様とは立場がちがうので、なかなか面倒なものでございました。

そのつどわたくしは、揚がりのうちから二両や三両のまとまったお金を持って行きましてね。当たり前の男と女ならば話は逆だとも思ったのですが、本性が下品な猪谷は黙って受け取りました。月に十両十五両といえばあなた、そこいらのお役人の、一年のお給金でございましてよ。

でも、それなりのご利益《りやく》はございました。定廻りや町方があれこれ文句をつけて、金をせびるようなことがなくなったのです。いくらごたごたしても、わたくしが顔を見せさえすれば一切構いなしとなりました。猪谷がそういうお達しを出していたのか、わたくしが猪谷の女だということが噂になっていただけなのかは知りませんが。

ともかく、権力というものは凄《すご》いなあと思い知りました。御奉行様の側用人には、御奉行様みたような権力があるのです。しかも、月番が南町奉行所であっても、北町の内与力の権力は同しなのでございます。

お蔭様《かげさま》でわたくしも虎《とら》の威を借る狐《きつね》とやら、白魚お仙の株もずいぶんと上がりましてね、何よりも平常わたくしをよく思っていない古手の夜鷹どもまで、けっして逆わぬようになりました。

御与力衆に細かな賂《まいない》を落とさなくてすむ。夜鷹どもも揚がりをごまかさずにきちんと届けにくる。月の十両十五両は算盤《そろばん》に合ったのでございます。

そんなわけですから、忘れもいたしません明治元年の十一月朔日《ついたち》に、いきなりお縄を打たれましたときは仰天いたしましたよ。江戸に進駐した官兵たちの軍紀とやらを正すために、白魚河岸の夜鷹とその客を一斉に引っ捕えたのです。

そのころ石川河内守様はとうに御奉行を辞めておられましたが、内与力の猪谷をはじめ与力同心衆は、引き続き新政府のもとでお勤めをしていたのでございます。頭がすげ替わっても体は元のまんまでしたから、不都合は何もなかった。

仰天はしても高を括《くく》っておりましたよ。どうせ見せしめのお縄なのだろうから、大ごとにはなるまい、猪谷も新政府を相手にして少々手間取っているだけだろう、と。

しかし放免になるどころか、厳しい吟味のあげく裁きのお白洲《しらす》に引き出された。そこでわたくしを裁いたのは、ほかでもない猪谷権蔵だったのです。

「吟味方の調べ、いちいちもっともである。よって下手人を遠島に処す」

つい四、五日前に舐《な》め合った同じ唇が、そう言ったのでございますよ。


話は前後いたしますが、あしからず。

何やら御一新の時分の出来事は、前生のような気がいたしますわ。みなさまも同しでしょうけれど、世の中があまりに変わってしまったせいでしょうか、思い出そうにもあとさきがよくわかりません。

明治元年十二月二十五日の晩。あともさきも考えずに、その夜のことばかりを思い起こしましょう。

そう。思いがけぬ赤猫で解き放たれたわたくしは、一蓮托生《いちれんたくしょう》の男たちと袂を分かって、意趣返しに向かったのです。

恨み重なる猪谷権蔵の役宅は知っておりました。八丁堀の北、楓川《もみじがわ》に面した桑名越《くわなえっ》中守《ちゅうのかみ》様の御屋敷の裏手でございます。白魚河岸にも程近い、いわばわたくしの縄張《しま》内《うち》でございました。

もっとも、場合が場合でございますから、猪谷は奉行所に馳《は》せ参じているかもしれませんし、火事場に出ているかもしれない。そうであったら恨みの晴らしようもございませんが、役宅にいると思い定めて走ったのでございます。胸の内に将門様のご加護を念じ続けながら。

のちのち考えてみれば、ずいぶんとそそっかしい話でございますわね。運よく仇《かたき》が役宅にあったにせよ、相手は二本差しの侍なのだし、ほかに男手もおりましょう。そうやすやすとことが運ぶはずはありません。

まあ、人間とっさに弾《はじ》けたときというのは、そんなものでございますよ。ともかく相手に摑《つか》みかかって、引き裂いてやりたい。たとえ女の素手でも、自分には鬼の力が宿っていて、摑みかかればめりめりと引き裂けるような気がしたのです。

しかし、尻をからげて走っているうちに、だんだんと物を考え始めましてね、まずは得物を手に入れようと思った。

坂本村の枯田から東に少し行くと、どうやら浅草寺の火除《ひよけ》地で火は堰《せ》き止められている。田原町あたりの町家も焼けてはいなかったが、住人たちは逃げ去っておりました。真黒な煙ばかりがあたりに立ちこめて、人っ子ひとりいない真の闇《やみ》でした。

何ごともないかのように吊り下がった縄暖簾《のれん》を分けて、そこいらの居酒屋を覗《のぞ》きますと、客も店の者もよほどあわてて逃げ出したのでしょうか、散らかった卓の上にぽつぽつと秉燭《ひょうそく》の灯《と》もるばかりのがらんどうです。そこで調理場からころあいの出刃を頂戴しまして、濡れ布巾《ぶきん》で巻いて帯の後ろ腰にぶちこみました。

ついでに釜《かま》の中から冷や飯を手摑みでこそぎ取って、がつがつと食べました。腹がすいていたのもたしかでしょうが、討入り前の力飯でございますよ。五合徳利《とっくり》を逆手にくわえて酒を流しこみますと、妙に心が落ちついて、何が何でもあの野郎を刺し殺してやるという気分になりました。

大川端の駒形《こまがた》河岸は、身ひとつで逃げてきた人々でごった返しておりました。どの顔もあんがい呑気《のんき》なもので、そりゃああらかたは長屋ずまい、焼けて困るものなどはなから持っていないのです。

ああ、そういえば——。

「キンギレに　手間かけさじと　暮の火事」

などという川柳がありましたっけ。

道順、でございますか。

さて、そんなことまでお聞き取りになられて、いったい何のお役に立つのでしょう。

それもみなさまのお仕事とおっしゃるのなら、べつだん今さらわたくしが隠し立てする話でもございませんが。

ああ、そうか。薩摩や長州から昨今おのぼりになられたみなさまは、東京の右左がいまだよくおわかりにはならないのですね。

では、仰《おお》せの通りわたくしが意趣返しに向かった道筋を。

駒形から御蔵前通をまっつぐに行きますと、浅草橋でございます。つまりわたくしは、伝馬町牢屋敷《ろうやしき》から神田川を渡って浅草新寺町へと逃げ、善慶寺で解き放たれたあとは、さらに北の坂本村を経て浅草寺から駒形河岸、そして神田川の下手の浅草橋を渡って、八丁堀の仇の屋敷をめざしたのです。火を除けて、ぐるりと一回りしたことになりますね。

東京にお戻りになったら、その道順をお歩きあそばせ。殿方のおみ足でも、なかなかの道中でございましてよ。

夜更《よふけ》にもかかわらず浅草御門が開いておりましたのは、昔の大火事の折に逃げ道を閉ざされた人々が、そこで大勢焼け死んだからだそうです。以来、火事の折には閉まっている御門も開けるというのが、江戸のならわしとなっておりました。

御門を抜けて横山町の筋に入りますと、これがあんがいなことに火の手は及んでいない。あの様子からいたしますと、いくらか西の伝馬町牢屋敷も、焼けずにすんだのではありますまいか。その後のことは詳しく存じませんが、もしそうだとすれば、わたくしにとってはまさしく将門様のご霊験でございますね。

だって、考えても下さいましな。解き放ちがなければ、わたくしはまちがいなく島送りになって、おそらく今も遠い八丈島で塩でも汲《く》んでいるのでしょうから。

わたくしたちは逃げずともよい牢屋敷を捨て、かえって火の及んだ新寺町に向かったことになりますのよ。あげくの果ての解き放ちです。これが神仏のご加護でなくって、ほかの何でございましょう。

さてその先は、江戸橋を渡って楓川の河岸ぞいに八丁堀をめざしたと思います。そこまでくれば、もう彼岸の火事でございますね。河岸の右手は町人地でございますから、野次馬で溢《あふ》れ返っての火事見物。物干しも屋根の上も、浮かれ上がった人々でいっぱいでございました。

左手の河岸は様子がちがいます。あらかたは大名屋敷でございますから、こちらはいかにもお武家様らしく、門の両側にも塀越しにも御家紋の入った高張提灯《たかはりちょうちん》を掲げておりましてね、襷《たすき》がけのお侍がうろうろとしているのです。

わけてもご立派な御屋敷は桑名越中守様。御門前の楓川に越中橋という橋までかかっているのはさながら城構えのようで、さすがは十一万石の御大名屋敷でございます。

ときに松平越中守様といえば、京都所司代をお務めになった朝敵、まさか御殿様がご在府ではありますまいが、御留守居方がしっかりなさっていたと見えて、星梅鉢《ほしうめばち》の御家紋をあちこち高々と掲げておられました。

めざす仇敵《きゅうてき》の役宅は、その桑名屋敷の真裏にございましたの。

八丁堀の同心などといえば、御家人中にまずその下はないお侍で、棟割長屋《むねわりながや》か何かに住んでいたように思われましょうが、実はどなたも百坪やそこいらの拝領屋敷をお持ちでした。御与力様ともなれば、その何軒分もの広さでございましたよ。

そうした御屋敷がみっしりと建ち並ぶ北八丁堀の中で、とりわけ立派であったのが猪谷権蔵の役宅でした。そりゃあもう、辻《つじ》から辻までずうっと漆喰《しっくい》に瓦《かわら》屋根を載せた塀が続いておりましてね、知らぬ人が見れば御奉行様の御屋敷か、さもなくば桑名様の御重臣のどなたかがお住まいだと思ったにちがいありません。

あたりには人影もなく、静まり返っておりました。いくらかきな臭い風が吹いておりましてね、炎に焙《あぶ》られたせいでしょうか、それが春のように生ぬるいのです。半鐘の音も、まだ遥かに聞こえておりました。

それまでの道中が騒々しく、わたくしも勇み立っていたものですから、ふいにそうしたひとけのない御屋敷町に歩みこんで、何だか悪い夢を見ているような心地になったものでございました。

これは夢なんかじゃない、とおのれに言い聞かせました。将門様が意趣返しの舞台を設《しつら》えて下すったのだ、と。

でも、自分にそう言い聞かせる一方では、やっぱりこんな大火事の晩に、奉行所の与力が役宅にいるはずはないという当たり前の考えも頭をもたげましてね。それこそ悪い夢の中で、どうにもならずに身悶《みもだ》えするような気分になりました。

しょせん莫連女《ばくれんおんな》の恨みごとに過ぎますまい。てめえがどこで生まれたか、どう育ったのかもわからずに、物心ついたころには見よう見まねのおしろいをはたいて、白魚河岸の立ちんぼをしていたような女でございますよ。どれほど憎もうが恨もうが、お蚕《かいこ》ぐるみで育ったお侍の命に、手が届くわけはない。

小路《こうじ》の先の門前には、六尺棒を持った門番が立っておりましてね。仮に猪谷が屋敷内にあったとしても、包丁を振りかざすところまでたどり着けるはずもないのです。

途方にくれましたよ。弱音なんぞ吐いたためしはなかったのに。この勝気だけで飯を食ってきたのに。体の芯《しん》が挫《くじ》けてしまって、先のことは何ひとつ考えられなくなった。

桑名屋敷の角には、例の高張提灯が長い竹竿《たけざお》で掲げられておりましてね。そのほのかな灯の下に、用水桶《ようすいおけ》とちっぽけな辻祠《つじほこら》が並んでおりました。

夢なら覚めてほしいと思いましてね。用水桶の氷を叩《たた》き割って顔を洗い、腐った水をがぶがぶと飲みました。それから、お狐様がツンとすました辻祠に手を合わせましたの。

もう意趣返しのどうのではなく、一寸先も闇になったこの体を、何とかしてほしいと思いました。

しばらくそうしておりますと、お狐様が教えて下さいましたのよ。この際わたくしができる、たったひとつのことを。

猪谷の門前で死ねばいい。門番が咎《とが》める間もなく、出刃で咽《のど》を突いてくたばればいい。

いかがですか、みなさま。なかなかの妙案でございましょう。わたくしの立場など、どう話したところでみなさまにはおわかりになりませんでしょうけれど、同じお役人として猪谷の立場は酌《く》めるはずですわ。

目かけ手かけの女が、こともあろうに本宅の門前で咽を突いた。恨みごとなど何ひとつ言う必要はない。いえ、言わないほうがいい。

女房子供はどうかしらんが、少くとも使用人たちはわたくしが誰であるかは承知している。主人がひどい仕打ちをしたことも。中にはわたくしに同情して、猪谷を見下げ果てる者もいるでしょう。真実は家族の耳に入り、人の口に戸は立てられますまい。わたくしに許された意趣返しはこれしかない。これが精いっぱい。でも、少なからず猪谷をこらしめる妙案でございます。

心からお狐様と将門様に、お礼を申し上げました。それから、帯の後ろ腰に差してあった出刃を抜き出しましてね、用水に浸して、刃先の欠けていないことを確かめました。

ああ、そうそう。そのときふと考えましたのよ。わたくしと一蓮托生の仲の、あの二人の男のことを。

七之丞の羽織はずっと着たままでしたし、肩を抱いてくれた繁松の手の温もりも、何やら肌に残っていたのです。

繁松はどうあっても善慶寺に帰ると言い、七之丞は帰らずに官兵を斬《き》り続けてやると言っていた。でも、もしかしたらあれから話し合って、善慶寺に戻ることにしたかもしれないと思ったのです。

万が一にもそういう話になったとしたら、わたくしが二人を殺すことになるのです。門前で咽を突く意趣返しはたしかに妙案でも、その結末はたまらないと思いました。

だって、そうでしょう。あの二人は猪谷権蔵に何の恨みもないのですから。わたくしひとりの恨みごとの逆《とばっち》りで、首を斬られる羽目になるのですから。

でもね、わたくしの心の中の鬼が申しましたのよ。かまうな、かまうな、あの二人はそもそも死罪だったのではないか。遠島のおまえが死んで、死罪がやっぱり死ぬことに、何の不都合があるものか、と。

わたくし、鬼の命ずるままにふらふらと立ち上がって、辻に立ちましたの。楓川の向こうの空は、まだ赤く照らし上げられていて、たぶんあの炎の下では、何百もの無《む》辜《こ》の人々が焼け死んだのだろうと思いました。

あれこれ考えるのはよそう。わたくしも繁松も七之丞も、その何百の命のうちに算《かぞ》えてしまえば、どうということもなかろう、とね。わたくし、肚《はら》を定《き》めましたのよ。

きょうは涼《すず》やかな日和《ひより》でございますけれど、陽が高うなりますとやはり蒸し暑うございますわね。

窓に日除けを下ろさせましょう。

何につけても西洋の設えは上手にできておりますこと。ほら、港の景色も、吹き寄せる海風もそのままに、日除けの幌《ほろ》だけが張り出す仕掛けですのよ。

ロンドン生まれの主人は、ことのほか日差しが苦手でございましてね。西洋人の中でも瞳《ひとみ》の色の青い者は、光に弱いそうです。ですからシャンデリアも天井を向いておりますし、壁の灯りもグローブにくるまれておりますでしょう。黒い目のわたくしたちにはころあいの灯りでも、青い目には眩《まぶ》しくてならないそうです。

今ごろは北国の仕事場で日がな一日、色めがねをかけているはずですわ。

主人がことさら光を求めますのは、寝室だけ。わたくしの体をこまごまと見るために。

どうぞ、おたばこを。

楓川の赤い夜空を背にして、寒々しく身をこごめながら、人影が近付いて参りました。

思わず七之丞の羽織の背に出刃を隠して、知らん顔でやり過ごそうといたしましたの。ところが、その人影はわたくしを認めると、やおら懐手を抜き出して早足になりました。

「間に合《お》うたか、間に合うたか」

そうくり返し言いながら、双手《もろて》をかざしてわたくしに近寄って参ります。日裏になっていた顔が高張提灯の光に浮かび上がりましたときには、驚きのあまり髪の根の締まる思いがいたしました。

鍵役《かぎやく》同心の丸山小兵衛。一体全体、どうしてここに来たのか、何が「間に合うた」のか、夢ではないにせよこれはまぼろしにちがいないと思った。

あれこれ考えるより先に、体が動いてしまいました。こうとなったら、地獄の道連れにするほかはありますまい。出刃を振りかざして躍りかかったのですが、小兵衛はわたくしの腕をがっしりと摑まえて、そのままあの肥《ふと》り肉《じし》の胸に抱きすくめてしまったのです。

「よかった、よかった。間に合うてよかった」

「ほっといておくれよ」

「そうは参らぬぞ。わしとて命はひとつしか持ち合わせぬ」

ああそうか、こいつも一蓮托生の仲だったのだ、と改めて気付きました。いえ、正直のところを申しますと、三人のうち一人も帰らなければ小兵衛が腹を切るなど、役人たちのはったりにちがいないと思っていたのです。

まあ、当たり前に考えればそうでございましょう。気心の知れた役人たちが、同役にそんな無体を強いるわけがありません。でも、そのように言っておけば、中には情にからんで帰ってくる者もいると読んだ。

出刃をはたき落とされて、ぐいと抱き締められたとき、やっぱりそうじゃなかったんだ、役人たちの定め事は本心《まぶ》だったのだ、と思い知ったのです。

そういうときの女の勘働きは、たしかでございますよ。男心の嘘《うそ》とまことは、体が触れたとたんにわかるものです。

「のう、お仙。生きてくれまいか」

闇夜の底に棒立ちになったまま、小兵衛はわたくしのうなじを苦しいほどにかき抱いて、そう言いました。

「わかったようなことぬかしやがる」

悪態をつきながらも、わたくしは小兵衛の腕を払おうとはしませんでした。まるで搗《つ》きたてのお餅《もち》みたいような、ほんわりとした腕や胸がここちよかったのです。

「わかっているからこうしておるのだ。のう、お仙。生きてくれまいか」

「何だい。私《わっち》を口説いていなさるのか」

「馬鹿《ばか》はよせ。おなごは嬶《かか》ァひとりでも手に余っておるわ」

わかっている――小兵衛はたしかにそう言いました。

そんなはずはない。この世にわたくしのことをわかってくれていて、そのうえ気にかけてくれている人がいるなど、とうてい信じられなかった。わたくしの淋《さび》しさと申しますのは、そうしたものでございましたから。父母の顔も知らぬ人間の性根は、それくらい卑《さも》しいものでございますのよ。

「いったい何をわかっていなさるんだね」

「わしの娘は北町の同心に嫁入りした。内与力様がどれほどの無体をなさっておられるかは聞いている。おまえもしこたま金を巻き上げられたうえ、ご用済みとなって島送りだ。ちがうか、お仙」

何だか将門様が小兵衛の体にお憑《かか》りになって、そうおっしゃっているような気がいたしました。

ありがたい、とは思いましたですよ。でもそう思うそばから、べつの憤《いきどお》りがふつふつと沸き上がって参りましたの。

「おう、旦那《だんな》。だったら役人たちはどうして、私をかばってくれなかったんだ。どいつもこいつも、無体な仕打ちだと知りながら猪谷にへつらいやがった」

「それが役人というものだ。ましてやこのご時世、内与力様の肚ひとつで役人は飯を食い上げてしまう。前の御奉行様は内与力様の言うがままなすがまま、頭が新政府にすげ替わってもそれは同じじゃ」

「旦那も同しか」

「伝馬町の牢役人ごときに何ができる。物言おうものなら、たかだか四十俵の御禄もたちまち召し上げられてしまうわ」

「卑怯者《ひきょうもの》」

「さよう。卑怯者じゃの。しかし、牢役人から役の一字を取り上げれば、ただの牢人じゃな。ははっ、これはわかりやすい」

小兵衛は布袋《ほてい》顔をいっそう膨らませて笑い、ようやくわたくしを抱き締める手を緩めました。それから、足元に落ちた出刃を拾い上げて、用水桶に投げこんだ。

「旦那。私《わっち》はね――」

「それもわかっている。御門前におのれの血を撒《ま》き散らすつもりだったのであろう」

図星を差されて、繋《つな》ぐ言葉をなくしました。まさか神仏じゃございますまい。長いこと牢役人を務めていれば、追いつめられた人間の心のうちなどお見通しなのでしょう。

小兵衛に抱かれているうちに、わたくしの中の鬼はどこかに退散してしまいました。たとえ鬼でも、身の支えがなくなると立っているのもままならぬ気がいたしましてね。桑名屋敷の塀に背中を預けて、ぼんやりと夜空を見上げました。

わたくし、どうかすると星を眺める癖がありますのよ。べつだん何を考えるわけでもないのですが、そうしているとおのれが虫けらとどこも変わらぬ、ちっぽけな命なんだと思えてくるのです。虫けらならば、幸も不幸もありますまい。どいつもこいつも同じ虫けらなんだから、たかだかの幸不幸を羨《うらや》んだり嘆いたりしてはなりません。

「のう、お仙――」

肩を並べて星を眺めながら、小兵衛は言いました。

「この煙の流れようからすると、火事は西に延びるであろうの。明日の鎮火報は覚束《おぼつか》ぬ」

「そのようでござんすね」

なるほど風向きが変わったとみえて、夜空の星ぼしが海に向かって飛んでゆくように思えるのです。雲や煙が西に流れているから、見え隠れする星が逆に飛んで見える。

「明日だろうがあさってだろうが、知れ切ったお仕置のために立ち戻るのはごめん蒙《こうむ》りますよ」

わたくし、そう言ってこれ見よがしに七之丞から頂戴した羽織の襟をつまみましたの。こいつだけは帰ってきやしません、と言ったつもりで。

「どうして遠島の私《わっち》が、仰せの通りに立ち戻って死罪にならなきゃいけないんですかね。足し引きすりゃあ、私だけ割に合わねえってことぐらいわかりそうなもんだが」

小兵衛は夜空に向かって、真白な溜息《ためいき》を吐きました。どだい最初から、この話には無理があるのでございますよ。

「おう、旦那。口から出まかせを言いやがって。そりゃあ私ひとりでも帰れば、あんたは腹を切らずにすむんだろうが、こちとらまちがいなく首と胴が離れるんだ。冗談もたいがいにしてくんない。それとも何か、旦那はてめえの命惜しさに、私ひとりをここで引っくくって連れ帰るつもりかえ」

「いんや」と、小兵衛は顎《あご》を振りました。

「解き放ちは御奉行様のお情によるものゆえ、無理に連れ戻すような真似《まね》をしてはならぬ。江戸の華を手ずから摘むほど、わしは不粋ではないよ」

「わからねえお人だ。私だけが割を食う話だって言っとろうが。いいかい、旦那。死罪は死罪になってもともとだが、どうして遠島が死罪にならにゃならねえんだい」

「待て、待て。いいか、よおく考えてみろ。おまえはどのみち、死ぬつもりでここまで来たのだろう。女の細腕が出刃を振り回して、侍の命を取れると思うか。せいぜい御門前で咽を突くぐらいのものであろうよ。ということは、おまえは遠島の罪を投げて、みずから死罪を選んだのではないか。そんなおまえが、今さら割を食うだの足し引きが合わぬだの、それこそまるで理屈に合わぬ」

「おっと、旦那。そっちこそ理屈を捏《こ》ねてらっしゃいますぜ。いいかね、猪谷の命を取るにせえ、御門前でいやがらせの狼藉《ろうぜき》を働くにせえ、意趣返しを果たしたにちがいはねえんだ。それをせずに善慶寺へと戻って首を刎《は》ねられるのは、同じくたばるにしたって大ちがいじゃあござんせんか」

道理はわたくしでございましょう。人間肝心なのは、生きるか死ぬかではなくて、どう生きるかどう死ぬかですもの。

「了簡いたした」

さして考えるふうもなく、小兵衛はきっぱりと言いました。

「ほんとかね。なら、私は好きにさせてもらうよ」

そうは言ったものの、心の中の鬼は退散してしまったのだし、得物の出刃は用水桶の底に沈んじまったし、好きにしようにもこのさきどうしていいかわからなかった。

「のう、お仙。生きてくれまいか」

「生きられるもんなら、生きますがね」

「生きられるようにするゆえ、生きてくれ」

それだけを力強く言って、小兵衛はすたすたと歩き出しました。

いました。

「せっかくここまで参ったゆえ、解き放ちの顚末《てんまつ》を内与力様にお報《しら》せいたす」

辻闇から様子を窺《うかが》っておりますとね、小兵衛は高張提灯に照らされた小路をまっすぐに歩いて行って門番に話しかけ、じきにすうっと、御屋敷の中に吸いこまれてしまいました。

案内されたということは、猪谷権蔵が在宅であったのでしょう。

それからしばらくの間、桑名屋敷の塀にもたれて小兵衛の帰りを待っておりましたの。でもそのうち、とても悪い想念に捉《とら》われましてね。

どんな想念かって、それはとうてい口に出して言えぬほどの。

そうですね。たとえば、わたくしの体から退散したはずの鬼が、まだ辻祠の蔭か塀の上だかに隠れていて、わたくしではない誰かの体に取り憑《つ》いたんじゃないか、と。

思いついたとたん、歯の根が合わぬほどの震えがきましてね。ともかくここにいてはならないと、一目散に逃げ出しましたの。闇雲に走りながら、やりとりの最中に小兵衛がふと口にした言葉を思い出しました。

——ところで、お仙。おまえ、内与力様に惚れていたのか。

——とんでもございません。

――さようか。それならばよい。

それからいったい、わたくしはどこで何をしていたのでしょう。

どこかの空屋敷の納屋《なや》か、仕舞屋《しもたや》の暗い台所みたようなところで、じいっと火鉢を抱えて蹲《うずくま》っていたのです。火事は翌《あく》る一日くすぶり続け、ようよう鎮火報が鳴ったのは、そのまた翌る日の朝方でございました。

わたくし、善慶寺に戻りましたのよ。どう考えても、身の置き場所が見当たらなかったものですから。

それに、生きようが死のうが、もうどうでもよかった。生き死ににこだわるような力は、すっからかんに使い果たしていたのです。わたくしがみなさまがたにお話しすることといえば、まあこんなところでございましょうか。

何だと。

司法卿《しほうきょう》閣下の肝煎《きもい》りなら仕方あるめえと、見せたくもねえはらわたまで晒《さら》したんだぜ。これでも足らねえと吐《ぬ》かしゃあがるんなら、おめえら三ン下奴《やっこ》など、北海道の地の底に飛ばしてやるがかまわねえか。

もっとも、忙しい亭主を煩《わずら》わせるのも何だから、手っとり早くこのピストルで、飯の食えねえ体になってもらってもいいんだぜ。

――あら、いけない。わたくしとしたことが、ついついまたしても馬の脚をお見せするようなはしたないことを。

ともかく、ご訊問《じんもん》はこのあたりでおしまいになさって下さいませ。後生が悪いとおっしゃるのなら、つけたりをひとつ。

御一新ののち、わたくしはすっかり堅気になりましてね。官員様の御屋敷に雇われて、賄《まかな》いなどいたしておりましたのよ。そのうち、誰言うともなく、もとは大江戸三美人の白魚お仙だ、という噂《うわさ》が立ちまして、これは素姓がばれて馘《くび》になるかと思いきや、官員様も奥方様もそもそも田舎者でございますから、かえって自慢の種。わざわざお客を呼んではわたくしを見せびらかすありさまでございましたの。

そうして呼ばれたお客様のひとりに、主人がおりましたのよ。

工部省御雇技官、エイブラハム・コンノオト。ビクトリア女王陛下の勅命を奉じてやってきた、鉱山技師でございます。

求婚されましたときは、もちろん冗談だと思いました。もし本心だとしても、まあせいぜい日本にいる間だけの妾《めかけ》だろう、と。

それでもかまわないと思いましたわ。月給百五十円の御雇技官の妾ならば、そこいらの奥方様よりよほどいい暮らしができますでしょうし、へそくりだの手切金だの、お払い箱になったあとだって、一生食うに困りますまい。

ところが、そうではなかった。まだ握手しかしていないうちに口説かれて、翌る日に色よい返事をしたら、とたんに善は急げとばかりに英国公使館に連れて行かれましたのよ。公使ご夫妻のご媒酌をたまわり、教会堂で夫婦《めおと》の誓いを立てましたのは、その夜のうちでございました。まるで狐につままれたような気分でしたけれど、どう考えても妾を囲うのにそこまではいたしませんでしょう。

わたくし、エイブラハムの妻になりましたの。由緒《ゆいしょ》正しきコンノオト家の嫁に。身丈が六尺の上もあって、七つも齢下《としした》の、青い瞳が夢の中ですらわたくしをじっと見つめてくれているような、エイブラハムの妻に。

結婚をして、初めて床を共にしました晩にね、まるで空か海のように大きな体に抱かれながら考えましたの。

子供の時分からずっと、人を猜《そね》み疑い続けて生きてきたのに、どうしてこの幸せを丸呑《の》みに信じているのだろう、と。おのれを抱きしめるこの男の体が、なぜ空か海のように思えるのだろう、と。

それまで覚えたためしのない女の歓《よろこ》びが溢れ出て、主人にしがみつきました。そのとき、忘れていた声が耳に甦《よみがえ》りましたの。

——のう、お仙。生きてくれまいか。

生きましたとも。仰せの通りに。

わたくし、この齢になって子供を授りましたのよ。そう、四十の恥じかきっ子。若い時分の無理がたたって病気にでもなったか、それともこれで女も終《しま》いなのかと思ってお医者様に診ていただきましたら、コングラッチレイションと言われましてね。まだ主人には報せておりませんのよ。手紙に書こうものなら、大切な仕事を放り出して帰ってきてしまうに決まってますから。

そろそろコルセットがきつうございますの。ですからみなさまも、無理を申されずにお引き取り下さいまし。

主人は北海道から帰るとじきに、ご奉公の年季が明けます。そののちはイギリスに戻って、母校のオクスフォードで教鞭《きょうべん》を執ることになっておりますの。子供はおそらく、あちらで産むはこびとなりますわね。

不安は何ひとつございません。わたくしの未来には、光明のあるばかりでございます。

こうして目を閉じると、江戸の闇に双手をかざして立つお侍の姿が思い起こされます。その人はわたくしのいまわしい過去を、そうして堰き止めてくれたのです。

――のう、お仙。生きてくれまいか。

生きましたとも。仰せの通りに。

わたくしの名は、スウェイニイ・コンノオト。ほかの誰でもございません。

三、高島交易商会社長　高島善《ぜん》右衛《え》門《もん》証言

天保元寅年《とらどし》生四十六歳

現住所東京第二大区十小区三田松坂町

　典獄《てんごく》様から急なお呼び立てを承りやして、ハテ、さしあたり身に憶《おぼ》えはねえんだが何の話だろうと、紋付袴《はかま》にシャッポを冠《かむ》って参《めえ》りやした。なにぶん旧弊《きゅうへい》の無学者なもんで、難しいことを訊《き》かれたって満足に物は言えません。ともかく私《あっし》の知る限りをしゃべって、どんな中身だろうと今さらお咎《とが》めはねえてえことですな。

　そこのお役人様がなさる書き付けも、公文書じゃあなくって後世の参考になさると。まあそういう話なら、私だって人の親だ、倅《せがれ》どもが生きていく世間のためになるてえんなら、一肌脱がしていただきやしょう。

　へい。住《すめ》えは三田松坂町。まちげえござんせん。本所松坂町なら赤穂《あこう》浪士の討ち入った吉良《きら》邸だが、こっちは泉岳寺に近え三田の松坂町でござんす。先年ちょいと伝《つて》がござんして、三千坪もある御屋敷を、居抜きの庭付きで手に入れやした。もとは伊予《いよ》小松一万石、一柳兵部少輔様《ひとつやなぎひょうぶのしょうゆう》が下屋敷にござんす。魚籃坂《ぎょらんざか》下の十文字の角《かど》ッこの屋敷、といやあ、駆け出しの俥引《くるまひ》きだってまちがいようはござんせん。

天保元年寅《とら》の生まれ。ええと、これはちょいとちがう。私ァ夏の生まれで、文政が天保に変わったのァその年の暮でござんす。文政の生まれてえのはいかにも爺《じじ》むさいもんだから、手前勝手に天保元年と言い張っておりやした。後世のためとおっしゃるんなら、そこいらはきちんと直しておいたほうがようござんしょう。

同い齢《どし》の大方は文政生まれに決まってるんだが、文政十三年の寅だという野郎には会ったためしがねえ。みんなが一月足らずしかなかった天保元年だと言い張りやす。もっとも、寅の気性はどいつも同じで、苦労な人生を送っているようでござんす。出世頭といやァ大久保内務卿《ないむきょう》だが、やっぱり苦労な人生には変わりありますめえの。

高島交易商会てえ家業は、改って私の口から言わずともご存じでござんしょう。こんな行儀の悪い爺いが社長だってえのは、さだめし意外でござんしょうが、へい、その通りで。

とっかかりは人足集めの口入れ稼業《かぎょう》だったんですがね。いい若い衆を持ちまして、そのうちお上に顔の利《き》く洋行帰りの番頭なんぞも抱えるようになりまして、あれよあれよという間に蒸気船まで買っちまって、今じゃその名の通りの貿易商でござんす。

いえいえ、私は何もしちゃいません。今だって口入れ稼業のまんま、ちょいと気に入らねえことがあると、番頭も若い衆も片ッ端から張り倒しやす。そんなわけだから、何ひとつしちゃいません。商売に口を出そうものなら、おやじさんは引っ込んでてくれろと、みんなに叱《しか》られやす。

今だってほら、隣の応接間に番頭どもが控えておりやすが、あいつらは気が気じゃあねえはずだ。同席させろとさんざごねたのも、そういうわけでして。

私ァ何もしちゃいないんです。たった八年の間に高島の看板が三井鴻池《こうのいけ》の向こうを張るようになったのも、みんな番頭どもの手柄でござんす。私ァ少しばかり運が強かっただけで。

高島善右衛門てえ名前《なめえ》も、御一新のこっちからでござんす。たいがいの人は、上方からやってきた財閥だと思っていなさるようだが、実はまったくの成り上がりでござんす。

そもそも苗字《みょうじ》も持たねえ馬の骨で、生まれが信州の諏訪《すわ》でござんすから、御城下の名を勝手に頂戴《ちょうだい》いたしやした。「諏訪」の苗字じゃ御殿様と同なしで畏《おそ》れ多いもんで、あまり物を考えずに高島城の高島にしたってえわけで。

だから最初《はな》の名前は「高島繁松《しげまつ》」と申しやした。商売の様子がよくなって、そんなやくざ者か無宿人みてえな名前は人聞きが悪いなんて番頭どもが吐《ぬ》かしやがるもんだから、「善右衛門」てえいかにも大店《おおだな》の旦那《だんな》みてえな名に変えやした。実はこれも大して考えちゃいません。当節の大店と言やァ、三井八郎右衛門か鴻池善右衛門。どっちにしようか、どっちでもいいやで、高島善右衛門と決めやした。番頭どもも齢の離れた嬶《かか》ァも、繁松なんて野郎のことは知らねえんですよ。私がその昔、「信州高島無宿繁松」と呼ばれていたことなんて。そんな名前は人聞きが悪いも何も、私ァもともとやくざ者の無宿人だったんです。

のう、お役人様――。

おめえさん方がお訊《たず》ねになりてえのは、高島善右衛門の話じゃあなくって、無宿人繁松の昔語りでござんしょう。

司法卿閣下のお達しならば、問われて語るもやぶさかじゃあねえが、生まれ変わった人間に前生の話を訊くなんざ、あんまり行儀のいい話じゃあございますめえ。私ァ手前を何様だとも思わねえ。思わねえからなおさらのこと、そういうおめえさん方の気が知れねえのさ。

のう、役人。おめえらも世間の上に立つ官員ならば、その偉そうな面《つら》は改めて、てめえが他人様《ひとさま》にどれくれえの無理無体を言っているか、よおく考えろよ。

俺ァ何も、渡世の仁義を通して麴屋《こうじや》に草鞋《わらじ》を脱いだわけじゃあなかった。むろん子飼いの手下《てか》でもねえさ。深川の賭場《とば》に出入りしているうちに、打《ぶ》ちっぷりを見込まれて子分に直った。三十を過ぎてからの話だ。

賭場は堅気衆の遊ぶ場所で、玄人《くろうと》が大勝ちをしちゃならねえ。丁目半目の駒《こま》を合わせながら、なるたけ場を持たせて、それでもしめえにはちょいと勝って引き揚げる。それが博奕《ばくち》打ちの打ちっぷりさ。

そういう玄人客がひとりいると、賭場は大助かりだ。みんなが長いこと受け目負い目をくり返して、しめえにはさほど大怪我《おおけが》もせず、大勝ちもせずに帰ってゆく。持ち金半分テラ半分――客がみんなして有り金の半分を巻き上げられる。それがうめえ按《あん》配《ばい》なのさ。

壺振《つぼふ》りの中盆《なかぼん》だけじゃあ、なかなかその按配は難しい。そういうとき盆の見える玄人客がいると、てめえの駒の上げ下げでうまく場を運んでゆく。大受けしている客をへこませたり、負い目の客にツキを呼び戻したりする。

そんな器用なことができるか、と思うだろうな。だが十五の齢からさんざ賭場の苦労を舐《な》めてくりゃあ、賽《さい》の目の十中八九は読めるもんだ。

博奕打ちってえのは、そういうもんだよ。勝った負けたは素人《しろうと》のやることで、博奕の玄人は胴を持ってテラ銭で稼ぐか、さもなくば俺みてえに一本独鈷《どっこ》でカスリを取って食って行くのさ。

だからいつも、翌《あく》る日《ひ》の食いぶちしか勝たねえ。勝ち過ぎたときは、しまいの勝負をみえみえの裏目に張って銭を捨てるんだ。たまに足が出ちまったときには、中盆が気を利かせて小遣をよこした。

まあ、そんなことをしばらくしているうちに、麴屋の親分から身内にならねえかと口説かれた。

俺が長旅をかけていたのは、一本独鈷の流れ者が性に合っていたからだ。やくざ渡世てえのはあんがい堅苦しくって、いちいち上《かみ》の下《しも》のと気を遣わにゃならねえし、盃《さかずき》を受けようものならがんじがらめにされちまう。そんな辛抱が利くぐれえなら、はなっからやくざになんぞなるものかよ。

だからどこかのお貸元に下足《げそ》をつけて仁義を切るときだって、俺にァかくかくしかじかと名乗るほどの箔《はく》は何もなかった。「ごらんの通りの流れ者にござんす」だの、「一本独鈷の旅人で親も子もござんせん」だのときっぱり言った。それでも、見よう見真似《みまね》の作法は弁《わきま》えていたし、面構えも悪くはなかったし、何よりも壺が振れて盆にも明るかったから、どこでも重宝がられた。

ああ、盆に明るいてえのは、賭場の仕切りがうまいてえことさ。その逆様が盆暗《ぼんくら》だ。

麹屋五兵衛はその当座、江戸でも五本指に入《へえ》るお貸元だった。深川一円の賭場は麹屋の仕切りだ。お上から十手取縄も預っていて、その身内ならばまずよっぽどの下手《へた》を打たねえ限り、先行きは安泰さ。

俺は凶状持ちじゃあなかったが、無宿人にはちげえねえ。人別帳《にんべつちょう》から名前をはずされていて、何かあったときに身柄《ガラ》受けもいねえとなりゃ、たちまち佐渡の金山《かなやま》送りだ。だからどんなに筋の通らねえ話だって、てめえからへこへこと頭を下げにゃあならなかった。たとえば、人混みで足を踏んだの踏まねえの、通りすがりに眼《がん》を付けたの付けねえのなんぞと絡《から》まれたって、無宿人は物を言っちゃならなかったんだ。

齢も三十を過ぎて、いいかげん腰を落ち着けにゃならねえと考えていた矢先だった。

そんなこんなで、麹屋の盃を受けようと決めた。

それが文久二年の戌《いぬ》の年。麹屋には足かけ六年世話になった。ずいぶんと目をかけてもらって、世の中がひっくり返《けえ》らなけりゃ、俺は麹屋の跡目を襲《と》っていたと思う。古顔の兄ィはいくらでもいたが、一家の大所帯を食わしていたのは俺が仕切る賭場だったからな。やつらはそんな俺にお愛想を言いながら、蔭《かげ》じゃ親分の耳にあることねえこと吹きこんでいたにちげえねえ。だにしても、麹屋五兵衛ともあろう大親分が、あれほど耄碌《もうろく》しているたァ思わなかったぜ。

天下がひっくり返って、江戸に官軍が乗りこんできた。浮き足立った奉行所の役人どもは掌《てのひら》を返して、やくざ者との長いしがらみをご破算にした。そうとなりゃあ、博奕はそもそもご法度《はっと》なんだから、一網打尽にされたって文句は言えめえ。

だがいくら何でも、深川一円の賭場は麹屋の与《あず》り知らぬこと、繁松てえ無宿人が勝手に開帳していたなんて、そんな筋書きを鵜《う》呑みにする天朝様でもござるめえ。親分と姐《あね》さんに泣かれたんだよ。伝馬町《てんまちょう》の臭《くせ》え飯を、ほんのちょいとの間だけ食ってくれりゃ、あとは悪いようにはしねえ、とな。

あとさきなんざどうだっていいだろう。子が親のために身を捨てるのァ、あたりめえの話さ。ああいうご時世だから、そうそうことがうまく運ぶはずもなかろうし、俺は肚《はら》をくくって奉行所に名乗り出た。

へい、麹屋五兵衛というお人には会ったためしもござんせん。煮るなと焼くなと勝手になすっておくんなさんし。

俺はお白洲《しらす》でそれだけ言うと、あとはダンマリを決めこんだ。水責めも石抱きもあるもんかよ。事の次第《しでえ》は誰だってわかってらあ。

お裁きの下されぬまま、俺は伝馬町の臭え飯を食うはめになった。ちょいとの間の辛抱だなんぞとは、思っちゃいねえさ。奉行所の役人どもは威勢が悪くって、官兵の顔色ばっかり見てやがった。そんな連中が今さら麴屋五兵衛の頼みごとを聞いて、身代りの俺を放免になどするもんかよ。いや、それよりもまず、すっかり老いぼれちまった親分が、俺の身を案じてくれているとも思えなかった。

てえことは、お情けあって江戸所払い、へたをすりゃあ島送りだ。

それでよかろう。親を売って渡世を狭くするくれえなら、八丈にでも新島にでも流されたほうがましってもんさ。所払いなら何のことはねえ、元の旅烏《たびがらす》に戻るだけの話じゃねえか。

どうなるにせえ、俺ァひとつだけ決めていたことがあった。

二度と親分の前に面は晒《さら》さねえ。そんなことをしたら、親分や姐さんや、ほかの兄ィたちの立つ瀬がなかろう。悪いようにはしねえって話に乗ったと思われるのも、まっぴらごめんだ。

男が罪を被《き》ると決めたからにァ、そこまでしなけりゃ肚をくくったことにはなるめえ。

伝馬町の大牢《たいろう》に落ちたとたんから、俺ァ客分扱いだった。

てめえの顔がそんなに売れているたァ思ってもいなかったぜ。そのうえ、麹屋の身代りに立ったてえ話を、どうしたわけかみんなが知ってやがった。

ものの半月ばかりで牢名主が島に送られたあとは、石出帯刀《いしでたてわき》様のご指名とやらで、十枚重ねの畳の上に寝起きすることとなった。

面倒臭えと思ったぜ。もともと上の下のは嫌えな性分なんだ。まあ、そこいらの三ン下と一緒くたにされる貫禄《かんろく》でもあるめえが、横になって眠れる客分ぐれえがころあいだと思っていた。

いつまで待っても御沙汰《ごさた》は下りなかった。ああいうご時世だから、島送りの船を出すにしたっていろいろ面倒もあるんだろうと思って、養生のつもりでのんびりと構えていた。

だから年も押し詰まったあの日に、いきなり思いも寄らぬ御沙汰を聞いたときにァ、正直のところ腰が抜けるほど驚いた。

ほう。そうは見えなかったってか。だとすると、俺もいっぱしの博奕打ちだの。

そうだよ。その丸山小兵衛《まるやまこへえ》てえ鍵役《かぎやく》同心がふいにやってきて、俺を呼び出したんだ。

こう、格子《こうし》を挟んでこごまってのは。ようやっと島送りの御沙汰が下りたと思った。今さら所払いだの無罪放免だのはあるめえ。年明け早々の島送りってこったろう。

「のう、繁松――」

丸山の旦那は言いかけて口ごもった。もともとうすぼんやりとした、いるのかいねえのかもわからねえようなお人だ。身代りに沙汰を言い渡すのは切ねえんだろうと思った。

だが、ようやく口にした一言一句は忘られねえ。

「よう聞けよ。おまえは死罪と決まった。半刻《はんとき》ののちに参るゆえ、仕度をしておけ」

悪い冗談を言うようなお人じゃなかった。だったら何を訊いても始まるめえ。

「妙なお裁きもあったもんで。へい、承知いたしやした」

俺はそれだけ言って、さっさと奥に戻った。半刻といやァ、仕度をするにしたって間がなさすぎる。もっとも、首を打たれるときに仕度も何もねえもんだが、俺がいなくなったあとの仕切りだけは考えておかにゃあならなかった。

大牢の隅に二人の隠居を呼んだ。伝馬町の酸《す》いも甘《あま》いも嚙《か》み分けている爺様どもさ。かくかくしかじかと伝えれば、二人は声もなくして仰天した。そうしたご隠居様からしても、まるで思いもよらねえ御沙汰だったんだろう。

何も石出様のせいじゃあねえにしろ、こうした御沙汰に文句をつけられねえようじゃ、次の牢名主は決めさせられねえと思ったんだ。

「俺がどうこう言う筋合いじゃねえが、跡目を重ね畳の上に据えて行きてえ。誰がよかろう」

「そりゃあ、おめえさんの決めるこった」

と、隠居のひとりが言った。もう片方は膝《ひざ》を抱えて震えながら相鎚《あいづち》を打った。

牢名主の仕切りが悪けりゃあ、大変なことになるのさ。なにしろ大牢と言ったって、せいぜい三十畳かそこいら、そこに百人もの悪党どもが詰めこまれている。名主と役付のほかは横になって眠ることもできねえ有様なんだ。

「喜三郎《きさぶろう》でよかろうと思うが、どうでえ」

俺が胸のうちを言うと、隠居たちは「よかろう」と肯《うなず》いてくれた。

上州無宿の喜三郎は娑婆《しゃば》にいた時分からの顔見知りだった。行儀の悪い官兵どもと大立ち回りをやらかしてお縄を打たれ、お白洲でも悪びれねえもんだから、こらしめに長えこと放りこまれていた。

やつの言うことにゃ、酒に酔って堅気の女に絡んだのは官兵どもで、見るに見かねて張り倒した俺がどうして科人《とがにん》なんだ、頭を下げるくれえなら佐渡にだって八丈にだって行ってやらあ、ってえところさ。

あんまり頭のいい話じゃあねえが、そういう男気がなけりゃあ人は束ねられめえ。そこを見込んで俺は、喜三郎を大牢の二番役に据えていた。次の牢名主は野郎をさしおいて他にはいねえ。

「きさぶ。ちょいと顔を貸しねえ」

囚人どもは肩を寄せ合ってかしこまったまま息を詰めていた。だが、よもや俺に死罪の御沙汰が下りたとは思っちゃいねえ。そこで俺は、喜三郎に後を任せるだけじゃあなくって、俺の口から言って聞かせにゃ騒ぎになると思った。

世の中は理不尽だらけだがよ、話が理不尽であればあるほど、誰かが言って聞かせにゃあ騒ぎになる。騒ぎになりゃ理不尽に理不尽が重なるだけさ。牢名主は神様みてえなものだが、神様が口を利くのは今しかねえと俺は思ったんだ。

「のう、きさぶ。今のこのときから牢名主はおめえだ」

喜三郎はきょとんとして、「島送りですかい」と言った。

「いんや。跡目の頭ごしに物を言わしてもらうぜ」

俺はそれだけを言って十枚畳の上に座った。喜三郎は男気こそあるが、まだ貫禄は足らねえ。その足らねえ分、俺の目方を分けて牢を出にゃあならなかった。

俺は大あぐらに腕を組んで、「野郎ども」と言った。牢名主が口を利くのはめったなことじゃあねえから、囚人どもは「へへえっ」と声を揃《そろ》えて頭《こうべ》を垂れた。

「俺ァじきに首を打たれる。なになに、ちっとも理不尽な話なんぞであるもんか。火付け、押し込み、人殺し、これまで重ねた悪業三昧《ざんまい》が明るみに出ただけさ。麹屋の親分もさすがにこの悪党ばかりは手に余って、かばい切れなくなったらしい。向後《きょうこう》面態《めんてえ》、この大牢の名主は喜三郎だ。文句をつけた野郎は憑《と》り殺すからそう思え」

俺は喜三郎を十枚畳に据えた。否《いや》も応もねえが、俺の素姓をよく知っている喜三郎は、「繁兄ィ」と言ったなり声が繫《つな》がらなかった。始末はつけた。このうえ何を言おうが余分だった。

御隠居の畳に下がると、添役と三番役がべそをかきながら、せめて髭《ひげ》を当たらせてくれろと言ってきた。俺はすげなく断った。ありもしねえ悪業を背負ったんだ。それらしい面《つら》を土壇場《どたんば》に転がしたほうが様になろう。閻魔《えんま》様が首をかしげようがお釈迦《しゃか》様がお手を差し延べようが、男がいったん口にしたんだから罪はとことん背負っていくさ。

のう、お役人様。

高島の身代《しんでえ》を築いたのが私《あっし》じゃあなくって、出来のいい番頭たちだてえ理屈が、これでよくおわかりになったでしょう。

何をしたわけでもねえ。ただ、めっぽう運が強えだけで。

考えてもごらんなさいまし。死罪と決まって土壇場まで引き出され、あわや刀が振り下ろされるすんでのところで半鐘が鳴るなんて、そんな冥加《みょうが》がどこにあるもんかね。火事と喧嘩《けんか》は江戸の華なんぞとは申しやすが、解き放ちをするほどの大火事なんて、そうばんたびあるはずはねえ。せいぜい幾十年かにいっぺんの話でござんしょう。そのいっぺんが命の瀬戸際《せとぎわ》に重なったてえんだから、悪運が強えにもほどがありやす。

思い出したくもござんせん。あの日あのとき、どこかでほんの一瞬でも急いでいたら、まちげえなく私《あっし》の首は飛んでいたんです。

お迎えがちょいとでも早かったなら、土壇場に向かう足どりがさっさとしていたなら、首斬《くびき》り同心が落ち着き払っておしきせの物を言ったりしなければ、私の首は土壇場の穴の底から半鐘の音を聞いていたはずでござんす。

ああ、考えただけで鳥肌が立ちまさあ。なにせ目隠しをされた闇《やみ》の中で、こう、ぐいっと奥歯を嚙みしめたとたんに、「しばらく、しばらく」てえ物言いがついたんですからねえ。

あれァたしか、丸山小兵衛の声だったと思いやす。その「待った」で私の首は繋がりやした。

あのときばかりァ、まともに腰が抜けた。いや、助かったなんて思いません。人に肚ァ括《くく》らせておいて、生殺しにしゃあがるか、と思いやして、何だかんだと悪態をついたんです。

ところがそのうち、役人たちは私を土壇場にほっぽらかして、どこかに行っちまった。見張りの下男《しもおとこ》どもが、「冥加じゃ冥加じゃ」と言いながら、私に手を合わせたり肩や背中をさすったり、要はこの冥加に与ろうとする。そこでようやく、これァもしや赤猫の解き放ちじゃああるめえか、と思いついたわけでござんす。

のう、お役人様。

いってえこの顚末《てんまつ》は、神仏の冥加だと思いますかえ。ところが私にァ、まるで思い当たるふしがねえんで。どんなときにも神頼みをしたことがねえってのが自慢になるぐれえの不信心で、まず神仏とのご縁と言やァ、深川八幡《はちまん》の御輿《みこし》を担《かつ》ぐのがせいぜいのところでござんす。

あのときだって、申し渡されてから半刻の間、念仏も題目も唱えやしなかった。そんな罰当たりに、どうして冥加が頂戴できるんで。

だから命永らえたそののちにも御礼参りなんぞしちゃいません。不信心もずっと相変わらずでござんす。だのに何でもかんでもうまく運んで、たった八年ばかしの間にこの通りだ。

私ァ何をしたわけでもなし、神仏の冥加でもねえとすると、いってえどこのどなたさんのおかげなんでござんしょう。

なに。天朝様の御稜威《みいづ》とおっしゃるか。

ハハッ、冗談もたいがいにせえ。臍《へそ》が茶を沸かすぜ。

思い出したくもねえが、乗っかかった舟もここまで漕《こ》ぎ出したんじゃあ仕様があるめえ。

さあ、まったく信じられねえお解き放ちだ。帰《けえ》ってくりゃあ罪一等を減じるてえんだから、死罪の俺は遠島かよ。

命を儲《もう》けたか。いや、そうじゃあるめえ。そもそも博奕の開帳は、よほど情が悪くても島流し、首を打たれたなんて聞いたためしもなかった。だとすると、儲かったのか損をしたのか、長博奕の末にようよう行って来いのくたびれ儲けになったのか、よくわからねえ話だった。

お解き放ちは浅草新寺町の善慶寺《ぜんけいじ》。まったくもって面倒なことをするもんだが、まさか文句は言えめえ。

伝馬町から善慶寺まで、俺と仲良く相手鎖《あいてぐさり》で歩いたのは、岩瀬《いわせ》七之丞《しちのじょう》てえ立派なお侍《さむれえ》様だ。

噂《うわさ》には聞いていたが、なるほど実物は成田屋ばりの千両役者だった。筋骨隆々たる体は、ちっとも千石取りの若様なんかじゃあねえ。白くて長え顔に隈取《くまど》りをすりゃあ、今から六方踏んで花道を飛んだって、ふしぎも何もねえぐれえのものさ。

伝馬町の牢屋敷には、罪を犯した御旗本が押し込められる座敷があった。だが、そんなものは使われたためしもなかったんじゃあねえのかな。

どうしてっておめえ、安い侍ならともかく、御目見得以上の御旗本ならそんな辱《はずかし》めを受ける前《めえ》にさっさと腹を切るだろう。おそらく後にも先にも、解き放ちにされた御旗本なんてあの七之丞ひとりだろうぜ。

鳥羽《とば》伏見でも上野のお山でも死に損ね、夜な夜な官兵を叩《たた》ッ斬っていたってえ噂だ。世をはかなんで死に切れぬまんま、牢に入れられていたにちげえねえ。

そんな七之丞と相手鎖で歩いているうちに、ああやっぱり糠喜《ぬかよろこ》びだったなと俺は思った。まかりまちがっても七之丞が解き放たれるはずはねえさ。そんなことをしたら、元のキンギレ退治に戻るだけの話だ。だとすると、相手鎖の俺にも解き放ちはあるめえ。解き放たれなけりゃあ帰るも帰らねえもねえんだから、罪一等を減ずる理屈もなくなる。要は打首が日延べになるだけの話さ。

案の定、囚人どもが解き放ちになっても、七之丞と俺には沙汰がなかった。東の大牢の連中は境内から出るとき、みな山門の下で足を止め、俺に向かって申しわけなさげにお辞儀をしたり手を合わせたりした。

死罪の日延べは切ねえが、あいつらはみんな赤猫のおかげで荷が軽くなるんだと思えば嬉《うれ》しくなって、俺はいちいち「帰ってこいよ」と声をかけた。

喜三郎は牢名主らしくみんなを送り出してから、ひとりで俺のところへと戻ってきた。野郎もいろいろと物を考えていたんだろう、相手鎖に繋がれたままの俺を残して逃げることが忍びなかったんだ。

「繋兄ィ」と言ったきり、やっぱり声が塞《ふさ》がっちまって、ほいほいと泣き出しやがった。

「きっと帰ってこいよ」と俺は言った。あんな世の中だ、逃げりゃ逃げ得なんだろうが、お情けに背を向けるようなことはしちゃなるめえ。喜三郎は「へい」と答えて、泣く泣く寺から出て行った。

「帰ってくる馬鹿《ばか》がおるものか」

と、七之丞が言った。

「帰ってこねえ馬鹿はおりますめえ」

と、俺は答えた。

権高なやつほどものごとの道理がわからねえものさ。食うに困ったことがねえから、損得の物差ししか持たねえんだろう。

さて、善慶寺に残されたのは、俺と七之丞ともうひとり、白魚《しらうお》のお仙《せん》てえめっぽうな別嬪《べっぴん》だった。

女の素姓だけは勘弁しておくんねえ。めっぽうな別嬪てえだけでいいじゃあねえか。

本堂であれやこれやと評定したあげく、役人どもは厄介者の三人をその場で叩ッ斬ろうとしやがった。

ところがそこで、またぞろ丸山の旦那が「しばらく」と言った。人間てえのはわからねえもんだの。常日ごろはまず、箸《はし》にも棒にもかからねえ牢屋同心だと思っていたんだが、そいつが俺たちの前にこう、仁王立ちになってな、役人たちに説教を始めやがった。

要は何だ、ここで三人を斬るのは役人の損得で、けっして世の道理じゃあねえってこった。

ごもっともさ。俺ァまるで、仏様があのでっぷりと肥えた体に憑《かか》って、物を言わせているんじゃあねえかと思った。そのくれえ筋の通った説教だったんだ。

役人たちは刀を納め、石出帯刀様が解き放ちをお命じになった。

助かった、と思ったのはそのときだな。むろん、ずらかるつもりなんざあるもんか。蒙《こうむ》った恩を義理で返さずにどうする。義理を果たして島流しなら上等だろう。

ところが、この解き放ちには面倒な但《ただ》し書きが付いた。

三人のうち一人でも帰らなかったら、帰った者も死罪。三人とも帰ってきたなら無罪放免。そして、誰も帰らなかったら丸山小兵衛が腹を切る。

火の粉が舞う中でのとっさの算段にしたって、やれやれ厄介な話になったもんさ。助かった、と思ったのはほんのいっとき、これじゃあ命が二つあったってまず足るめえ。

だが、俺の肚は定《き》まっていた。命の恩人の丸山小兵衛まで巻きこんで、がんじがらめの義理に縛ったつもりなんだろうが、一蓮托生《いちれんたくしょう》なんてえのは的を外しているぜ。

今さっき俺ァ、義理を果たして島流しなら上等だと言ったが、義理を果たして死罪でも、やっぱり上等だろう。だから誰が帰ってこようがくるめえが、俺は構やしなかった。解き放ちのご恩に報いて帰り、それで丸山の旦那も腹を切らずにすむんなら、一石二鳥の大上等じゃあねえか。

もっとも、官兵憎しの七之丞や、どのみち死罪になんぞなるはずもねえお仙が、帰ってくるはずはねえと思ったがな。

おう。ちょいと待ってくんねえ。

その顔付きからすると、おめえさん方もしや、お仙の居場所を尋ね当てて物を言わせたんじゃあねえのか。

驚いたぜ。おめえらそれでも男か。昔のお白洲だって、か弱え女をいたぶると思や立ち入ったお調べはしなかったもんだ。「後世司法ノ参考」が聞いて呆《あ》きれるぜ。お仙が今どこで何をしているかは知らねえが、大の男が寄ってたかって女の古傷を抉《えぐ》るような真似は許せねえ。理屈じゃあねえぞ。どんな世の中になったって、男は金玉の分だけ目方があるってことを忘れるな。

てめえらが高島商会の番頭なら、物も言わずに張り倒しているところだ。

おっと、いけねえ、いけねえ。官員様を相手に、ちょいと言葉が過ぎちまいました。どうか堪忍《かんにん》しておくんなさいましよ。万が一私《あっし》にお縄が打たれるようなことになったら、たちまちおまんまを食い上げるのァ、千や二千の数じゃあござんせん。仕事なんざ何もしてねえと言ったって、社長てえのはそういうものでござんす。

それにしても、いやはや暑い夏でござんすねえ。

私ァそのつもりで、明石《あかし》の薄物に絽《ろ》の羽織で参《めえ》りやしたが、みなさんの詰襟てえのはいかにもお気の毒だ。だいたいからしてこの日本の気候に、洋服てえのは不都合なんです。どうぞ痩《や》せ我慢をなさらず、上着はお脱ぎになって楽におつきなさんし。

さて、そうした順序でお訊ねになってるんなら、白魚のお仙はもう話から退《ど》けてようございましょう。

浅草新寺町の善慶寺で解き放たれ、火の粉に追われて逃げこんだのは、坂本村のだだっ広い枯田でござんした。

岩瀬七之丞との相手鎖は、たしか善慶寺で解《ほど》かれていたはずだが、何せ火の手に追っかけられるものだから、三人が三人とも同じ道筋を逃げたんでござんしょう。

枯田の中のちょいと小高くなった畔道《あぜみち》で、しばらくぼんやりしておりやした。年の暮れと言ったって旧暦の話だから、身を切るような寒い晩でしてね。汗が冷えると、それこそ歯の根が合わなくなった。

そんなことをしているぐれえなら、さっさとずらかりゃよかりそうなもんだが、ハテ、いってえ何をぼんやりしていたんでしょうな。

まあ、それぞれ考えていたのは、例のアレでござんすよ。三人の命は一蓮托生てえ、ばかばかしいお達し。

当たり前《めえ》に考えりゃあ、三人一緒に火が消えるのを待って、雁首《がんくび》揃えて善慶寺へと戻りゃあいいんです。そうとなりゃあ、三人めでたく無罪放免てえ約束だ。

しかし、どうでござんしょう。何年か前《めえ》の泰平のお江戸ならともかく、博奕の開帳をいきなり死罪にするようなご政道じゃあ、口約束が守られるとは思われねえ。それを信じて帰ったら、藪《やぶ》から蛇で片ッ端からバッサリとやられたって何のふしぎもござんせん。

さっきもお話ししましたように、私ァ帰るつもりでござんした。てめえの命をあれこれ考えたらきりがねえが、義理を果たすのなら答えはひとつきり。まあ、やくざ者の頭じゃあ、そのくれえしか考えつかねえってところさ。

そうこうしているうちに、お仙はどこかに行っちまいました。止めたかどうだか、よく覚えちゃおりません。ひとつふたつは物を言ったような気もするが、どのみち他人が口を挟む話じゃあござりますめえ。

おや、どうして首をかしげなさる。

お仙を止めなかったのがそれほどおかしいかえ。

私ァそうとは思いませんなあ。そもそも命はてめえひとりのものじゃあござんせんか。百人の人間にゃ百の人生があって、てめえがこうだからおめえもこうだなんて理屈の、通るはずはござんせん。私がお仙や七之丞の、いってえ何を知ってるっていうんです。罪状ぐれえは洩《も》れ聞いていたって、生まれ育ちやそれぞれの苦労なんて知りゃしません。そういう他人の命にどうこう文句をつけるなんて、賭場で言うんなら他人の置いた駒に難癖つけるようなもんでござんしょう。

ずらかるにせえ意趣返しをするにせえ、てめえが困るからって他人の駒に四の五の言うほど、私ァ盆暗《ぼんくら》でも野暮天でもござんせん。

おめえさん方もさぞかし宮仕えはつらかろうが、身分の上下《かみしも》はあったって人間に上下はねえってことぐれえ知っておかねえと、人の上に立つ仕事はできやしねえぞ。

この先はちょいと楽にさせていただきやす。

誰か巻莨《まきたばこ》を一本めぐんでくんねえ。長話に煙管《キセル》は面倒だ。

ご近所の御大名だか御旗本だかのご家来衆が、炊《た》き出《だ》しを積んだ大八車を曳《ひ》いてきた。

後にも先にも、あんなうめえ握り飯は食ったためしがねえ。夕飯抜きの空《す》きっ腹《ぱら》のうえ、長いこと伝馬町の物相飯《もっそうめし》しか口にしていなかったから、こいつは塩握りじゃあなくって、砂糖をまぶしてるんじゃあねえかと思ったくれえさ。

酒樽《さかだる》も有難かった。なにせ着のみ着のままで吹きっ晒《つあら》されていたんだ。柄杓《ひしゃく》で一呷《ひとあお》りしたとたん、しばらくぶりの酒が体じゅうをめぐって、カッと熱くなった。あんときばかりは、女子供までががぶがぶと酒を飲んでいやがった。

ところが、七之丞だけがツンと澄ましてやがる。武士は食わねど高楊子《たかようじ》か。それとも、百姓町人と同じ釜《かま》の飯は食えねえ、同じ樽の酒は飲めねえってことか。

俺が見兼ねて、鼻ッ先《つあき》まで酒と飯とを運んでいくと、野郎、「無礼者ッ」と叱《しか》りつけてはたき落としやがった。

よっぽど張り倒してやろうかと思ったが、そこはお侍様の影を踏んだって無礼な時《じ》代《でえ》の話だ。俺はグッとこらえて、炊き出しを積んできた侍のうちの、一等偉そうなやつに目星をつけて頼みこんだ。

「ご免蒙りやす。素町人が要らぬ節介をいたしやすが、実はあそこに仏頂面で立っていなさるのは、千石取りの御旗本でござんして、少々意地を張っておいでです。お侍様からお勧め下さんし」

千石取りの旗本と聞いて、侍は血相を変えた。どこの御大名のご家来衆かは知らんが、炊き出しの差配をするくれえなら身分はたかが知れている。粗忽《そこつ》があっちゃならねえてえわけで、その侍が手ずから握り飯を懐紙にくるみ、酒を茶碗《ちゃわん》に満たして七之丞のところに持って行った。

いやはや、御旗本のご威光てえのは、大したものさ。なにせ公方《くぼう》様と直《じか》にお目通りがかなうんだから、万石の御大名だって一目置く。

七之丞は侍からの飯と酒は受け取った。「そこまで言うなら食うてつかわす」てえほどの、偉そうなそぶりだった。そのくせあんがいがつがつと握り飯を食い、酒も一息に飲み干しやがった。

「とんだご災難でございましたな。とりあえずは当家にお運び下されませ」

侍は平身低頭して、そんなことを言った。俺はおかしくてならなかった。七之丞は履物もどこかにうっちゃらかした足袋裸足《たびはだし》で、羽織もお仙にくれちまっている。だが、袴は上等の仙台平だし、いかにも旗本の御曹子《おんぞうし》てえ品の良さが見えているんだ。まさか赤猫で解き放たれた罪人とは思うめえ。大方どこかの料理屋から焼け出されてきたとでも、考えたんじゃあねえか。だとすると、とりあえず大名屋敷でお匿《かくま》いするのが武士の義理だの。

「いや、ご厚意は有難いが、ここまで参れば拙宅もさほど遠からぬゆえ、それには及ばぬ」

七之丞は齢のころならせいぜい二十三か四だが、たしかに千石取りの貫禄みたようなものがあった。若様だがうらなりじゃあねえ。体もがっしりとしていて、なるほど鳥羽伏見と上野の戦争を斬り抜けたあと、大勢の官兵を叩き斬ったやつ、と言われればさもありなんというところさ。

その得体の知れぬ貫禄に気圧《けお》されて、侍はすっかり腰が引けていた。

「しかるに、出先にて火事に遭い、取るものも取りあえず遁走《とんそう》したるは失態であった。せめて腰物がなければ帰るに帰れぬ。明日にもお返しいたすゆえ、そこもとの刀をお貸し願えまいか」

俺はひやりとした。七之丞が欲しがっているのは、武士の体面としての刀じゃあるめえ。官兵をぶった斬る刀だ。

侍は疑いのかけらもなく、腰の大小を七之丞に奉《たてまつ》った。

「軽輩の痩せ刀ではございまするが、お役に立てば幸い、どうぞご遠慮なく」

「かたじけない。きっとお返しに上がる」

七之丞は刀と脇差《わきざし》とを袴に差した。とたんに、まるで別人に変わったような気がした。どうしてかはわからねえ。たとえば達磨《だるま》に目ン玉を書き入れたみてえに生気が溢《あふ》れて、侍が侍らしくなったんだ。

「ごめん」と、軽く頭を下げて、七之丞は畔道を歩み去った。

「どうぞお履物を」

「無用」

侍はそのあたりでようやく、これはどこか妙だと気付いたらしい。

「御旗本の岩瀬様と申されたが、先の外国奉行、岩瀬肥後守《ひごのかみ》様のお身内かな」

俺の知ったことかよ。あれこれ訊かれるのも面倒だから、「いんや、行きずりのお方で」と空とぼけた。

そのとき侍は、ようやっと俺の風体に気付いたんだ。浅葱《あさぎ》木綿の獄衣は一見して寝巻みたようだが、やっぱり堅気の着物じゃあねえ。ましてやそのときの俺は、土壇場から生きて帰《けえ》った髭ぼうぼうの百日鬘《ひゃくにちかずら》じゃねえか。

「まこと、行きずりであろうの」

知ったこっちゃねえよ。俺は浅葱木綿の裾《すそ》をからげて、とっととその場をずらかった。

畔道をしばらく走ると、じきに七之丞の背中に追いついた。

百人の人間にゃ、百の人生があるさ。身分が高えからって、苦労を免れているわけでもあるめえ。だから俺ァ、七之丞のやることに口を挟むつもりはさらさらなかった。ただな、上は御旗本から下は町方同心まで、みんなして降参しちまった江戸の侍たちの中で、たったひとり節を曲げねえあいつを、俺ァ偉いと思っていたんだ。

解き放ちが決まってから、俺たちは相手鎖に繋がれて歩いた。その間ずっと俺は、七之丞の罪を考え続けていた。何をしゃべったわけでもねえんだが、あいつの切ねえ胸のうちが相手鎖を伝って、熱い血がめぐるように流れこんできたんだ。

罪か。

そうじゃあるめえ。天朝様に逆らったことが罪なら、鳥羽伏見の戦に出た侍はみんな罪人だろう。旗本は徳川様のご家来なんだから、公方様のご采配《さいはい》通りに戦をするのは当たり前さ。

腰抜けの公方様が勝手に降参したって、徳川の御旗本ならば戦を続けるのが道理じゃねえのか。物事の道理は数の多寡《たか》じゃあねえぞ。道理ならばたったひとりになったって、戦い続けるのが男てえもんじゃねえのかい。

俺にァどうしても、そんな七之丞が罪人とは思えなかった。

「止めるつもりか」

真暗な畔道を歩きながら、七之丞は肩ごしに言った。

「いんや。さしでがましいまねはいたしやせん。立派なお侍様の門出を、見送らせていただきてえだけで」

「立派な侍なら、みな死んでしもうたわ」

そう言ったとたん、いってえ何を思い出したんだか、七之丞は石地蔵みてえに立ちすくんじまった。

雪が舞ってきやがった。夜空は晴れ上がっているのに、満天の星のすきまから泡雪がふわふわと落ちてきた。

「無宿人に見送られるとはのう」

「誰もいねえよりはましでござんしょう」

七之丞はしばらく俯《うつむ》いたあと、刀の下緒《さげお》をほどいて襷《たすき》に掛け、袴の股立《ももだ》ちを取り直した。

「辻斬《つじぎ》りもくたびれた。吾妻橋《あずまばし》の袂《たもと》にキンギレどもの屯所があるゆえ、打ち入ってくたばるとしよう」

浅草大川端のその屯所なら俺も知っていた。あの時分は両国橋の上手は吾妻橋で、その先にも橋はなかった。だから橋の両袖《りょうそで》には番屋があって、官軍が江戸に入ってからは屯所になっていたんだ。橋は往来の要《かなめ》だからの。

「拙者はさよう決めたゆえ、おぬしも善慶寺には戻るな。牢屋同心などに義理立てして、あたら命を棒に振ることもあるまい」

「いんや。それとこれとは話がちげえやす」

と、俺は言い返した。丸山の旦那が土壇場と善慶寺とで、二度も助けてくれた命なんだ。三度目をこっちが水にしてどうする。俺が斬られて丸山の旦那が死なずにすむんなら、それが道理てえものじゃねえか。

そんなふうに言うと、七之丞は鼻で嗤《あざわら》い、「ばかなやつめ」と言った。

「おまえのことは、その丸山小兵衛からかねがね聞いている。あやつは非番の折に、揚《あがり》座敷の牢までしばしば碁を打ちに参った。東の大牢の名主を務めおる繁松と申す者は、おのれを売った親分に義理立てをいたし、罪を被《かぶ》って島送りになる、と」

「やめてくれ。親分は俺を売ったわけじゃあねえよ」

笑って言い返しながら、俺は唇が寒くなった。早い話がそういうこった。俺が捕《と》られたあとも、麴屋の賭場は子飼いの兄貴分たちが仕切って、何ごともなく続いていたのさ。そんなみじめな話は信じたくねえから、俺は渡世の義理を果たしたまでだと、てめえに言い聞かせていたんだ。

「どうやら腐り果てたのは、侍ばかりではないらしい」

七之丞はそう言うと、腰の脇差を俺にくれてよこした。

「何ですかね、これァ」

「せっかくの赤猫だ。善慶寺に戻るにせよ戻らぬにせよ、意趣返しをせねば嘘《うそ》であろう。これを使うがよい」

俺は雪空を見上げて、思わず爺《じじ》むさい唸《うな》り声を上げたぜ。

何だって世の中はこうもうまくできてやがるんだ。それとも神仏の冥加てえやつかえ。赤猫のおかげで、白魚のお仙はどうやら意趣返しに向かったらしい。七之丞はキンギレどもをぶった斬って、うまくすれァ討ち死にだ。そして――俺は渡世の風上にも置けねえ麴屋五兵衛を叩ッ斬る。

俺は脇差を受け取った。臆病《おくびょう》者の五兵衛は、部屋住みの若え衆《わけし》や手練《てだ》れの用心棒を大勢抱えている。恨みを晴らせるかどうかはわからねえ。だが、恨みを呑《の》んで土壇場の露と消えるよりは、返り討ちのほうがよっぽど後生もよかろう。

まともな挨拶《あいさつ》を知らねえ俺は、受け取った脇差を背に回し、腰を割って仁義を切った。

「お控えなすっておくんなさんし。まことに痛み入りやすが、渡世の面通《めんつう》のほかに改った仁義は存じません」

まさかやくざ者のように控えはしなかったが、七之丞は姿勢を正して俺に向き合ってくれた。

「信州高島無宿繁松、これよりお兄《あに》ィさんのご厚情相承《あいうけたまわ》りやして、意趣返しに参《めえ》りやんす。死ぬも生きるも、男の意地にござんす。向後面態相背《きょうこうめんてえあいそむ》けましてからは、お兄ィさんとは何のかかわりもござんせん。首尾よく本懐とげましたるのちは、浅草新寺町善慶寺に立ち戻りやんす。ごめんなすって」

それをしおに、俺と七之丞はたがいに背を向けて歩き出した。

夜空はいつしか雲に隠れて、低く流れる煙《けむ》の間から、ふわふわと雪が落ちていた。

坂本村の畔をひたすら歩きながら、これァ何から何まで夢にちげえねえと、何べん思ったか知れやしねえ。

この夏の盛りの午下《ひるさが》りに、雪もよいの晩の話をしたって興は乗りますめえの。それにしても暑い夏でござんすねえ。監獄に入れられている悪党どもも、さだめし往生していることでござんしょう。

冬の寒さよりも、夏の暑さを気遣ってやっておくんなさいよ。私の経験《あっし》からいたしやすとね、牢屋の寒さは何とかしのげるが、暑さはどうにもしようがねえんです。年寄りや病人がご牢内でくたばるってえのは、定めて夏の盛りでござんした。

伝馬町の大牢は、三十畳ばかりに百人の上が詰めこまれておりやして、名主だの隠居だのてえ牢役人が大場所を取るもんだから、ほかの囚人は横にもなれねえんです。へたいがいは胡座《あぐら》もかけず、膝を揃えてかしこまったまま過ごさにゃあなりません。へい、寝るときもそのまんまでござんす。

うしろの野郎が舟を漕いで寄っかかってくるから文句をつけると、気の毒なことにそのまんま死んじまってるんです。

あんまり混み合ってくると、間引きですな。嫌われ者や弱そうなやつを選んで、こっそり殺しちまう。みんなして手足を押さえつけ、厠《かわや》の紙を小便で濡《ぬ》らして鼻と口を塞いじまうんです。

そんなわけだから、伝馬町の大牢に一月も住みゃあ人間ができる、てえのは本当な話でござんすよ。ともかく他《はた》の迷惑にならぬよう、目立たぬよう、嫌われぬようちんまりと暮らさにゃならねえから、娑婆に出てきたときにァ生まれ変わったように大人しい男になっているんです。

牢屋同心や見張りの小者も、見て見ぬふりですわ。長い間のならわしてえのは、怖《おそ》ろしいものですな。

いいえ、私《あっし》が牢名主を務めていた間は、いっぺんも間引いたりはしなかった。たかがかの仏心なんかじゃあござんせん。ならわしてえのが大嫌えなたちでして。これまでこうだったんだから、この先もこれでよかろうって、そんな理屈があるもんかね。

牢が混み合ってきて、にっちもさっちもいかなくなると、私ァ筋を通して文句をつけやした。平同心じゃあ話になりやせん。ときどき見廻りにくる、鍵役同心でなけりゃ通じません。

それも、あの当座の二人の御鍵役のうち、杉浦《すぎうら》てえのは堅物でいけねえ。「牢内は名主の仕切りだ」てえわけで、まあそれも道理と言やァそうだが、間引くのなら間引けと言っているのも同じです。

丸山の旦那《だんな》は聞いてくれた。牢内をじっくりと見渡して、「辛抱させよ」と言うこともあったが、罪の軽いやつはさっさと敲《たた》いて放免するとか、所払いの処分を急ぐとか、ほかの牢屋に移すとか、ともかく間引かずにすむような按配《あんばい》をして下さいやした。

そんな具合でござんしたから、冬の寒さはまだしもましなんです。夏の暑さはやり切れねえ。

田舎からお出んなったみなさん方に、こんな話をしたって信じられますめえ。だが、江戸てえところは、そもそもが狭え場所に人が大勢住んでるんです。娑婆の暮らしだって、三畳か四畳半に何人もの家族が住んでるんだから、牢屋が狭苦しいのは当たり前でござんす。

そう思や、何だってお江戸の流儀がいいってわけでもございますめえ。薩摩《さつま》や長州は広いお国で、人も少なかろうから、きっとこの市《いち》ヶ谷《や》監獄もゆったりとこしらえて下すっているんでしょう。

ほう。もとは備中《びっちゅう》松山、板倉周防守《すおうのかみ》様が下屋敷、と。

板倉様といやァ、幕府も手じまいの時分の御老中でござんすな。こうして二階の窓からぐるりを見渡したって、ずいぶんと広え地所だ。伝馬町の牢屋敷とはえらいちげえでござんす。

だいたいからしてあの時分の江戸は、御大名や御旗本の屋敷が大場所を取り過ぎてました。それをひとつっつ潰《つぶ》して、これからはいよいよ花の大東京でござんすなあ。

池は埋めちまったんですかね。まあ、監獄に庭や池は無用だが。

三田の私の家は、庭も池もそのまんまでござんす。伊予小松の一柳様は小さな御大名だが、それでも三千坪の地所といやァ、てめえで言うのも何だが立派なものでござんす。

朝起きして、嬶《かか》ァと庭をひとめぐりしてくりゃあ、ちょうどいい運動になりやす。池には舟も出せるんですがね、あいにくそればかりは乗る気になりやせん。いえ、金鎚《かなづち》じゃあござんせん。生まれ育ちが信州の諏訪の湖のほとりでござんしたから、泳ぎはめっぽう得意なんです。

それじゃあ、どうして舟遊びをする気になれねえかと申しやすとね——。

俺ァ七之丞から貰《もら》った脇差を後ろ腰にぶちこんで、仇《かたき》をめざして歩き出した。浅草から本所新町の麴屋五兵衛が家《ヤサ》に向かうんなら、吾妻橋を渡るのが常だが、七之丞の討ち入りなんざ見たくもなし、よしんば先回りして渡ろうにも、赤猫の解き放ちが刀を持っていたんじゃあ官兵に見咎《みとが》められる。

その吾妻橋の二丁ばかり下《しも》に、竹町の渡しがあった。駒形《こまがた》と本所の向こう河岸《かし》とを繋ぐ渡し舟だ。麴屋の縄張内《しまうち》だったし、船頭も顔見知りだった。

こうして話せば、何の迷いもなくさっさと向かったように聞こえるだろうが、実はそうじゃあねえ。坂本村から観音様の境内を通り抜けてのみちみち、俺ァ三歩行っちゃあ立ち止まり、十歩行っちゃあへたりこんで、あれこれ悩み続けていたんだ。五兵衛が俺を人身御供《ごくう》に差し出したのはたしかだった。だが、それが命を取るほどの恨みごとかてえと、あんがいそうとも思われねえ。俺が麴屋一家の客分か、赤の他人だったら話は別だ。親子の盃《さかずき》を交わしているんだから、煮るなと焼くなと親の勝手、子分は逆らっちゃならねえのは渡世の道理だろう。俺だって百も承知で罪を被ったんだ。今さら意趣返しなんぞ、逆恨みにもほどがある。どうしても得心いかぬのなら、持ちかけられた話を水にして、盃を返せばすんだはずだった。

そう考えると足も止まっちまうんだが、思い定めぬうちにちがう声が聞こえてきた。ちょいとの間、伝馬町の臭え飯を食ってくれりゃあ、じきに何とかすると言ったじゃねえか。それが何ともならず、あげくに土壇場まで引き出されたのァどうしたわけだ。

きまってらあ。五兵衛にははなっからそんな気はなかったんだ。しょせんは外様《とざま》の俺を人身御供に差し出して、本所深川の賭場《とば》てえ賭場は、みんなこいつが勝手に仕切っていた、御法を破ったうえに渡世人の面汚《つらよご》し、どうぞ思う存分お仕置きをなすって下さんしと吐《ぬ》かしやがったにちげえねえ。

よし、と思い定めて俺は歩き出す。するとまたぞろ、親不孝じゃねえか逆恨みじゃねえかと、仏の心がせり上がってくるんだ。

腕っぷしには自信があった。里にいたガキの時分は、親の手に負えねえ暴れん坊だったし、一本差しで旅をかけていた間は、一宿一飯の義理でいくども修羅場を踏んだ。何を習ったわけでもねえが、素手の喧嘩だろうが命のやりとりだろうが、負けたためしはなかったんだ。

丁か半かと迷ったときには、駒を張らずに見《けん》とするのが博奕《ばくち》の定石だの。だが根っから博奕打ちの俺は、博奕から学んだ知恵も多かったが、博奕と人生のちがいも知っていた。

おうよ。人生は盆の上に転がるほど甘くはねえのさ。どんな勝負でも「見」をしちゃならねえんだ。

馬鹿を承知で島送りになるか、よしんば首をはねられたって「見」じゃあねえ。そりゃあそれで勝負のうちだろう。むろん五兵衛を叩ッ斬るのも同じこった。

だが、赤猫のおかげで無罪放免となるか、てめえの被った罪とはかかわりなく首を落とされるとしたら、そりゃあ「見」のうちだろうぜ。

わかるかえ。早え話が、博奕と人生のちがいは、神に恃《たの》むかてめえの力でどうにかするかってことさ。

だとすると、答えはおのずと知れるわな。やっぱし、俺を虚仮《こけ》にしやがった麴屋五兵衛を叩ッ斬るんだ。

そう思いついたのは、人が逃げて蛻《もぬけ》の殻になった、駒形あたりの小体《こてい》な家の中だった。妾宅《しょうたく》か何かだろうか、二間続きの座敷には艶《つや》っぽい匂《にお》いが漂っていて、床の間には一輪ざしの侘助《わびすけ》が咲いていたっけ。

まさか盗みなんざするもんか。俺は女の匂いのする蒲団《ふとん》でぐっすりと眠り、目が覚めてから髭と月代《さかやき》を当たった。首をはねられるんならどんな面だって構やしねえが、喧嘩に出るんだからおめかしはせずばなるめえ。

「ごめんなさんし」と言って簞笥《たんす》を開けると、旦那のものらしい上等の紬《つむぎ》が入っていた。袖を通してみれァ、誂《あつら》えたみてえに丈も裄《ゆき》も俺にぴったりだった。

俺ァとことんついている、と思ったな。土壇場から生きて戻り、こんなふうにおめかしをして死に直すことができるんだ。鏡に映ったてめえは、伝馬町の牢名《ろうな》主《ぬし》なんかじゃなくって、本所深川界隈《かいわい》の賭場てえ賭場を仕切っていた、腕利《き》きの中盆《なかぼん》だった。

長火鉢の向こう前に座って、姿のねえ姐《あね》さんにお礼を言った。どんなお人かは知らねえが、きっといい女なんだろうなと思った。その姿のねえ姐さんに送られて家を出ると、路地にはうっすらと雪が積もっていた。ずっと遠くから、半鐘の音が重なって聞こえた。東の空はいくらか白みがかっていた。

惚《ほ》れた女に送られて喧嘩に出るてえ、男にとってまずこんな贅沢《ぜいたく》はあるめえの。俺は紬の尻《しり》を端折《はしょ》り、脇差をうしろ腰に差し直して、すぐそこの渡し場へと向かった。

「おや、誰かと思や麴屋の繁兄ィ」

折よくこっち河岸に着いていた渡しの船頭は、俺の顔を見るなり仰天した。

「身代りのご入牢と聞いていたが、いつお戻りで」

まさか赤猫とは言われめえ。長えお仕置でつい先日ご放免になった、と俺は答えた。

「すまねえが爺《じい》さん、火事見物のどさくさで胡麻《ごま》の蠅《はえ》に袂《たもと》をはたかれちまった。渡し賃はおっつけ熨斗《のし》つけて届けるから、ちょいと向こっ河岸まで送ってくんねえ」

「水臭えこと言いなさんな。なあに、あっしらは繁兄ィのお帰りを、首を長くして待ってたんでさあ」

「ほう。どうしたわけだえ。俺の留守に何かあったか」

船頭は舟を漕ぎ出しながら、ひでえ話を始めた。

常日ごろから俺を煙たがっていた兄貴分たちは、知らん顔で賭場を開いていただけじゃあなかったんだ。何やかやと難癖つけて、素人《しろうと》衆から商いの上前をはねてやがった。むろん堅気の商売人が、地回りに多少の守代《みかじめ》を払うのは当たり前だが、大川の渡し賃まで五分と五分じゃあ度が過ぎている。

「天下が公方様から天朝様にとって代わって、それなりの銭がかかるてえ理屈も、まあわからんでもねえが、繁兄ィがいなくなったとたんに麹屋も変わっちまったんです」

それですべてが読めた。兄ィたちばかりじゃあなく、親分も俺が煙たかったんだ。むろん江戸から東京へと世間を渡るのは、誰だって並大抵の話じゃあるめえ。だが、やくざの賂《まいない》を堅気に押っつけてどうする。前々から五兵衛がたいそうな器量じゃあねえってことぐれえはうすうす勘づいていたが、賭場の外にもそんな無理強いをしているとは思っていなかった。

「のう繁兄ィ。おめえさんが麹屋の跡目に立ってくれねえことにァ、大川の渡しだって消えてなくなっちまう。守代と五分五分の商いなんて、孫にァ継がせられねえよ」

「跡目も何も、やくざなんぞいねえほうがいいんだ」

渡し舟は雪の大川をいくらか下に流されながら、北本所の向こう河岸に着いた。振り返れば火の手は西の空を焦《こ》がしていた。

「爺さん。すまねえが、ひょっとすると渡し賃は届けられねえかもしれねえ。そのかわり、五分と五分の守代はこれっきりにさせるぜ」

河岸に降りるとき、女の留守宅からつまんできた侘助を、渡し賃のかわりに舟べりに置いてきた。質草になるようなものは、ほかに何ひとつ持っちゃいなかった。

俺の顔色を窺《うかが》って、船頭は言った。

「ちょいと口が過ぎた。親分にあんまし無理は言いなさんなよ」

「無理を言うどころか、口も利かねえよ」

俺はまっつぐに五兵衛の家をめざした。北本所の河岸から新町までは町家の中の一本道だ。大川のこっちは人が逃げたわけでもなかろうが、火事見物で夜更《よふ》かしをしたせいか、あたりはしんと寝静まっていた。

肥前平戸の松浦《まつら》様が下屋敷の角を曲がれば、ちょいと目には御家人様のお屋敷かと思うくれえ立派な黒塀が、二十間ばかりも続いている。

そこが界隈の十手取縄まで預る、麹屋五兵衛が家《ヤサ》だった。そうさ。無宿人の俺がよりにもよっていっぺんこっきりの盃を下ろされた、白いと言われりゃ黒い烏《からす》も白だと言わにゃならねえ、親分の家だよ。

やれやれ——。

いかにお上からのお達したァ言え、思い出したくもねえ話を口にするのァ、嫌なもんだ。

何だかこう、話すそばからぼろぼろと、唇《くち》が腐っていくような気がするぜ。のう、典獄《てんごく》様よ。おめえさん、わかったような面《つら》ァして肯《うなず》いていなさるが、よもやてめえの苦労とお比べになっているわけじゃあござりますめえの。

そりゃあたしかに、どなたさんもあの天地がひっくり返《けえ》った御一新の修羅場を切り抜けてきたんだから、思い出したくもねえ苦労のひとつやふたつはあるんだろう。だがな、私《あっし》に言わせりゃあ、おめえさん方の苦労なんざたかが知れておりやす。

まず、多かれ少かれお侍様ならば食うだけのお米《よね》は頂戴《ちょうだい》していたはずだ。それさえありゃあ、上下《かみしも》お仲間のしがらみなんざ、特段むずかしいことじゃござりますめえ。そのうえ、背中《せな》にゃ錦《にしき》の御旗《みはた》をおっ立てていなさるんだ、朝敵征伐の戦をしてくたばったところで、男の花道じゃあござんせんか。そんでもって、うまく生き残りゃあ——ほれ、どなたさんも肩で風切る官員様だ。

私らはちがいやすぜ。ひっくり返ったご政道のおかげで、盃を下ろされた親分にも、飲み分けの兄弟分にも裏切られ、すんでのところで首まで刎《は》ねられる有様だった。体を売って食い凌《しの》いでてえ、どん底の生計《たつき》まで取り上げられたうえ、ろくなお調べもなく島送りにされる女もいた。

同じ二本差しだって、負け組はみじめなもんさ。賊軍と呼ばれりゃ花道の設《しつら》えもなくって、辻斬りの死にぐるいに身を堕《お》とすほかはなかった。

そんな私らの苦労を、おめえさん方と一緒くたにされてたまるものかよ。

いいかね。私ァそんな昔を、この胸の中に幻灯でも映し出すみてえに思い起こしながら、こうして話をしているんです。今の暮らしが結構だからって、笑い話にできるわけもねえ苦労でござんすよ。

ああ、そうだ。みなさんはその幻灯てえ写し絵を、ご覧になったことがござんすかえ。

私ァつい先日、見さしていただきやした。何でもゆくゆくは小学校の教育に活用するかもしらねえてえ話ですから、横浜に揚がったばかりの舶来品を三田の家に持ってこさせて、番頭どもも嬶ァや子供らもみんなして見たんです。

幻灯は真暗じゃなきゃいけません。あいにく月夜の晩だったから、障子のすきまも付《つけ》書院も欄間も黒羅紗《らしゃ》で蓋《ふた》をしましてね、軸をはずしてからっぽにした床の間に、写真を映し出したんです。

大広間の闇《やみ》の中に、石油ランプの臭《にお》いがぷうんといたしましてね。その灯りが望遠鏡の中みてえなまんまるの写真を、床の間に映し出すてえ仕掛けでした。一枚目は倫敦《ロンドン》の風景。みんながオオッと歓声を上げやした。洋行帰りの番頭があれこれと説明して、しばらくは巴里《パリ》だの紐育《ニューヨーク》だのって、外国の都会の景色が続きやした。

こりゃあ大《てえ》した代物《しろもの》だと思いやしたぜ。居ながらにして世界中が手に取るみてえだ。学校教育にはなくちゃならねえ。明日にでも横浜に人を出してあるったけを買い占め、三井や鴻池には一台も渡すめえ。いや、いっそ倫敦で買い付けだ。

誤解なさらんで下さいましよ。私の肚《はら》ァ、いつだって銭儲《もう》けが第一じゃあござんせん。よその会社が扱ったら、法外な値を上乗せするに決まっておりやす。そしたら、お国が損をかけられるか、子供らが公平に見られなくなる。東京の子が見て、田舎の百姓の子が見られんような不公平はあっちゃなりますめえ。そんなこっちゃあ、せっかくの学制も絵に描《け》えた餅《もち》になっちめえやす。ここは番頭どもが何と言おうが、高島商会が一手に売らずばなりますめえ。

ところが興奮もつかのま、私ァすぼんじまった。

外国の景色のあと、過ぎにしお江戸の風景が映し出されたんで。

白漆喰《しっくい》の壁に黒瓦《くろがわら》を載せた御大名屋敷。御城の堀や櫓《やぐら》。河岸の賑《にぎ》わい。大川の渡し。ほんの何年かの間に消えてなくなっちまった江戸が、まんまるの光の輪の中に収まっておりやした。

懐《なつか》しいとは思わなかった。とたんに胸が悪くなって、あやうく反吐《へど》を吐きそうになりやした。

悪い記憶が甦《よみがえ》っちまったんですよ。あの赤猫の晩に、私がこの目で見た光景が。

――本所新町の麹屋五兵衛が屋敷。

いまだ明けやらぬ雪空には、かすかに半鐘の音が渡っていた。

屋敷と言ったって町衆の家だから、門というほどのものはねえ。黒塀の切れたところにお約束の見越しの松が枝を張っていて、何歩か先が引戸の玄関だった。

あたりにはうっすらと雪が積もっていた。その雪の上には、いかにも右往左往したような足跡がたくさん付いていた。本所一円を仕切るお貸元とは言え、根が小心者の五兵衛のこった、火の手が大川を渡りやしねえかと気が気じゃなくって、おろおろしていたにちげえねえ。

それで、もう大丈夫だと思って床に入ったのだろう、家の中からは話し声も物音ひとつも聞かれやしなかった。

俺は引戸をそっと開けた。しんばり棒はかかっちゃいなかった。

とたんに、家の中からムッと、生ぐさい臭いが溢れ出てきた。

何でえ、こりゃあ。鰹《かつお》の走りでもおろして、ちょいと気の早え正月気分の酒盛りか。

俺ァ、ちいとも震《ふる》っちゃいなかった。親分の家には用心棒も部屋住みの若え衆《し》もいるから、意趣返しを果たしたところでこっちもただじゃすむめえが、生き死になんざどうでもよかった。親と恃んだ人に裏切られ、男の面を汚されたんだ。その恨みさえ晴らせば、命なんざみやげがわりに置いていくさ。

俺ァ抜き身を提《ひっさ》げ、足音を忍ばせて五兵衛の寝間に向かった。勝手知ったる親分の家だ。玄関を上がって廊下をぐるりと回るより、若え衆や用心棒がいようがいめえが、座敷をまっつぐにつっ切ったほうが早え。

玄関の板敷のうしろの襖《ふすま》を開けりゃあ、小上りの六畳間が二つ続いて、その奥が襖を閉《た》てた五兵衛の寝間だった。

まっつぐだ。斬られようと突かれようと、まっつぐに歩って五兵衛を殺してやる。

子分を売り飛ばし、堅気の衆から守代《みかじめ》をむしり取って官軍に媚《こ》びへつらう、俠客《きょうかく》の風上にも置けねえ下衆《げす》野郎を叩《たた》ッ斬ってやる。

てめえが生きるか死ぬかはわからねえが、五兵衛を斬る自信はあったぜ。なぜかてえと、そのためにお不動様が焚《た》いて下すった赤猫だと思ったからな。

変に身構えられても面倒だと思って、俺ァ真暗な六畳間から声をかけた。

「親分、近所に飛び火がござんす。起きておくんなさい」

答えはなかった。それで俺ァ、もしや五兵衛は火移りを怖れて、どこかに逃げちまったんじゃねえかと思った。そうとなりゃあ俺の負けだ。あんときばかりァ胸の中で、南無遍照金剛《なむへんじょうこんごう》と念じたぜ。

そのとたん、闇の中から掬《すく》われたみてえに足が滑って尻餅をついた。びっくりして畳表を手で探りゃあ、あたりは膠《にかわ》をぶちまけたような血の海じゃねえか。玄関を開けたときのムッとした臭いは、鱧じゃあなかったんだ。

足元には、開けっ放した玄関の襖から薄明りが延びていた。大の字にくたばっていたのは、五兵衛が日ごろ先生、先生、と呼んで頼りにしていた用心棒だった。

素浪人にはちげえねえ。神道無念流戸賀崎《しんとうむねんりゅうとがさき》道場の免許皆伝、てえふれこみはどうか知らねえが、まんざら眉唾《まゆつば》じゃねえことぐれえは、隙《すき》のねえ身のこなしやそれらしい貫禄《かんろく》からそうとわかる侍だった。

そいつが刀を抜き合わせる間もなく、真向幹竹割《まっこうからたけわり》に叩ッ斬られていたんだ。

俺はもう、何が何だかわからなくなった。おかしいじゃあねえか。意趣返しに押っ取り刀で乗りこんだのは俺だ。その俺が何をする前に、どうして仏が足元に転がってやがる。

まさかと思って、襖を踏み破り引き倒して五兵衛の寝間に飛びこんだ。行灯《あんどん》のちろちろと灯《とも》る座敷の隅に、五兵衛の女房と若え衆がひとり、並んで腰を抜かしてやがった。

何があった。いってえ、何だってんだ。俺が叩ッ斬るはずだった麹屋五兵衛は、大《おお》袈裟《げさ》にばっさりとやられたうえ、咽元《のどもと》にとどめを深ぶかと刺されてくたばっていた。あたりは蒲団も畳も血まみれだった。

女房と若え衆には傷ひとつなかった。物も言えずに抱き合って震えているだけだ。まるで間男をしている真最中に、踏みこまれたみてえな面をしてやがった。そのほうがよっぽどましな話さ。目の前で亭主がくたばっているってえのは、どうにも考えようのねえ始末じゃねえか。

「あー、繁兄ィ」

と、若え衆はようよう血の海を這《は》って、俺の足にしがみついた。その先は声にもならず、裾《すそ》をたぐってぶるぶる身を震えさせるだけだった。

「姐《あね》さん、何があった」

と俺は訊《き》いた。だが五兵衛の女房は座敷の隅にちぢかまったまんま、呆《ほう》けた目で俺を見つめていた。そのうちやっと、「ああ、繁松」と地獄で仏に会ったような息をついて、指先を外廊下に向けた。

笑わせるぜ。俺が仏かよ。どうしたわけか一足先に上前をはねられて鬼になりそこねた俺は、姐さんや若え衆の目には仏に見えたらしい。

そうかい。俺は仏かよ。五兵衛と用心棒を叩ッ斬った鬼は、そこの廊下の雨戸を蹴《け》破《やぶ》って逃げたのか。

俺は用のなかった抜き身を提げて、ふらふらと廊下に出た。裏庭は薄青く明るんで、澄んだ雪の臭いがツンと鼻に抜けた。

意趣返しはできなかったが、逆縁をせずにすんだと思った。何とも都合のいい話さ。てめえの手を汚さずに、仇がくたばったんだ。

それればかりじゃねえさ。姐さんも若え衆も、のちのち口を揃《そろ》えて言うだろう。繁松が駆けつけてくれたんだけど一足ちがいで間に合わなかった。やっぱり繁兄ィは麴屋の跡目にふさわしい器量だと。

それを聞いた叔父分兄貴分は、こう考えるさ。罪を被ってお縄についたうえ、赤猫騒ぎで放免となりゃあ、親分の身を案じてとにもかくにも駆けつけた。何て忠義な子分だ。火事のどさくさまぎれの押し込みを、すんでのところで取り逃がしたが、あいつが飛びこんできたおかげで、姐さんと若え衆は命拾いをし、銭金にも手を付けられずにすんだ。やっぱり繁松は麴屋の跡目だ、と。

俺は気を取り直し、誰に言うでもなく雪空に向かって叫んだ。

「野郎、待ちやがれ！」

そして、追いかけるつもりもねえ鬼を追って駆け出したんだ。

夜は明けた。文字通りの土壇場《どたんば》まで落ちて、命を見限った俺の目の前に、明けるはずもねえ夜が明けた。

まったく、勝負てえのは下駄《げた》をはくまでわからねえものさ。

さあて、何でもかでもしゃべれと言うから、こうしてありのまんまを話しているわけでござんすが、ちょいと正直が過ぎておりやすかね。

天地がひっくり返って、薩長の足軽小者が閣下と呼ばれる世の中になったんだから、無宿人が社長に出世したって、何のふしぎもござりますめえ。お足だの、だにしてもまあ、身を立てるにァそれなりの元手てえものは必要ですな。

信用だの、人の伝《つて》だの。

　そういうものがはなっから何もなかったら、やっぱり話にはなりませんや。どんなに汗水流したって、佃《つく》か芝《だ》の口入れ稼業《かぎょう》で食うのがせいぜい、三井鴻池と肩を並べて商いをしようなんて、夢のまた夢でござんしょう。

　私《あっし》の読んだ通りの目が出たんです。放免のときには、伝馬町牢屋敷の御門前に、麹屋一門の叔父分兄貴分が紋付袴《はかま》で勢揃い、そのほかにも東京中の名だたる親分が集まって下さりやして、どうやら私が跡目を襲《と》ると決まったらしい。

　とんでもねえ、私ァみなさん知っての通り、たいがい薹《とう》がたってから盃をおろしていただいた流れ者でござんす。叔父さん兄《あに》さんを差しおいて、麹屋の代紋を背負うような器量じゃあござんせん。どうか勘弁しておくんなさんし。

　言えば言うほど、親分衆は溜息《ためいき》をついて感心しやがった。何て欲のねえやつだ、いよいよもって大器量だ、なんて。

　しばらく押し引きしていると、ほかのお貸元とは貫目《かんめ》のちがう年寄った親分が出てきて、

「おう、繁松。これだけの親分衆がおめえの放免祝いに出張ってきているんだ。三ン下みてえな物言いはたいげえにしとけ」

と俺を叱《しか》りつけた。口応《くちごた》えのできるものか、色白で小太りのその爺様は、三千人の子分どもを従えて公方様の警護までなすった新門辰五郎《しんもんたつごろう》てえ大親分だった。輪つなぎの広袖の下から派手な縮緬《ちりめん》の襦袢《じゅばん》を赤だの白だの幾重も見せて、それがちっとも外連味《けれんみ》のねえ、あれこそ大川の産湯《うぶゆ》に浸《つか》った江戸ッ子だ。

御一新のその当座は、六十のなかばも過ぎていたんだろうが、あの親分がひとこと口をきけァ、丸く収まらぬ悶着《もんちゃく》はなかった。

その新門の親分が、わざわざ水戸から戻って麹屋の跡目を襲れと言ったんだから是非もねえや。

そんなわけで、私ァ麹屋一家の金看板を背負うことになりやした。

まあ、いやだいやだは達引《たっぴき》のうちでござんすよ。実のところは、読んだ通りの賽《さい》の目が出ただけで。

親分てえ名が付きゃ、何だってできるんです。叔父分兄貴分と盃を直して、親となったならこっちのもの、黒いカラスも白いと言えるし、黒の碁石も白いと言やあ白いんでござんす。

あとはお察しの通り。麹屋の金櫃《かねびつ》はそっくり頂戴いたしやした。それで、やくざな稼業は子分に譲り、かわりに堅気の番頭を雇って商売を始めることにしましたんで。

なに、新門の親分もそうするがいいとおっしゃいましたんでね。侍の時代は終《しめ》えなんだから、博奕打ちでもあるめえよ、と。その伝《つて》で水戸やら一橋やらの引きに与《あずか》りやして、とうとう三井鴻池の向こうを張るまでになりやした。

へい、さいでござんす。明治てえ賭場で、やつらの向こうに駒《こま》を張る大博奕でござんすよ。

だから言ってるでしょうが。勝負てえのは、空《から》ッ尻《けつ》にされて、褌《ふんどし》一丁で梯子段《はしごだん》を降りかかっても、下駄をはくまでわからねえって。

そりゃあ、受け目に立った勝ち組も同しこってすぜ。勝負は下駄をはいて賭場を出たとき、初めて勝ちと定《き》まるんでござんす。

どうぞ、お気をつけなすって。

話がすっ飛んじまったな。

東海道五十三次も箱根の山を越えたと思ったら気が急《せ》いて、次は上がりの京三条てえ双六《すごろく》になっちまった。

難所はまだまだ先にある。

夜が明けても半鐘は鳴り続けていた。それも慌《あわただ》しい三つ叩きばかりで、どう耳を敧《そばだ》ても、のんびりとした鎮火報は聞かれねえ。西の空は煙《けむ》が雲につかえて、蓋でも被《き》せたみてえに真黒だった。

俺の頭の中も真黒さ。五兵衛の家《ヤサ》を飛び出してから、いってえどこをどう歩ったかもわからねえ。ともかくあのわけのわからねえ地獄絵から、一歩でも遠ざかりたかった。

歩きながらようやっと思いついて、脇差を元の鞘《さや》に納めた。そのときにァ刀をためつすがめつ見て、俺じゃあねえぞ、俺は何もやっちゃいねえぞ、とてめえに言い聞かせたもんだ。どう見たって、刃にゃ血の一滴もついてなかった。

さてはお不動様の験力《げんりき》か。俺があんまりご真言を唱えるもんで、お力添えをして下すったか。

さもなくば、押し込みの仕業だ。麹屋の金櫃に詰まっている賭場の上がりを、火事のどさくさまぎれに狙《ねら》ったか。

いやいや、渡し守の爺様が言った通りの阿漕《あこぎ》な真似《まね》をしているのなら、誰に命を狙われたってふしぎはあるめえ。

考えれば考えるほど、俺の頭の中は真黒な煙に被《おお》われていった。

たぶん、本所の北っかわの小梅町だか中之郷《なかのごう》のあたりをうろうろしていたんだろう。

そのころには焼け出された連中が吾妻橋を渡って向島に入《へえ》っていたから、そこいらの御大名屋敷の門前では、水や酒や炊《た》き出しを戸板の上に並べて、あれこれと面倒を見ていた。

大川端の松平越前守《えちぜんのかみ》様の下屋敷なんざ、御門を開けっ拡《ぴろ》げて、御屋敷の中まで人を入れていた。福井の殿様はいってえ江戸の敵か味方かよくわからなかったんだが、その様を見たやつらは、ああやっぱり越前宰相様だ、春嶽《しゅんがく》様だと手を合わせていたっけ。

そうだ。俺ァ、焼け出されたふりをして、しばらくその御屋敷の玄関でへたばっていたんだ。いやさ、べつだん「ふり」をしたわけじゃあねえの。焼け出されたといやアそうだろう。

葵《あおい》御紋の法被《はっぴ》を着た小者が草履を配っていた。ありがてえや、足はかちかちにかじかんでいたからな。

御留守居役みたような立派な侍が、襷がけに袴の股立ちを取って歩き回り、頼るところのある者は長居をしてはならぬ、行くあてのない者は名乗り出よ、当分は匿《かくも》うてつかわす、てなことを言っていた。

どれくらいそこでへたばっていたんだろう。ほんのしばらくだったような気もするし、一日いたようにも思える。

そうこうしているうちに、鎮火報が鳴ったんだ。俺はくるまっていた掻巻《かいまき》から顔を出して、善慶寺に帰ろうと思った。

とうに決めていたことさ。俺は生まれついての一本気で、こうと決めたら槍《やり》が降ったって、てめえの節は曲げねえ。何が何やらいまだにわからなかったが、ここはお不動様の験力に与ったと思うことにしたんだ。

だから、越前侯のご家来がやってきて人別を訊《たず》ねられたときも、嘘はつかなかった。

「信州高島無宿、繁松と申しやす」

麹屋の名は出さなかった。殺しにかかずりあいたくなかったからじゃあねえよ。五兵衛は俺を捨てたんだから、身内を名乗る道理はあるめえ。それに――俺ァ手を汚さなかったとはいえ、いっときは親殺しの、逆縁を誓ったんだ。そんな俺が今さら身内を名乗ったら、世間様に対してはともかく、てめえの心に嘘をつくことになろう。

侍はぎょっとした。無宿人はそれだけでお縄を打たれる時分の話さ。

「伝馬町から、赤猫のご放免になりやした。ただいま鎮火報を聞きやしたんで、お暇《いとま》つかまつります」

膝《ひざ》を揃えて頭を下げると、侍は俺の肩に手を置いて労《ねぎら》ってくれた。

「きっと帰れよ」

「へい。お情けを水にはいたしやせん」

待てよ。俺は迷っていたのかもしらねえ。肚を定めていたなら、そんなやりとりをはっきり覚えているはずはねえものな。

あとから都合よく考えて、てめえがいかにもはなっからそのつもりでいたように、頭の中を塗りかえたか。だとすると、あの名も知らねえ福井の侍は、俺の恩人だったてえことになる。善慶寺に戻って死ぬか、このままずらかるかと思案していた俺は、大名屋敷の玄関で草履をもらい搔巻をもらい、あれこれよくしていただいて、ようやっと肚をくったんだろう。

無宿渡世にいろんなことはあったが、侍に肩をさすられて励まされたあのとき、俺の人生は煮詰まったんだと思う。

人間なんてそんなもんだよ。器量無器量、出来不出来、おつむのよしあし、どいつもこいつも乙甲《おつかつ》にできているんだ。

吾妻橋の袂には、とんがり帽にダンブクロの官兵が十人ばかりも踏ん張っていて、あっち河岸《かし》から逃げてくる者は渡すが、こっちから浅草には渡さねえてえわけだ。

渡し舟はさぞかし混み合っているだろうし、両国橋に回っても同しことだろうから、俺は赤熊《しゃぐま》の冠《かむ》り物をつけた偉そうな野郎を捉《つか》まえて言ってやった。かくかくしかじかと、ありのままをな。

言ってることがよくわからねえぐれえの田舎侍だったが、どうしたわけか「赤猫のご放免」てえ理屈は通じた。ならば無理からぬ、というわけで、俺は焼け出された連中でごった返す橋の上をかき分けかき分け、向こっ河岸に渡ったんだ。

西の袂まで渡り切ると、たいそうな人ごみが壁になって歩こうにも歩けなくなった。だが、ちょいと様子がおかしい。橋を渡るやつらがつかえているんじゃあなくて、野次馬の人垣だった。

やつらは口々に噂《うわさ》していた。

「番所のキンギレどもが、皆殺しだってよ」

「ひえっ、つるかめつるかめ」

「何がつるかめなもんか。いい気味じゃあねえか。大川の橋までてめえのものみてえな顔してやがるから、観音様が天罰をお下しなすったんだろう」

「どうやら上野のお山から落ちた御家人様の仕業らしいぜ」

「ほう、そりゃあなおさら気味のいい話だ。で、何人叩ッ斬られた」

「四人《よったり》もやられて、下手人は行方しれずだとよ」

「そりゃあおめえ、やっぱし人間業じゃあるめえ。追っかけて行ったら、浅草寺のご本堂にすうっと消えたなんてオチがつくんじゃねえのか」

「いずれにせえ、天誅《てんちゅう》だの」

「おうよ。天誅にちげえねえ。何だかこう、咽のつかえが下りたみてえだ」

やりやがった。実は野次馬の話が耳に入るまで、七之丞が橋番所に打ちこんで、官兵を四人も叩ッ斬りやがった。七之丞のことなんざすっかり忘れていたんだ。こっちはこっちで、それどころじゃなかったからな。

俺は人ごみを泳いで、六尺棒をおっつけられるぐれえの前に出た。ちょうど役人の検分が終わったのか、死体《おろく》が戸板に乗せられて運び出されるところだった。たしかに四人だ。どれも息がねえと見えて、ぴくりとも動いちゃいなかった。

てえした腕前だの。怪我人《けが》も出たふうはなく、四人が四人、バッサリとやられて息を止めたんだ。助ッ人《すけと》なんてあるはずもねえぞ。そのうえ、借り物の刀だ。

俺ァ、しゃがみこんで反吐を吐いた。大の男がみっともねえと思うだろうが、考えてもみてくれ、五兵衛と用心棒、それに四人のキンギレ、いってえ何の因果でこんなにたくさんの仏を送らにゃならねえんだ。

ようよう立ち上がったときは、何だか寄ってたかってこてんぱんに打《ぶ》ちのめされたみてえな気分だったぜ。もう、何がどうだって構わねえや、こんな浮世にいるくれえなら、いっそ首を打たれて楽になりてえなんて、すっかり捨て鉢になっちまった。

それでふらふらと、ともかく広小路《ひろこうじ》を新寺町の方角に向かって歩き出した。いくらも行かねえうちに、「おお、繁松」と声をかけられて、ギョッと振り返った。

そんなときだから、誰に呼ばれたってギョッとするのは当たり前だが、あろうことか雷門のとっつきの鹿島《かしま》明神の鳥居の下につっ立っているのは、岩瀬七之丞じゃねえか。

思わず足に目が行ったぜ。下手人がこんなところにうろうろしているはずはあんめえ。そこいらで腹を切った七之丞が、迷って出たんだと思った。

ところが野郎、ちゃんと二本足で歩って近寄ってきた。俺ァ、つい後ずさりしながら、しどろもどろで訊ねた。

「本懐をお遂げになったんで」

すると七之丞は、羽織のねえ二の腕をさすりながら、吾妻橋のほうをちらりと振り返った。

「どうやら拙者と同じことを考えておったお仲間がいたらしい」

俺は気を鎮《しず》めて言い返した。

「旦那。水くせえことは言いっこなしですぜ。どのみち三途《さんず》の川を一緒に渡る仲じゃござんせんか」

いや、と七之丞は重ねて言った。

「嘘《うそ》ではない。だからこそ、おぬしを呼び止めたのだ。ほれ、どこに返り血がある。疑うなら刀も見せようぞ」

七之丞は着物の袖《そで》を握って、奴凧《やっこだこ》のように拡げて見せた。煤《すす》と泥とで薄汚れてはいるが、たしかに血染《ちじみ》らしいものはなかった。

「けさ方、まだ暗いうちに思い定めて向こうてみれば、すでにあの有様であった。わけもわからず、これは神仏のなしたる業にちがいないと思うて、ここなる鹿島大明神に御礼を申し上げた。そうこうするうちにおぬしが通りすがったのも、神縁仏縁であろうか」

俺はこの目で見てきたことを七之丞には言わなかった。言えるもんかよ。こうとなれァ、もう神様仏様の仕業にちげえねえんだ。ありがてえと思うよりか先に、俺は怖くなって物も言えなくなった。

冬空には遠く近く、鎮火報が渡っていた。雲のあいさから、またふわふわと綿雪が落ちてきた。俺たちはまるで今し生まれたての赤ん坊みてえに、がらんどうになった心を空に向けた。

温《ぬく》もる光なんざねえくせに、ほっこりと暖かな感じのする空だったな。てめえの蒙《こうむ》った罪も罰も、この先の生き死にも、どうでもいいぐれえに得心した。

「さて、ぼちぼち参るか」

「参るって、どちらへ」

「決まっておろう。善慶寺に戻る」

「へえ。そいつはまた、どうしたお心変わりで」

「神仏にここまでお手数をおかけいたして、このうえどうこう願うわがままは許されまい。さあ、参ろうぞ」

七之丞は俺に先んじて歩き出した。その寒々しい背中を追いながら、この侍の胸の中は俺とそっくり同しなんだろうと思った。

そうさ。まるで今しおふくろの股《また》から飛び出た赤ん坊みてえに、俺の胸の中はがらんどうだったんだ。

さて、話はこれで終《しめ》えでござんす。

それにつけても、神仏てえのは有難えもんでござんすねえ。

とは言うものの、四十六のこの齢《とし》まで相変わらずの不信心なんだから是非もござんせんが。いえ、感謝はいたしておりやすよ。ただ、功徳《くどく》を恃んで寄進をしたり、手を合わせたりするのが嫌いな性分なもんで。

私《あっし》ァこう思う。人間はみんな神さん仏さんの子供なんだから、あれこれお願いするのは親不孝です。てめえが精一杯まっとうに生きりゃ、それが何よりの親孝行じゃござんせんか。

だから、寄進する金があったらそのぶん給金をはずむか、お国に使っていただくか、貧乏人にくれてやってます。それが一等、神仏のお喜びになることだと思いやすので。

私も遅ればせながら人の親になりやした。新学制のおかげで小学校に通っている倅《せがれ》と、その下に娘が二人でござんす。血の通ったおとっつぁんになって初めてわかったんですが、親は子供に何かしてくれなんて、思やしません。何をしてやれるんだろうかって、そればっかり考えます。

神さん仏さんの本音も、同しでござんしょう。できることなら何でもしてやりてえんだが、苦労はさせなきゃなりやせん。手取り足取り育てて、ぼんくらにしちまったんじゃあかわいそうだ。

だから、泣かれても知らん顔をしたり、ときには怒鳴りつけたり、尻を叩《はた》いたりもいたしやす。そうして、まっつぐに、真正直に育って、どうにもこうにもならなくなったときには、手を貸しやす。

神さん仏さんは、そうして下すった。だから私も、子供らはそう育てます。

――ここだけの話でござんすが、隣の応接間に控えている番頭どもにしたって、同しこって。てめえらで苦労をして、汗を流し涙を流し、にっちもさっちも行かなくなったら私の出番だ。

どこの馬の骨ともわからねえ高島商会が、天下の三井鴻池の向こうを張って五寸の勝負ができるのは、そのあたりの気構えでござんすよ。

のう、お役人様。

おめえさん方もあの御一新の峠で、神さん仏さんに命を救けられた口なら、もうちいと身を粉にして働いたらどうだね。

おっとこれァ、閣下と呼ばれる方々にも、俺が面と向かって言ってる台詞《せりふ》だった。どうやらわかっちゃいねえようだな。典獄様だか何だか知らねえが、てめえのような三ン下奴《やっこ》に呼びつけられて物を訊かれるほど、俺の背負った金看板は安かねえぞ。

高島の代紋じゃあねえ。土壇場から神仏の力をいただいて立ち上がった繁松てえ無宿人は、どこのどなたに肚を探られるほど安かねえってこった。

俺の言ってることがわかったなら、後世司法の参考のためなんてえ下らねえ仕事はたいげえにして、まっとうに働きやがれ。そのうち罰が当たるぞ、てめえら。

そんじゃあ、邪魔をしたな。

——数々のご無礼、痛み入りやす。ご当家ご一党さんとはそもそも稼業ちげえ、向後《きょうこう》手前とは何のかかわりもござんせん。お見送りはお控えなすって下さんし。ごめんなすって。

四、陸軍士官学校教官　工兵少佐岩瀬《いわせ》忠勇《ただお》証言
弘化《こうか》二巳《み》年《どし》生三十一歳
現住所東京第三大区九小区市《いち》ヶ谷《や》本村町陸軍士官学校内

――ほう。今さら本官の罪を問うわけではない、と。

江戸の話は前生も同じゆえ、と申されるか。なるほど、よもや前生とまでは言わぬが、思い返せば何もかもが実に夢のようであります。

この市ヶ谷台も、かつては尾張大納言《だいなごん》様の上屋敷であったが、ご覧の通り御庭も御殿もきれいさっぱり取り払われて、煉瓦《れんが》造りの校舎と練兵場に生まれ変わりました。営庭にて朝の間稽古《まげいこ》に励んでおるのは、尾張の御家来衆ではなく、日本国中から選抜された士官生徒の第一期生、百五十八名の精鋭であります。

了解した。貴官らも新政府の官員ならば、二言はありますまい。要は明治元年暮の赤猫騒動の折に、本官が体験した事実を包み隠さず開陳すればよろしいのですな。

なにゆえそうまでホッとなされるのか。本官がよほど聞き分けのない人物じゃとでも考えておられたのかな。

となると、かねてより本官の素姓は相当に知っておられたということになる。それを承知で、こうしてサーベルを吊《つ》らせたまま向き合うているのですから、いよいよ貴官らに他意はないと判断いたします。

何もかもが前生の話。しかし、それにしては余りにはっきりとした記憶ではありますが、後世司法に役立つと申されるのなら、悉皆《しっかい》お話しいたしましょう。

ふだんより早くに登校なさった曾我《そが》閣下から、いきなり校長室に呼ばれましたときは胆《きも》を冷やしました。

副官がいそいそと将校宿舎にやって参りまして、「岩瀬少佐殿、校長閣下がお呼びであります」と申すのです。はて、火急の懸案など憶《おぼ》えはなし、さては区隊の生徒が何かとんでもない不祥事でもやらかしたか、と押っ取り刀で駆けつけますと、曾我閣下が厳《いか》めしい頰髯《ほおひげ》を撫《ぶ》して申されますのに、

「本朝八時、市ヶ谷監獄署の典獄《てんごく》以下が来校し、おぬしを訊問《じんもん》いたしたいそうだ。何ごとかは知らぬが、司法卿《しほうきょう》閣下から直《じか》にそう言われたゆえ、神妙にいたせよ」

閣下の口ぶりから、生徒の不祥事ではないと知れましたので、むしろ安心いたしました。私事ならば軍務に支障はなく、仮に過去の罪を蒸し返されたとしても、本官ひ

とりが罰を蒙《こうむ》ればよいだけのことであります。軍人の代わりはいくらでもおりますが、日本国や軍隊や士官学校は、唯一無二《ゆいいつむに》の存在でありましょう。

では、神妙に申し述べます。

本官は陸軍工兵少佐、岩瀬忠勇。現職は陸軍士官学校の教官であります。思うところあって妻子は持ちませぬ。よって学校内の将校宿舎に起居いたしております。市ヶ谷監獄とは地続きの隣りでありますから、ようご存じでしょうが、士官学校は昨明治七年暮に一部が完成いたしましたので、かつての兵学寮をこれに移し、新条例による第一期士官生徒を入学せしめて開校いたしました。

当時、本官はフランスに留学中でありましたが、開校に先立ちこの壮挙に参画せよとの命令を受け、野戦築城学の修得もなかばながら急遽《きゅうきょ》帰国したのであります。

さよう。パリ郊外のサンシールにある、フランス陸軍士官学校であります。お疑いならばいかようにもお調べ下さい。

ははあ、貴官らがご存じの岩瀬某《なにがし》と、ここにこうしておる岩瀬少佐が繋《つな》がらぬと。無理もない話ですな。前生と今生を結ぶ世界と申せば、冥土《めいど》しかないわけですから。

しかるに人違いではありません。本官はかつて、岩瀬七之丞《しちのじょう》と称しました。いかにも大時代な通称ゆえ、御一新ののちは忠勇《ただお》と申す実名を名乗っております。忠勇無双《ちゅうゆう》の忠勇でありますから、いかにも帝国軍人にふさわしき名であると、今は得心しております。そう名付けた父は、不肖の倅《せがれ》のかくなる未来を正しく予見していたのでありましょうか。

前生と今生を繋げるためには、まずその父親について少々触れぬわけには参りますまい。

父は岩瀬肥後守忠震《ひごのかみただなり》と称し、幕府の外国奉行として数々の外交交渉に当たった旗本でありました。貴兄らもその名前ぐらいはご存じでありましょう。

もっとも、父が携った条約は少なからず後世に禍根を残す内容でありましたし、中には勅許を得ずに調印して、桜田御門外の大騒動の種となったものもありますから、軽々に是非を論ずるわけには参りませぬ。

しかるに、身びいきなしに思うことは、父があの鎖国攘夷《じょうい》の嵐《あらし》の中にあって、そうした勢いに惑わず、日本を開国へと導く強い意志を持っていたという事実であります。つまり、たとい不平等であろうとも条約を結ぶが先決であり、万やむをえざる場合は幕府独断の調印も止《や》むなし、と父は考えたのでありました。

外国奉行は二千石の役高、城中においては芙蓉之間詰《ふようのまづめ》という席次でありましたから、その権勢たるやたいそうなものでした。

まあ、父親の自慢などどうでもよい。その父の手に余るほどのきかん坊が、本官であったというわけです。

役宅の奥居に呼ばれ、膝前《ひざまえ》に据えられてよく説教をされたものであります。

「これ、七之丞。名は体を表わすと申すが、おまえの忠勇は表わすどころか名前負けぞ」

そう言うて父は、きっと論語のひとくさりを口にし、倅にも唱えさせるのです。

「子、のたまわく。勇にして礼なくば則《すなわ》ち乱る」

いかに勇ましくとも節度がなければただの乱暴者だ、というわけであります。

開国論者であった父は、昌平黌《しょうへいこう》出身の儒者でもありました。御一新を待たずに四十四で身罷《みまか》りましたが、もし健在であれば新政府にも召し出されて、みずからが調印した条約の改正に努めたのではありますまいか。

父の話ではなかった。つまり本官が言わんとするところは、その父親の七光が死後にも輝いて、不肖の倅を今日まで導いて下さったということであります。

伝馬町《てんまちょう》の牢屋敷《ろうやしき》から、まさかの放免をされました折は、この先どうしてよいものやら、人生の方途がまるでわからなかった。

ごていねいなことに、明治二年巳《み》の年の元旦《がんたん》の朝でありました。新年の空は真青に晴れ上がっていて、しかし少しも晴れがましい心地ではない。何やらこう、がらんどうの青さでありましたな。

士分が収容される揚座敷《あがり》の牢からは、目くらましの廊下が裏門に通じている。そこを出ると、迎えの駕籠《かご》が待っておりました。岩瀬の兄と兄嫁、それに父の実家である御書院番設楽《しだら》家の従兄《いとこ》と、その家老であります。

無罪放免とはいえ、内心はまだ信じられぬ。ましてや人の恨みは山ほど買《こ》うておるのです。

とりあえずは駕籠に乗って、飯倉《いいぐら》の八幡《はちまん》社の裏手にある設楽の屋敷に匿《かくま》われました。あのあたりは旗本屋敷と御先手組の大縄地なので、官兵が立ち入らぬのです。

鳥羽《とば》伏見の戦に出て以来、家族親類とは無音《ぶいん》でありましたが、兄も従兄もそのことはけっして責めぬ。責めぬどころか詫《わ》びるのです。おまえひとりを戦わせた、面目次第もない、と。

そういうおまえがこうして生きて帰ったのは、権現《ごんげん》様の冥加《みょうが》にちがいあるまいから、何としてでも仇討《あだうち》の刃《やいば》に果てさせてはならぬ。

設楽の屋敷の離れに匿まわれて三が日を過ごし、それから郎党どもに護《まも》られて静岡の沼津へと落ちました。

沼津の兵学校と申すは、徳川家がフランス式の陸軍将校を養成するために設けたものでありましたが、そのころの使い途《みち》としてはただただ旗本御家人の不平分子を、江戸から隔離しておくような場所でした。

着いてみますと、五百人ばかりが一緒こたに押しこめられた兵営には、なるほど見知った顔が多くある。幼なじみや道場仲間、鳥羽伏見で死んだはずの者、上野のお山の死に損ね等々、それもみながみな、もはや負けを悟った連中でありますから、ずいぶんと腑抜《ふぬ》けた、お気楽な様子でありました。

そもそも本官は、直心影流《じきしんかげりゅう》男谷《おだに》道場の免許を下されております。幕府の講武所においても剣術助教を務めておりましたゆえ、ここでもしかるべき処遇をいただきました。つまり当初から兵学校の生徒ではなく、将校付け出しの教官として勤務いたしたのであります。

そうこうするうち、兵学校というより遠方の監獄みたような、わけのわからんものは閉めよという話になった。大坂に設けられていた兵学寮と沼津の兵学校を東京に移して、教導団という、まあ士官学校の前身を造ろうと相成ったわけであります。

それが明治四年の秋の話でありますから、本官が江戸を落ちてまだ三年とは経《た》っていない。下卑た言い方をすれば、ほとぼりがさめておらぬわけで、東京に立ち戻るは余りいい気持ちがしません。

いや、誤解なされますな。何度も捨てた命を惜しんだわけではない。国軍の濫觴《らんしょう》につまらぬ波風を立ててはなりますまい。

そこで、かくかくしかじかとわが身の経緯を審《つまび》らかに相談いたしますと、初代の兵学校頭取であられた西周《にしあまね》閣下が骨を折って下すったのです。

御父君岩瀬肥後守殿のご遺業に報ゆるは他に方法がない、幸いフランスへの留学生を選定中であるから、貴官を推輓《すいばん》いたそう、と。

かくして本官は、陸軍大尉《たいい》の階級を付与され、サンシール陸軍士官学校に留学するという栄誉を賜りました。わずか三年前のおのれの身に何が起こっていたかと思いを致さば、実に前生の出来事と申すほかはありますまい。

いくたびも死に損ね、今もこうして生き恥を晒《さら》しておると、思わぬわけでもありませぬ。しかしそう思うたびごと、内なる父の魂がわが心に命ずるのであります。

死に損ねならば死んだ気で働け、と。

思う存分、生き恥を晒してみよ、と。

さて、手前勝手な話はこれくらいにいたしまして、貴官らがお訊《たず》ねの儀について思いつくままに語らせていただきます。

官兵を八人も叩《たた》ッ斬《き》ったはまことか、と。

さあ、八人であったかどうかはわかりませぬ。鳥羽伏見でも上野でもずいぶんと暴れ回りましたが、そののちに夜辻《よつじ》等で斬った数に限れば、そんなところでしょうか。

捕縛されたのちは辻斬り呼ばわりされましたが、それは心外でありますな。ですから吟味の折にも町奉行にははっきりと申し述べました。

「公方《くぼう》様が戦意をなくされても、われら旗本が降参したわけではない。よって拙者は戦を続けていたのだ。命惜しさに戦おうともせぬおのれらに辻斬り呼ばわりされたのでは、冥府にて父祖にまみゆる顔がない。せめて朝敵と断じて首を刎《は》ねられよ」

上野のお山を下り、ひとりで戦うと決めたからには、ほかに戦いようはありますまい。負けと心得て潔《いさぎよ》く腹を切るも士道ではありましょうが、本官の信ずる武士道はやはり、命尽きるまで戦い続けることのみでありました。

お訊ねになりたいのは、そのような話ではない、とおっしゃられるか。

赤猫。ああ、解き放ちの事実だけでよいのですか。ならば気も楽です。

何と。それもあらましはすでに証言を取ってある。善慶寺《ぜんけいじ》から共に放たれた、あの女と渡世人の二人から。ではどうしてそのうえ、本官を問い質《ただ》す必要があるのですか。

もし、売女《ばいた》ややくざ者の証言が信じられぬゆえ、裏を取るというおつもりならば了簡《りょうけん》ちがいと申すものです。死を覚悟した人間が、のちのち嘘《うそ》をつくとは思えませせぬ。つまり誰から何を聞いたところで、話は同しになりましょう。

それにしても、あの二人は今も健在でしたか。いや、どこでどうしておるかは聞きますまい。むろん本官のかくある事情も、伝えてほしくはありません。死に損なったは生まれ変わったも同じでありますから、おたがいの今の姿など、多生の縁を知りたがるようなものでありましょう。

救われた命を、今も大切にしておるならそれでよいのです。

赤猫と聞いて、まず真先に思い出しましたのは、善慶寺における修羅場であります。放とうにも放てぬ三人をどうするかという、ぎりぎりのやりとりですよ。

あらましはすでに聞いておられると思うが、あのときばかりはさすがにあわてました。お縄で括《くく》られたまま叩ッ斬られて、あわれ焼け死んだことにされるなど、これほど得心ゆかぬ、無様な往生はほかにありますまい。

囚人どもはすでに解き放たれ、善慶寺の本堂には火の手が迫っておりました。放ったところで帰ってくるはずのない三人と、牢屋奉行の石出帯刀《いしでたてわき》を始めとするほんの何人かの役人が、そこに残っていたのであります。

しばらく立ったまま議論をしたあとで、役人どもは一斉に刀を抜いた。しかしそのうちのひとり——丸山小兵衛《まるやまこへえ》という梲《うだつ》の上がらぬ老役が、双手《もろて》をかざして立ちはだかったのであります。

道理ではない、と丸山は断固たる主張をいたしました。われらは戦わずして官軍に降《くだ》った御家人ではあるが、いかなる事情があろうと務めの本分を見失うてはならぬ、というようなことを申したと思います。

その言いようは、けっして人情などという生やさしいものではなかった。役人ならば御役を全うすべしとする、すこぶる正当な意見でありました。余りに当を得ておるので、いったんは刀を抜いた役人どもも、いっぺんに意気消沈してしまったほどでした。

ただし、三人を解き放つにあたっては条件が付けられたのであります。

鎮火ののち、三人が共に帰ってきた場合は無罪放免。帰らざる者のあるときは、帰った者が死罪。三人とも帰らざる場合には、丸山小兵衛が腹を切る。

役人どもがとっさに決めた話ではありましょうが、何ともまあ、つまらぬことを言い出すものだと呆《あき》れ果てました。

ほかの二人が何を考えておるかはわかりません。しかし、本官には帰る気など毛ほどもなかった。こうして時を与えられたは物怪《もっけ》の幸い、火事のどさくさに紛れて、また一暴れしてやろうと思ったのです。

日ごろから大声も出さぬ丸山小兵衛が、あれほどの物言いを付けたことには、今さら首を捻《ひね》るばかりであります。内心よほど肚《はら》に据えかねることでもあったのか、たとえば牢番たちの間で、何か確執のようなものがあったのでしょうか。

ともあれ、丸山の正当な主張のおかげで、またしても死に損ねたことは確かでありました。

先日、士官生徒を引率して市中行軍をいたしました。

本官が騎馬で先行し、区隊長の将校以下の士官生徒が、砲車まで曳《ひ》いた軍装で続くのであります。市ヶ谷台からの行軍ならば、西へ向かうのが市民の迷惑にもならぬのですが、そこは武威を知らしめる市中行軍でありますから、わざわざ東へと向かうのであります。

経路はあらかじめ決まってはおりませぬ。ともかく人の多いところを選んで歩けというわけで、すると外濠《そとぼり》ぞいを歩んで広小路《ひろこうじ》を上野へ、さらには新寺町通を浅草へ、という道順になります。

上野の山下を通り過ぎましても、特段の感慨は湧《わ》きませぬ。八年前におのれが、向ヶ岡から撃ちこまれるアームストロング砲の着弾に右往左往し、攻め寄する官兵を相手に斬り結んだことなど、忘れたわけではないが夢としか思われません。むろん生徒たちに、武勇伝など聞かせたためしもありませぬ。

しかし、新寺町を下って行くほどに、何となく心が重くなった。それもそうだ。上野戦争は前生の話だが、新寺町の善慶寺に立ち戻ったところから、今生が始まっておるのです。

それで、馬首を返して辻を左に折れた。善慶寺で解き放たれ、炎に追われて逃げた道筋をたどりたくなったのです。

「少佐殿、どちらに向かわれますか」

と、区隊長が訊ねるのを、「歩き足らぬわ」とか何とか言うて、とうとう坂本村の田圃《たんぼ》に至りました。時刻はちょうど昼時で、弁当を食うにも悪い場所ではありませぬ。

いくらか小高い畔道《あぜみち》に立ってあたりを見渡せば、どうやらそこがあの赤猫の晩に、一息ついた同じところに思えてきた。冬の夜更《よふけ》が夏の日盛りに変わり、枯田が青田となっただけの変わらぬ景色でありました。

当番兵が面桶《めんつう》の握り飯を上げて参りましたときには、思わずハッとしたものです。あの赤猫の晩に、炊《た》き出しの握り飯と茶碗酒《ちゃわんざけ》を手渡してくれた侍の顔を、ありありと思い出したのです。

ああ、あの刀は借りたまま、どうしてしまったのだろうと考えたが、思い出せぬのです。匿《かくも》うてもらった父の実家に置いてきてしもうたのか、あるいは沼津の兵学校まで差して行ったのかも憶えがなかった。なぜか、おのれが手にかけた大勢の人の命よりも、その借りたままの刀のほうが、ずっと不義理のように思えました。

田圃の先には荒れた武家屋敷がぽつんと建っていて、どうやらあの晩の炊き出しは、その御屋敷からにちがいない。そこで、向こう畔をおそるおそる通りすがった百姓に訊ねてみれば、「越中富山が前田様」という答えでありました。

そうとわかれば、探し出してでもお詫びをしたいと思いましたが、こう時代が変わってしもうたのでは、下屋敷の名も知らぬ留守居がどこでどうしておるのやら、胡麻《ごま》粒《つぶ》を探すような話でありましょう。

版籍奉還も廃藩置県も今や昔話、多くの侍はわずかな秩禄《ちつろく》公債を受け取って、ちりぢりになってしまったはずです。

あまたの人命を奪い、武士の魂すら借りたままの不義理をしたおのればかりが、どうして従兵に飯上げなどさせてふんぞり返っておるのだろうと、恥ずかしゅうなったものでありました。

あのころの自分は、鬼か夜叉《やしゃ》でありましたな。若気の至りなどと言えますものか。ともかく一人でも多くの官兵を叩ッ斬って、おのれも死ぬ。斬ることと斬られることしか頭の中にはなかったのです。

伝馬町の座敷牢に囚《とら》われていたころ、丸山小兵衛にしばしば説諭されたものでした。

「のう、岩瀬様。人間にはおのおの天寿と申すものがござっての。勝手に生き死にをして結構という道理はありませぬぞ。また、天命と申すものもござっての。生まれたからには何かしら、世のため人のためになすべきことがあるものです」

御説ごもっともではあるが、牢に入った今となっては後の祭。ましてや軽輩と侮《あなど》っておるゆえ貸す耳もない。しかし暇な牢内で話相手は欲しいゆえ、こちらはふむふむと聞いたふりをしておるのであります。

丸山は風采《ふうさい》の上がらぬ、昼行灯《ひるあんどん》のような侍でしてな。なのにどうしたわけか、碁の腕前だけは大したものでした。こちらも心得がないわけではないが、何目置いてもまるで敵《かな》わぬのです。しかも丸山にはさほど考えるふうがなくて、世間話などしながらすっかり子供扱いにされてしまった。

囚人とはいえこちらは旗本が倅、一方のあちらは町方以下の不浄役人でありますから、本当なら碁を打つどころか同じ目の高さで向き合うてもならぬのですが、無礼者と言うて去られてしもうては困るのであります。そこで、説教も世間話も聞くほかはなかった。

ですから、ともに命を拾うた二人——無宿人の繁松《しげまつ》と白魚河岸《しらうおかし》のお仙《せん》という女のことも、丸山の口から聞かされておりました。

世間には気の毒な人間がおるものだ、と思ったものであります。懸命に生きておるというのに、その懸命さが仇になって、島送りだの死罪だのを申し付けられる。まあ、丸山にしてみれば、そうした気の毒な連中に引き較《くら》べ、おまえ様は贅沢《ぜいたく》な御仁《ごじん》じゃと責めておったのでしょう。

あろうことか、その繁松とやらと相手鎖《あいてぐさり》。善慶寺で解き放たれてからは、お仙を庇《かば》うて走る始末。しかも、その三人が一蓮托生《いちれんたくしょう》の仲でありました。

坂本村の田圃まで逃げて一息ついたときも、三人は小高い畔に並んで、ぼんやりと火の手を眺めておりました。

下拙を申しますが、あのお仙という女は美人でしたな。何でも当節江戸の三美人の一人と評判を取っておったそうですが、ひとめ見ればさもありなんというほどでした。ああ、この女が町奉行所の内与力《うちよりき》なんぞに誑《たぶら》かされたのだと思えば、気の毒もたまらなくなりましてな、その震える肩に、つい羽織を着せ掛けてやりました。

お仙は白い顔をハッともたげて、いかにも思いがけないというふうをいたしました。そうした当たり前の情というものを、知らなかったのでありましょうか。

むろん当方には、不憫《ふびん》に思うほかの下心など何もない。男ならば、まして人の上に立つ武士ならば、寒がるおなごに羽織を着せてやるくらい、務めのうちであります。

お仙と繁松は、ああだこうだとやり合《お》うておりましたな。まあ聞きたくもない下々の話ではありましたが、要はこの際に意趣返しをするのしないの、というやりとりであったような気がいたします。

いくらか良心が咎《とが》めました。町人は義理人情を大切にするゆえ、意趣返しはともかくとして丸山小兵衛を裏切りはするまいと思うたのであります。しかし、自分だけはそんなつもりがさらさらない。闇《やみ》に潜って官兵を斬り続ける覚悟でありました。

だとすると、本官のせいで二人は馬鹿《ばか》を見るわけでありますから、その迷惑たるや羽織の一枚ではすみますまい。かというて、まさか「拙者は戻らぬゆえおぬしらも戻るな」とも言えませぬ。

「馬鹿か、おぬしら」

と、意を含めてそう言うのがせいぜいでありました。

立ち去ろうとするとき、お仙が羽織を返そうとしましたので固辞いたしました。せめて冥土のみやげに、というほどのつもりでありました。

炊き出しの握り飯が配られたのは、そののちでありましたろうか。繁松が飯と酒を勧めてよこしたのだが、どうにも受け取れませぬ。いや、下賤《げせん》の手ずからがどうだなどというわけではない。当方の都合で首を取られるにちがいない者から、食い物をもらうわけにはいきますまい。

すると、かわりに炊き出しの侍がやってきて、丁寧に飯と酒とを勧めるのです。腹もへっておるし、これは有難く頂戴《ちょうだい》いたしました。

その握り飯の旨《うま》かったことというたら、実に頬の落ちるほどでありましたな。いかにも合戦前の力飯、勢い付けの力酒という味でした。

物のついで、と言うては何だが、そのときふと妙案を思いついたのです。旗本の倅と知ってここまで謙《へりくだ》ってくれる侍なら、求めれば刀を貸してくれるのではないか、と。

嘘の下手な口ではありますが、あのときばかりはさすがにうまく言うたと思います。

腰物を忘れて火事場を逃げ出したとあっては、屋敷に帰ろうにも帰れぬ、ついてはそこもとの刀をお貸し願えまいか、というような嘘でありました。

二つ返事で承った侍のうしろで、繁松はやれやれと額に手を当てておりましたよ。その刀の使《つか》い途《みち》をとっさに知ったのでありましょう。

ああ、それにしても、やはりあの刀だけは心残りだ。今さらどうしようもないが、叶《かの》うことならひとめお会いして詫びを申し上げたい。せめて名前なり聞いておかなかったのは、まこと不覚であります。

刀は武士の魂と申しますが、まことふしぎな力を持っておるものです。たとえばこのサーベルにいたしましても、数打ちの延《の》べ鉄《がね》とは申せ、こうして軍服の腰に吊ればとたんに体がしゃんとするのです。同じ武器でも拳銃《けんじゅう》や小銃ではこうはなりませぬ。やはり刀というものには、武士の魂が宿るのでありましょうか。

フランスに留学いたしました折に、まず意外であったことには、教官の将校はサーベルを、士官生徒はみなきらびやかな短剣を帯びておりました。つまり刀と申すものは洋の東西を問わず、軍人の魂であるのです。しかも本官は一留学生の立場であるにもかかわらず、陸軍大尉としての礼遇を賜りまして、サーベルの佩用《はいよう》を許されました。

ウィもノンもわからぬ身ぶり手ぶりから学習を始めまして、わずか三年ばかりの間にさまざまの兵学を身につけることのできました力のみなもとは、ひとえにこのサーベルに宿る魂であると心得ます。

その魂を借りたままであると思えば、今さらながら痛恨事というほかはありませぬ。さよう。あのときも刀を手にしたとたん、体の奥底から力が湧き出たのです。それも、漠然たる闘志ではない。まるで何者かに命じられたごとく、おのれのなすべきことがありありと胸にうかんだのであります。

かねがね考えていたことがあった。浅草から本所へと渡る吾妻橋《あずまばし》の袂《たもと》に官軍の屯所があって、常に四人や五人のキンギレどもが偉そうに橋検分をしておったのです。討ち入って果てるのであれば、そこがよいと思った。

そう思い立ったら、もう矢も楯《たて》もたまりませぬ。逃げるようにして枯田の畔道を歩き出しました。

ところがしばらく行くと、繁松が追いすがって声をかけてきた。

「止めるつもりか」

脅し半分にそう言いますと、無頼な唇をひしゃげてにっかりと笑うのです。

立派なお侍様の門出を、見送らせていただきたい——たしかそんなことを申しました。

立派な侍。その一言は胸に応《こた》えた。鳥羽伏見と上野に戦《たたこ》うた、朋輩《ほうばい》の顔がたちまち瞼《まぶた》に甦《よみがえ》ったのであります。

もしやおのれは、戦わずに逃げ回っていたのではないのか。敵わぬと見れば、勇敢なる朋輩を淀堤《よどづつみ》に置き去って大坂へと退《さ》がり、あるいは黒門口に残して谷中《やなか》の寺町に逃げこんだのではなかったか。

戦場の出来事など、思い返したところでようわかりませぬ。だが、欣求浄土《ごんぐじょうど》を誓い合うた戦友はみな死に、おのれひとりが生き残っておるのはたしかでありました。おわかりになりますか。戦うたか逃げたか、それは判然とはせぬにしろ、死のうと思えばいつでもどこでも死ねたのであります。しからば、死を避けたことに疑いようはない。死を怖《おそ》るる者、すなわち怯懦《きょうだ》であります。

貴兄らも元は武士ならば、最も忌《い》むべきものが何であるかはご存じでしょう。さよう。「怯懦」。死を怖るる心。ほかには何もないと言うてもよい。

立派な侍はみな死んでしもうた。ここにこうしておるのは、敵とまともに斬り結ぶ度胸もなく、辻斬りに身を堕《お》としてその罪を雪《そそ》がんとする、卑怯《ひきょう》な侍にちがいなかったのです。

半鐘の鳴り渡る闇空から、泡雪が舞《も》うてきた。怯懦を責むるように。早《はよ》うくたばれと急《せ》かすがごとくに。

そのとき繁松とかわしたやりとりは忘れました。ただ、その無頼な顔を見ているうちに、意趣返しをせんとする素町人は、臆病《おくびょう》な侍よりよほど立派だと思うたのです。そこで、もしそのつもりがあるのならと思いまして、大小のうちの脇差《わきざし》を繁松に与えました。

そうしておのれ自身に、けっして腹を切るまいと誓うたのかもしれませぬ。戦うて斬死《きりじに》するのだと思い定めて、脇差を捨てたような気もいたします。

善慶寺には戻るな、と言うたかどうか、いややはり口には出さなかったでしょう。おのれはどのみち死ぬのだから、お仙にも繁松にも、知れ切った往生をしてほしくはなかった。そうなると丸山小兵衛が詰腹を切ることになろうが、不浄役人とは申せ徳川が家人、武士ならば致し方ありますまい。

誰かが死なねばならなかったのです。それぞれに見知らぬ他人が、あの赤猫の晩にのっぴきならぬ命の絆《きずな》で結ばれてしまった。まるで氏素姓のちがう、それまで何の縁《えにし》もなく生きてきた四人が。

受け取った脇差を背に回すと、繁松は腰を屈《かが》めて渡世の仁義を切りました。

「首尾よく本懐とげましたるのちは、浅草新寺町善慶寺に立ち戻りやんす。ごめんなすって」
潔く意志を告げて、繁松は泡雪の向こうに消えてしまいました。返す言葉もなく背を向けたおのれは、やはり怯懦な侍でありましたな。

話に水を差すようだが、今いちどその書類を拝見できようか。

いや、貴官らを疑うているわけではない。市ヶ谷監獄署の典獄殿以下、錚々《そうそう》たる諸官がわざわざこうして士官学校までお運びなのだから、疑いようもありますまい。

しかし、この文言がどうにも気になるのです。

「尚《なお》本件は太政官《だじょうかん》の御内達により後世司法の参考となすまでにて、記録一切は公文書にあらず、異聞風説のたぐいと承知おくべきこと」

さても面妖《めんよう》な但《ただ》し書きですな。「御内達」と申すからには、命令ではのうて内々のお達しというわけでしょう。

公文書として記録するほど重大な案件ではない、と。後世司法の参考とするまで、と。あくまで異聞風説のたぐい、すなわち誰が何をしゃべろうが、真実とは認めぬ。

そのように付言してある。しかるに、典獄閣下ともあろうお方が、部下の錚々を引き連れてわざわざお運びになり、当方は兵学教官の将校が、重要な講義の時間を自習にしてまで訊問に応じておるのです。

話しておるうちに、そのあたりがふしぎに思えてきたのであります。嘘かまことかもわからぬ、たかが赤猫の異聞に、貴官らはまるで命のやりとりでもするように目を瞠《みは》り、耳を欹《そばだ》てておられる。とうてい異聞風説として聞き流すふうではない。

この供述を自白調書として、今さら本官の罪を問うのなら、それはそれでいっこうに構いませぬ。ならばはっきりとそう申されよ。嘘は怯懦と同様、士道に悖《もと》るところでありますぞ。

――なに。断じてそのようなことはない、と。

いやはや、いよいよわけがわからなくなった。しからば、「後世司法の参考となす」とのみ思い定めて、話の先を続けるほかはありますまい。

思いつくままに無礼を申し上げた。許されよ。

あれは御一新の年、すなわち戊辰《つちのえたつ》年十二月二十五日の出来事でありました。

むろん旧暦の師走《しわす》であります。しかし今も昔も、御用納めは十二月二十八日と定《き》まっておりますゆえ、そのころになると否《いや》が応でも日数《ひかず》を算《かぞ》えてしまう。あと三日、お仕置の沙汰《さた》がなければ、年を越して松飾りが取れるころまでは命が繋がるというわけであります。

話がいささか前後いたしますが、よろしゅうございますな。なにしろ八年もの間、蓋《ふた》を被《き》せていた記憶でありますから、きちんと筋立てて思い返すことができませぬ。すべてをお話しするためには、溢《あふ》れ出る場面をこうして片端から声にするほかはないのです。

さよう。十二月二十五日。そのころになりますと、牢屋敷はあんがいのこと静かになるのです。敲《たたき》や所払いの刑で放免する者はどんどんしてしまい、そのかわり入牢してくる者は少ない、という話でした。

そのような静けさの中で、にわかに南無妙法蓮華経《なむみょうほうれんげきょう》のお題目が湧き起こりましてな。それはもう、揚座敷から聞いていても、いったい何の祭じゃと思うほどの騒ぎでありました。

番人を呼びつけて訊ねると、打首になる罪人をみんなして送っているという。それも東の大牢の牢名主ゆえ、題目もひときわ高いのだと。

繁松の話は丸山小兵衛から聞かされておりましたが、親分の罪を被《かぶ》った律義者《りちぎもの》というだけで、まさか死罪になるとは知らなかった。何でも、朝早くに奉行所の与力がやってきて、そういうお達しをしたそうです。

「博奕《ばくち》の開帳は人を殺《あや》めもせず、傷つけもするまい。死罪は重きに過ぎようぞ」

「手前なんぞに言われましても」

その番人と申すは士分ではなく、牢屋奉行配下の下男《しもおとこ》なのです。一代限り一人扶持《ぶち》の小者ゆえ、たしかに言われたところで仕方ありますまい。段下りの廊下に這《は》いつくばって、ただおろおろと答えるばかりでありました。

「おまえもその齢《とし》ならば、罰の軽重ぐらいはわかるであろう。どうじゃ」

番人はいっそうちぢかまった。真白な髪をようよう小指くらいの髻《たぶさ》に結った老人ならば、数多くの先例から鑑《かんが》みて、妥当なお裁きというものを知っているはずでした。

「あっしなんぞが物を言うなんざ、とんでもござんせん」

「ここだけの話じゃ。聞くところによれば、その牢名主とやらは、親分の罪を被て自首したと申すではないか」

「へい、おっしゃる通りで。そういう器量人でなけりゃ、大牢の名主には推されやしません」

「ならば、なにゆえの死罪じゃ。しかもこの年の瀬じゃぞ」

「ご勘弁――」

と言いながら番人は、やはり肚に据えかねるものがあったのでしょうか、平伏したまま廊下の縁の下に向こうて独りごつように言うたのです。

「ひどい話じゃぞい。本所のお貸元は繁松に罪被せたうえ、御奉行様だか御与力様だかに金を摑《つか》ませて口封じを頼んだのだ。賭場《とば》の開帳なら、よほど情が悪くたってせいぜい八丈島か佐渡のお金山《かなやま》だ。したっけ、天朝様の政《まつりごと》が定まりゃあ、ご赦免もあろうと読んだから、今のうちに殺しちまおうって魂胆さ。公方様の世の中は腐っちまった。物事は何だって袖《そで》の下で決まるのだ。金のねえやつは馬鹿を見るだけだ」

ひやりと背筋が寒うなりました。いや、謀《はかりごと》を知って驚いたわけではない。そんな謀が罷り通るくらい腐り切った「公方様の世の中」を、守らんとしたおのれが怖ろしくなったのです。

今ふと思い出しましたのは、あの老いた番人の、地の底に向かって訴えるような姿と声であります。一人扶持の身では妻《めと》も娶れず、ひたすら四十年《しじゅうねん》の上も罪と罰とを見続けてきた番人の、それは偽らざる本音であったのでしょう。

おのれの正義がわからなくなった。公方様の家来だから、主《あるじ》を滅さんとする官兵を斬り続けた。しかしその公方様の世が、天下万民の呪《のろ》うほど腐っていたのだとしたら、おのれの正義は誤りであったことになるのです。

あの赤猫騒動の間、本官は目前に迫る炎や煙よりも、おのれのうちなる迷いを怖れておりました。

坂本村の枯田で繁松と別れますとき、脇差をくれてやったわけもこれでおわかりでしょう。繁松がこの機に意趣返しをするは、明らかな正義であったからです。

では、本官が吾妻橋の屯所に討ち入ろうと決心したのは、はたして正義であったのでしょうか。いや、たぶんそうではない。貧乏人がきっと馬鹿を見るような腐った世の中に殉ずる大義など、あろうはずもなかった。

武士は忠を尽くして主君に仕える前に、今日でいうところの行政官として、司法官として、むろん軍人として、そのほかのありとあらゆる権力を担《にな》う者として、天下万民に仕えるべきであります。よって、腐った世の中を支えんとするわが志には、すでに武士道が見出《みいだ》せなかったのです。

本官は正義も大義もなく、ただ戦うて死するの意地のみによって、ふたたび刀を握ったのであります。

話がようやく本筋に追いつきました。この先はなるべく順を追って、坂本村からの道をたどるとしましょう。

ずうっと迷うていた。

来し方を振り返れば、おのれが斬り続けてきた官兵の屍《かばね》が累々《るいるい》と重んでおり、行く末には一筋の道しかないというに、いったい何をあれほど迷うていたのだろう。

かねてより死場所と心得ていた、吾妻橋の袂の官軍屯所。そこに討ちこんで相果てるほかはない。その死場所まではせいぜい十数町、浅草寺の境内を抜ければ小半刻《こはんとき》もかからぬ目と鼻の先でありました。

もはやそのほかの方途は何もない。だのに迷い続けていた。

理由のひとつは、言うまでもなく老いた番人の訴えでありました。そしていまひとつは、一蓮托生と定められた繁松とお仙の命であります。赤猫の解き放ちを物怪の幸いにして、斬り死にせんとするおのれこそ卑怯者なのではないかと、本官は迷い続けていたのです。

泡雪は枯田を見る間に白く染めて、過ぎにし鳥羽伏見の戦場を思い出させました。あの雪は胸の毒でした。淀堤の雪の中に斃《たお》れたお仲間たちの無念を思えば、やはりおのれのめざす場所はひとつきりだったのです。

ああ、そういえば――。

フランスの士官学校に留学しておりましたころ、教官からしばしば叱《しか》られました。

“La《ラ》 déci-sion《デシジオン》 rapide《ラピド》 manques《マンク》”——貴様は果断に欠くる、と。はて、そんなはずはないと思ったのですが、この叱言《こごと》が一度や二度ではない。そのうち、本官ばかりではなく、留学中の日本人将校がみな同じ叱責《しっせき》をされていると知った。

積極にして果敢、迅速にして果断。軍人の心得であります。時には拙速を尊ぶのであります。そんなことは百も承知ですから、まさか腕を組み首をかしげて考えこみはしません。しかし教官に言わせれば、「決心したのちも物を考えている」らしいのです。

長いこと外敵と戦争をしたことのない日本人は、それくらい呑気《のんき》に見えたのでありましょう。外国との戦争は三百年近くも前の朝鮮出兵、その前はまた三百年さかのぼって蒙古《もうこ》襲来、ヨーロッパにはそんな平和な時代など、あるはずもなかったのです。だからフランス人の教官の目には、日本人の将校がみな果断に欠くると映った。

叱られるたびに、ふと思い起こしたものです。わずか十数町の道を、迷いに迷うて歩んだあの晩のことを。おのれの本性は、やはり果断に欠くるのではないかと疑うた。

お仙や繁松も、一目散に敵《かたき》をめざしたわけではありますまい。口では何と強がろうが、胸のうちにはそれぞれ嵐があって、あの雪闇をさぞ迷いつつ歩いたことでありましょう。

いや、何も申されますな。あの者たちの話は聞きたくない。

浅草寺は江戸随一の古刹《こさつ》であります。貴官らにとっては物見遊山《ものみゆさん》の名所でありましょうが、江戸の市民にしてみれば実に霊験《れいげん》あらたかなる信仰の場でありました。同じ古刹でも芝の増上寺やら上野の寛永寺は将軍家の菩提寺《ぼだいじ》であるから、下々が気やすく参詣《さんけい》などできませぬ。しかるに浅草の観音様は庶民が願掛けをするお寺であった。今も変わらぬ繁盛《はんじょう》ぶりは、いわば江戸八百八町が大本山という矜恃《きょうじ》のもたらしむるところであります。

よって、万が一にも火事で焼いてはなりませぬ。東は大川、西は一万坪を超える火《ひ》除《よけ》地、北は新吉原《しんよしわら》まで見渡す限りの田畑、この三方に加えて、南側の雷門前には広小路が付けられております。これで浅草寺とその塔頭《たっちゅう》は、難攻不落の要塞《ようさい》のごとくに、火事という敵から護《まも》られておるのです。

火除地と申しますのは、読んで字のごとく火勢を食い止むる空地の謂《いい》でありますが、しばらく火事がないと、そのうち遊興の巷《ちまた》と化してしまいます。掛茶屋が建ち、大道芸人や見世物が集まり、果ては芝居小屋までができ上がる。しまいには火除地の用をなさなくなるわけでありますが、これがなかなかに取り締まれぬ。

なぜかと申しますと、火除地は防火防災のために設けてあっても、そもそも焼いてはならぬ寺社や大名屋敷の地所だからであります。そうした土地を、寺社奉行や御大名家の頭ごしに、町奉行ふぜいがどうこうせよとは言えぬ。寺社奉行は将軍家ご直率の大名職、町奉行は老中支配の旗本職でありますから、格がちがうのであります。

浅草寺の西側に拡《ひろ》がる一万坪余の火除地は、そうした行政の結果、御府内随一の繁華街に変じておりました。むろん地主たる観音様にとっても、好都合な話でありましょう。

迷いつつ悩みつつ、坂本村の畔道を歩んで行きますとな、まるで闇の舞台の幕がいっぺんに切られでもしたように、その火除地の賑《にぎ》わいにつき当たった。

浅草寺の境内には火が及ばぬと知っている周辺の住民どもが、いったい避難してきたのか火事見物にきたのかわからぬ有様で、大騒ぎをしておったのです。

いやはや、掛茶屋も物売りも大繁盛、人々はどのみち焼けて困らぬ長屋住まいの身ひとつでありますから、飲めや唄《うた》えやと浮かれ上がっている。そのうえ西の空を長く染める炎がころあいの紅灯となって、まるで吉原仲之町《なかのちょう》の通りを流しでもするような明るさでありました。

火事と喧嘩《けんか》は江戸の華、とはよくぞ言うたものだと妙な合点をしたものであります。なにしろ江戸の町は、侍と町人の数が五分と五分、しかも町人は狭い長屋に押しこめられて暮らしておったのです。大火事のあとは御武家様も物入りで景気はよくなるし、おのれはもともと宵越しの銭すら持たぬお気楽な暮らしでありますから、差し引きすれば得にちがいない。浮かれ騒ぐのもけだし人情であります。

火除地から境内を抜ければ、めざす吾妻橋の西詰はじきでありますな。このお祭り騒ぎでは、討ち入りもあったものではないと、いささか心が挫《くじ》けてしまいました。すでにみちみち、迷う心を鼓舞するつもりで身仕度を斉《ととの》えていたのです。袴《はかま》の股立《ももだ》ちを取り、刀の下緒《さげお》を襷《たすき》に掛けまして、まあ見ようによっては火事場に駆けつけんとする侍だから、べつだん妙に思われるわけではありませぬ。

しかしその格好のまま、火除地の賑わいに揉《も》まれて心が挫けたというのは、実に悪い夢の中にでもおるような、ふしぎな気分でありました。

さて、どうしたものか。討ち入りには間が悪すぎる。しかしほかに行くところもない。それでも頭で物は考えられなくなっているから、足だけは吾妻橋の屯所めざして進むのであります。

せめて懐《ふところ》に金があれば、と思いましたな。いくばくかの金子があれば、今生の名残りにおなごを買い、酒でも食ろうてしかるべき時を待てる。

伝馬町の揚座敷で持てぬものは、刀と金であります。その二品だけはお目見得以上の武士といえども、さすがに取り上げられた。刀は勝手な自裁や狼藉《ろうぜき》を予防するため、金は脱走をさせぬためと賂《まいない》に使わせぬため、というところでありましょうか。

刀はどうにか手に入れたが、まさか金にまでは気が回らなかったのです。

火除地から観音堂に向こうて、奥山を歩んでおりますと——ああ、貴官らにはわかりもするまいが、奥山と申すは山川草木の山ではない。浅草寺境内の、小体《こてい》な御庭みたようなところを、いくらか洒落《しゃれ》てそう呼ぶのであります。そのあたりには火除地よりも上等の茶屋や料理屋があって、浅草詣《もう》での帰りがてらに一杯やるのが、江戸前の通であります。

奥山は木立ちがあるゆえ、火事の返照は届かぬ。かわりに本物の紅灯がぽつりぽつりと灯《とも》っておりまして、人影も疎《まば》らでありました。

そのような非常の晩に、三味《さみ》の音やら清元の粋《いき》な声が通《かよ》ってくるのです。おおかた、界隈《かいわい》の旦那《だんな》衆が、贅沢に火事の鎮《しず》まるのを待っておったのでしょう。あたりには燗酒《かんざけ》のふくよかな香りがわだかまっておりましてな、ときおり大好物の沙魚《はぜ》を煮る匂《にお》いまでも、まるで嫌がらせのように漂うてくるのです。

もとより銭金に不自由をしたためしはなく、また銭金は不浄なものと教えられて育ちましたが、さすがにあのときばかりは有難味を知りましたな。

とうとう一軒の茶屋の前で立ち止まってしまいました。まこと様子のよろしい店でありまして、雪の散りかかる青苔《あおごけ》の上に、いらっしゃいましと言わんばかりの飛石が置かれている。その先の軒端《のきば》に、いくつもの紅灯がちろちろと、まるで手招きするように懸けつらなっているのであります。

金めのものといえばただひとつ、懐に印籠《いんろう》を持っていた。まさかこれを酒代《さかて》とするわけにもゆくまいが、身分の証《あか》しにはなると思うたのです。

これこれ、拙者は前《さき》の外国奉行、岩瀬肥後守が身内の者であるが、火事場を飛び回るうちに羽織もろとも財布まで捨ててしもうた。咽《のど》が渇いてたまらぬゆえ、酒を所望いたす。

嘘は武士の禁忌ではありますが、刀を借りるよりはよほど罪もない。印籠には丸に三本杉の家紋もあるし、のちのち事情を言うて掛け取りに参るのであれば、これも供《く》養《よう》のうちと思わぬ兄でもありますまい。

そうこう思いつつ、飛石づたいに料理屋の玄関まで進みまして、暖簾《のれん》を分けた。天井から大きな吊行灯《つりあんどん》が下がっていて、ほの明るい。土間には緋《ひ》毛氈《もうせん》を敷いた腰掛けがいくつか、その奥の小上がりに客がひとりおるきりでありました。

まずは吊行灯の下の金火鉢でかじかんだ掌《て》を焙《あぶ》り、「誰かある」と人を呼んだ。時刻は真夜中であるし、店の者は奥座敷の旦那衆にかかりきりと見えて、応えはない。

すると、かわりに小上がりで独り酒を酌《く》んでいた人影が物を言うたのです。

「久しぶりだの」

薄明りに目を凝らせば、弁慶縞《べんけいじま》の褞袍《どてら》を羽織り、手元に火鉢を抱えた遊び人の横顔があった。そのような素姓の者とは縁もない。しかもその言いぐさは、妙に親しげなのであります。

「無礼者め。人ちがいであろう」

とっさにそう返したが、男は何を怯《ひる》むでもない。

「人ちがいじゃあねえよ、七之丞」

スッと血の気が引きましたな。この顔を知っている目明かしかとも思うたが、だにしても身分をわきまえぬ物言いは有りえませぬ。

「主《ぬし》ァお縄を打たれたと聞いたが、ならばいってえどうしたわけだね。冥土《めいど》から迷って出たとも思えねえ」

低い嗄《しわが》れ声には、どこか聞き覚えがあった。

「赤猫の解き放ちじゃ」

ほう、と男は横向いたまま、いかにも思いがけぬというふうに肯《うなず》いた。

「そういう話は知らんでもねえが、伝馬町の囚獄様も、虎《とら》を野に放つようなご裁断をよくもなすったものだの」

「おぬしは誰だ。名乗れ」

男は銚子《ちょうし》を振って盃《さかずき》を舐《な》め、胡座《あぐら》をかいたままの姿でこちらを向きました。

「芝居《しばや》の台詞《せりふ》じゃあねえが、主ァこの顔を見忘れたか」

息が詰まりましたな。町人のなりをしてはいるが、鳥羽伏見から上野のお山まで共に戦うた、中山伝八郎《なかやまでんぱちろう》にちがいなかった。

「おお、伝八ではないか」

思わず駆け寄って、縕袍の肩を摑みました。伝八郎は同格の旗本の家に生まれ、同じ男谷道場に通うた幼なじみでありました。上野の山で死んだものとばかり思っていたのですが、どうにか生き延びたらしい。

野卑《やひ》な胴間声を張り上げて店の者を呼び、伝八郎は思いがけぬことを言うた。

「雌伏《しふく》か。ハハッ、笑わせるねえ。そんな上等であるもんか」

まだ気を許していないのだろうと思った。闇に潜って捲土重来《けんどちょうらい》を期する者が、そうやすやすと心を開くはずはありますまい。

そこで、小上がりの向こう前に腰を落ち着け、おのれに翻心のないことを語った。

「捲土重来だと。何でえ、そりゃあ。のう、七之丞。おめえさんよもや、腰抜けの公方様が巻き返して、もういっぺん徳川の世がくるなんぞと思ってやすめえの」

愛想のいい小女が熱燗を運んできた。やりとりから察するに、伝八郎はなじみの客であるらしいのです。

あの酒はまずかった。生まれてこの方、あれほど気の抜けた、水っぽい酒は飲んだためしがなかった。

これがあの伝八郎か。女の肩を無理強いに抱き寄せ、舐めるように髪の匂いを嗅《か》いでいる遊び人が、淀堤の戦場を先駆けたあの中山伝八郎か。

「のう、七之丞。悪いこたァ言わねえ、赤猫で拾った命なら大切にせえ」

「大切とはどういうことだ」

「ハハッ、そりゃあおめえ、まさか雌伏だの捲土重来だのてえ見上げた話じゃあねえよ。世の中には面白えことがたくさんあるんだぜ。命を張った見返りに、この先ァ面白おかしく生きたって罰は当たるめえ」

そこまで言われても、朋輩は信じたかった。一力茶屋の大石内蔵助《くらのすけ》ではないが、胸に大願を秘めた侍ならば、それくらいの芝居は打つだろうと考えたのであります。

伝八郎の腕をすり抜けて女が去ってから、背筋を伸ばして言うた。

「たしかに、もはやわれらの捲土重来は期すべくもあるまい。よって拙者はこの赤猫騒ぎを、東照大権現《とうしょうだいごんげん》の下したもうた死場所と心得る。おぬしも共に行かぬか」

この顔をじっと見上げて、伝八郎は訊《たず》ねた。

「行くって、どこへ」

「吾妻橋の西詰に、官兵の屯所となっておる番屋がある。しばらく待って人の引けたころ、討ち込むつもりだ」

襤褸の懐深くに、匕首《あいくち》の鞘《さや》が見え隠れしていたのです。しかし、こちらの視線に気付くと、伝八郎は苦笑いしながら言うた。

「この金物はおめえ、まさかキンギレと差しちがえるために持ってるわけじゃあねえよ。こうも面白おかしく暮らしているとな、やれ肩が触れたの眼《がん》を付けたのと、因縁をふっかけてくる野郎がいるのだ」

へらへらと笑う顔を見ているうち、次第に頭の血が下がってきた。伝八郎に嘘はないと知ったのであります。

「止めやしねえよ。だが、てめえの生き死にに他人を巻きこむのァよしてくんねえ。

潮を待つなら一寝入りしていくがいい。なじみの店だ」

多くを語らぬところは、昔の友のままでありました。それから二人は黙りこくってまずい酒を飲み、やがて金火鉢にあしうらを当てて横になった。

奥座敷からは、ずっと清元の三味線が聞こえておりましたな。それを子守歌にうとうとまどろみながら、さまざまな人生があるものよと思うたものであります。

卓袱台《ちゃぶだい》の脚の向こうに、座蒲団《ざぶとん》を枕《まくら》にした友の顔があった。眠りこけているかと見えて、時おりこちらを窺《うかご》うておるのです。いかにも気の毒そうに。何かを言うてやりたいが、言えば口が腐るとでもいうふうに。

「伝八――」

思い余って声をかけました。すると伝八郎はぴくりと身を慄《ふる》わせ、罅《ひび》割れた唇をきつく結ぶと、とざした眦《まなじり》からほろほろと涙を流したのでありました。それきりたがいに何も言わなかった。

おそらく同じ夢を見たと思います。過ぎにし戦場の夢ではのうて、旗本の冷や飯食いに生まれついた、幼いころののどかな夢を。

勝ち組の貴官らはどうか知らぬが、戊辰《ぼしん》の戦に出陣した幕臣の多くは、本官や中山伝八郎と同様の冷や飯食いでありました。

上野戦争などは、はなから結末の知れ切った戦でありますから、一家の嫡男《ちゃくなん》はまずいなかった。たとえ当主がお山に上がっても、跡取りの長男は家にとどまったのでありませす。この先、世の中がどう転ぶかはわからなかったが、家が絶えてしもうたのでは元も子もありませぬ。

次男坊三男坊が出るなら何の問題もなし、朝敵とされても家名には傷がつかぬうえ、お仲間には面目を施す。万がいち徳川の巻き返しがあらば、立派な武功にもなります。

しかも、それら冷や飯食いには腕の立つ者が多いのです。せいぜい文武に励んで、うまい養子の口にありつかねばなりませんからな。道場や講武所で手練といえば、まず出自は次男三男以下と決まっておりました。

御一新のあの当座は、算えの二十四。平和な時代であればめでたく婿《むこ》に入って、子のひとりふたりはおろうという齢ではありましたが、前年の卯《う》の年の秋に破談となりましてな。むろん本官には何の落度もなかったが、要はじきに戦に駆り出されるやも知れぬ相手なら、この話はなかったことにしてくれというわけであります。いやはや、許婚《いいなずけ》とはいくたびも顔を合わせておりましたし、これがまたなかなかの別嬪《べっぴん》で心もはずんでおりましたゆえ、たいそう落胆したものでありました。

破談を言い出した先方に向こうて、兄は激怒いたしましたな。

「娘を泣かせたくないのなら、さっさと祝言《しゅうげん》を相済まし、家督を譲って、そこもとが出陣なされればよいだけの話ではござらぬか」

しかし、許婚は齢が行ってからようやく授かった一人娘でして、五十を過ぎたご老体が今さら出陣でもありますまい。あの時分はそのようなごたごたが、あちこちで聞かれたものであります。

本官が上方に馳《は》せ参じましたのは、兄に申し付けられたわけでもなく、誰に命じられたわけでもなかった。心の痛手が深すぎたのであります。

軍人にあるまじき話の余滴を、聞いていただけましょうか。

大坂に出陣する朝、東の空がいくらか白みがかる暁七ツのころ、集合場所とされた半蔵御門めざして屋敷を出たのであります。御濠越しの緑に、紅葉の赤や銀杏《いちょう》の黄が綾《あや》をなす秋のことでありました。

旗本ではのうて、旗本の看板を背負った冷や飯食いの出陣でありますから、表立った見送りもなく、供連れのひとりもなかった。

番町の坂を上がって半蔵堀の広小路《ひろこうじ》に出ますと、常夜灯のほのかな光の中に人影があった。夢かまぼろしかと目を凝らすうちに、すっと立ち上がったのは紛《まご》うかたなく、かつての許婚とその従者でありました。

立ち止まってはならぬ、と思うた。

「七之丞様、どうかご無事でお戻り下されませ」

そう口をきいたのは、供の女中でした。

「お嬢様はきっとお待ちいたしております。どうかご無事で」

答えてはならぬ。しかし女中は許婚の手を引いて追いすがってきた。傍目《はため》もありますゆえ、仕方なく手槍《てやり》の石突《いしづき》をどんと据えて振り返りました。

多言は身の毒であります。

「生きて帰るつもりはござらぬ」

それきりの別れでありました。かつての許婚はひとことも語らず、ただ世をはかなむ啜《すす》り泣きが、耳に残るばかりであります。

後ろ髪を引かれる思いというは中《あた》りませぬ。むしろ、同じ番町の住まいとは申せ、親の目を盗んで見送りにきてくれたその心が嬉《うれ》しかった。

死ねばよいのです。岩瀬の家名は保たれ、亡《な》き父の遺業も傷つかず、許婚は憂《うれ》いを去って新たな婿を探せばよい。これこそ一介の武弁でしかない冷や飯食いにふさわしき、このうえ望むべくもない結着《けつじゃく》であろうと思いました。

さよう。死なねばならなかったのです。

「そうかい。堅物のおめえさんにも、そんな艶話《つやばなし》があったか。泣かせるぜ」

一眠りしたあと、夢に見た許婚の話を問わず語りにこぼしますと、伝八郎は盃を重ねながら聞いてくれた。

いくらかは心が軽くなりました。それまでけっして口に出せず、かと言うて冥土のみやげとするにも詮《せん》ない話でしたから。

夜が明けても鎮火報の鳴る気配はなかった。出入りする客の噂話《うわさばなし》によると、大名火消はいないし町火消も威勢が悪くて、消せる火も消えぬそうなのです。

「聞いたお返しに、愚痴のひとつもこぼさせてもらおうかい」

伝八郎はそう言って、やはりずっと封印していたにちがいない自分の話を始めました。

嘘《うそ》か実《まこと》かはわかりませぬ。

許婚とまでは言わぬが、伝八郎には想《おも》い合うて契《ちぎ》りまで交わしたおなごがあった。上方へと向かう折に、せめて祝言だけでもすませておこうと、それぞれの親に打ち明けたのだそうです。ところが、おなごの家では明日の命もわからぬ相手に娘はやれぬと言う。一方の中山家では、家柄がちがうの番筋《ばんすじ》がちがうのと言うてこちらも許さぬ。そうこうするうちに出陣の時日が迫り、無事に戻った折には駆け落ちをしてでも夫婦《めおと》になろうと誓い合うて別れた。

「鳥羽伏見の戦のあと、上様に従うてさっさと江戸に逃げ帰っていりゃあよかったんだが、しばらく大坂に踏ん張っていたのがいけなかった」

中山の家は矜《ほこ》り高き大御《おおご》番士《ばんし》の家柄であります。大坂在番は彼らの務めでもありましたから、幕府軍があらかた引き揚げたあとも御城に執着したのでしょうか。ともあれ、城を捨てたときにはすでに船もなく、紀州から山道をたどって桑名に至り、どうにか江戸に帰り着いたのは鳥羽伏見の戦からひと月も経《た》った、二月のかかりであったそうです。

「笑わせるじゃあねえか。俺たちは大坂城を枕に一人残らず討死したてえ話になってやがった。どこの屋敷も弔いまですまして、番町のあたりは抹香《まっこう》の煙《けむ》で目が痛えぐれえだったぜ」

そうしたどさくさの中で、伝八郎の想うおなごは咽を突いて死んでいたのです。

話が嘘か実かはわかりません。あくまで戦い続けんとする友を諫《いさ》めようと、そんな哀話をでっち上げたようにも思えました。しかし伝八郎の顔色は真に迫っていた。

「のう、七之丞。おめえのそのいい女まで、よもや咽を突いたとは思われねえ。同じやけっぱちをするてえんなら、いっそ手に手を取って駆け落ちたらどうでえ。それも悪かねえぞ」

奥山の茶屋には、火除地から流れてきた町人どもがときおり顔を覗《のぞ》かせ、鎮火報の鳴らぬことがむしろ幸いとばかりに酒を食らい、またいずこかへと流れ出て行った。

武士とは不自由なものよ、と思いました。先祖代々の御役があり、拝領屋敷を持ち、矜りと面目とにがんじがらめにされて身じろぎもできぬ。それに引き較《くら》べ、火事も戦も酒の肴《さかな》にできる町人どもの、何と自由であることでしょうか。

むろん、本官の決心が揺らいだわけではなかった。ただ、遊俠《ゆうきょう》の徒に身を堕とした伝八郎の気持ちも、わからぬわけではなかったのです。

中山の家は、伝八郎の帰参を許さなかったそうであります。死んだはずの弟が生きて帰ったことを喜びはしたものの、討死した者の手前おまえを生き返らせるわけにはゆかぬ、と中山の兄は言うた。

まあ、そういう理屈もあるでしょう。しかしおそらく本心は、錦旗《きんき》に対し奉《たてまつ》り弓引いた罪を怖れたのです。すでに天下の形勢は明らかで、旧幕臣の家が生き延びるためには、落武者を匿《かくま》うことなどできぬ。

「そこいらは、おめえの家だって同じじゃあねえのかい。中山伝八郎だの岩瀬七之丞だのは、鳥羽伏見でくたばっちめえばよかったんだ。俺ァそこまで読んだから、こうしてておめえの生きる道を決めた。ところがおめえはどうだ。やれキンギレ退治だ、屯所に打ち込みだ、なんぞと勝手ばかりぬかしやがって、兄貴やご先祖様を苦しめているだけじゃねえか」

しかし、伝八郎の悪態もそれまででした。やはり本官の気持ちを、わからぬわけではなかったのです。

まるで口にした説教を呑《の》みこむように、伝八郎は奇矯な声を立てて笑い、小女を呼んで酒を運ばせ、心付けにしては法外な二朱金を握らせなどした。

「まあ、何をするにせえ、こう日の高えうちはうまくあるめえ。きょうのところは飲んで食って寝て、この世の極楽をしようじゃあねえか」

それから二人は、まるで罪のない昔話をしながら酒を酌みました。鎮火報の渡らぬまま冬の日はまた昏《く》れていった。

いくら飲んでも、ふしぎなくらい酔えぬ酒でありました。睡気《ねむけ》がさせば手枕をしてまどろみ、寒さに震えて目を覚まし、伝八郎を揺り起こしてはまた飲んだ。

きれぎれに夢を見た。同じ旗本の部屋住みに生まれついて、ともに遊び、ともに学んだ幼き日の夢。あるいは、お務めに忙しゅうて縁の薄かった父の夢。そして、おそらく咽を突かずに今も許婚の帰りを待ちわびているにちがいない、愛《いと》しき人の夢。

　そうした夢が夢ではなく、今のおのれこそが夢であってほしかった。もし立ち戻れるものなら、道場帰りの路傍でも、父の膝前《ひざまえ》でも、あの半蔵堀の常夜灯の下でも、いや、雪の舞う淀堤の戦場でもよかった。そこがどこであろうと、今よりもずっとましな道を、おのれは選び直せると思いましたから。

　その思いは、伝八郎も同じであったのではありますまいか。大火事の二夜目は、火除地に屯《たむ》ろする町人どももくたびれたとみえて、静まり返っていた。二人はまるで静かに凪《な》いだ夜の海の上に、たがいを舫《もや》って漂う小舟のごとくでありました。浮世の物音は遥《はる》かに遠く、この舫い綱が切れてしまえば、それぞれが行方も知れぬどこかに流れてゆくほかはない。だからときおり目覚めては舟べりに身を起こし、七之丞の伝八のとたがいの名を呼びながら酒を酌んだ。

　夜の明ける前に、きっと別れる二人であるのに。いや、きっと別れねばならぬ二人ゆえに。

　今はどこをどう漂うているのかは知りませぬが、友の名誉のために申し添えておかねばなりますまい。

選んだ潮は異なれど、中山伝八郎は紛うかたなき武士、旗本中の旗本と謳《うた》われた、矜り高き大御番士でありました。

「お侍様。これ、お侍様。たいがいになすっておくんなさいましよ」

小女に揺り起こされて目が覚めました。身震いをして起き上がると、伝八郎の姿はどこにも見当たりませぬ。吊行灯の火は消えて、かわりに池の面を映す障子がしらじらと明るんでおりました。

奥座敷の旦那衆も寝入ったのか帰ったのか、あたりには物音ひとつなかった。

「連れはいかがしたか」

「先ほどお勘定を済ませてお帰りになりました。しばらく寝かしておけと言われたって、こっちも生身でござんすからねえ」

褞袍は伝八郎が掛けてくれたのでしょうか。枕にしていた座蒲団が頭の形にくぼんでおって、そこにいるはずの友のいないことが、胸苦しいほど淋《さび》しく感じられました。嚔《くさめ》を忍びながら寒空を見上げる伝八郎の姿が思いうかんだ。おぬしもこの褞袍を着て、面白おかしく生きてみよ、という心をこめて去って行ったのでしょう。

「厄介をかけた」

「あ、褞袍を」

「武士の着るものではあるまい。持主に返すなり捨つるなりせい」

「どうぞまたお立ち寄り下さいまし」

また訪れる明日などあろうものか。どうあっても、死ぬよりほかはないのだ。

暖簾を分けて店から出ると、奥山の木立ちの空には、重く厚い煙が流れていた。どうやら火事はまだ収まらぬらしい。

酒を食らい、いい夢を見た。これでもう、迷うてはなるまい。

歩み出すと、とたんに力が漲《みなぎ》ってきたのであります。伝八郎とはたまたま行き会うたのではなく、権現様が命にこだわることのみじめさを、あのような形にして見せて下すったのだと思いました。

厭離穢土欣求浄土《えんりえどごんぐじょうど》。権現様の御誓文を誦《ず》しながら、袴の股立ちを取り直し、襷を掛け直して、本官はもはや迷うことなく金輪際の戦場へと向かったのであります。

いや、本官は莨《たばこ》を嗜《たしな》みませぬ。

大団円の前に、幕間《まくあい》の一服をおつけになるのなら、どうぞご随意に。

莨どころか、軍人にとって不要と思える道楽はいっさいできぬ不調法者であります。

酒でありますか。それはフランスで覚えました葡萄酒《ぶどうしゅ》を、洋食の折に少々口にするくらいのもので、ほかは受けつけませぬ。

むろん、これまでにもお話しいたしました通り、もともと飲めぬたちではないのでありますが、あの赤猫の晩に浅草奥山の茶屋で死に損ねの朋友《ほうゆう》と酌みかわした酒があまりにまずかったせいでありましょうか、ことに清酒は臭《にお》いを嗅いだだけでも胸が悪くなるのです。

酒も莨もやらぬうえ、三十を過ぎても独り身の兵営住まいでは、変人あつかいされて当たり前ですな。旧藩閥出身の上官から、「どうした、岩瀬少佐。わしの盃が受けられぬのか」などと言われれば是非もなく、断じて固辞すれば、「こやつ、いまだに薩摩《さつま》長州を憎んでおる」と罵《のの》しられる始末。どうやら本官には、この士官学校のほかに居場所はないようであります。

市ヶ谷台上はもとより禁酒禁煙、酒保はあっても汁粉や饅頭《まんじゅう》しか売ってはおりませぬ。

いや、莨はどうぞご遠慮なく。生徒はご法度《はっと》でありますが、教官や来客にまで禁煙とは申しませぬ。

実はこの士官学校も、本官が着任するまではたいそうだらしがのうございましてな。

隠れて莨を喫《の》む生徒も多々あり、常日ごろから水筒に酒を詰めておる教官などもいたのであります。

まあ、旧弊とあらば仕方ありますまい。何につけても武士の時代はゆるゆるでありましたゆえ。たとえば本官の兄なども、きょうは宿直《とのい》じゃといえば夜食の重箱に、酒の詰まった竹筒を添えて登城したものでありました。

しかるに、文明開化の軍隊がさようゆるゆるであってはなりますまい。サンシール士官学校の規律はたいそう厳しゅうございましたので、本官は着任早々にそのあたりを意見具申いたしましてな。フランスと同様に、校内にて飲酒喫煙をいたしたる生徒はただちに営倉、二度に及ぶ者は退校処分という処罰を定めました。今は教官助教といえども校内では禁酒、莨も教科時間外に煙缶《えんかん》の設置したる場所のみにて可、という厳格さであります。

貴官らも莨の吸殻は、それなる赤い煙缶にて確実にお消し下さい。赤猫騒ぎの訊問《じんもん》中に火を出したとあらば、洒落にもなりませぬ。

ところで、普仏戦争の決着はまことに無念でありましたな。ビスマルク率いるドイツ側の圧勝、ナポレオン以来のフランス兵学は権威を失《うしの》うてしまいました。おそらくこの先は、日本からの留学生もフランスではなくドイツに派遣されて軍事を学ぶこととなりましょう。そうとなれば、本官の修めたフランス兵学など、それこそ旧弊と侮《あなど》られる日がくるのでしょうな。

実は昨日も、アンリ・ジョミニ将軍の「戦争概論」を講義いたしておりましたところ、生徒のひとりから手厳しい質問を浴びせかけられたのです。

「教官殿はジョミニ将軍を信奉なさっておられますが、そもそも敗軍の兵学ではありませぬか。負け組の軍学を尊んで何の益がありましょうや。今はまさに、クラウゼヴィッツ将軍のドイツ兵学を研究するときであると思われますが、いかがか」

士官学校の生徒たちはみな優秀で、こうした議論も活発であります。しかしこのときばかりは、教場がしんと静まってしまった。

わかりますかな。フランスがどうのドイツがどうのではない。かの生徒が口をすべらせた「負け組」のひとことに、教場は気まずく沈黙してしもうたのであります。本官が旧幕出身者であることは、周知の事実でありました。

ああ、俺は二度負けたのだ、と思うた。

戊辰の戦で負け、なおかつこの身に鎧《よろ》うたフランス兵学が、またしても敗れたのだと。

「失言でありました。悪くありました」

おそらく本官の顔色もとっさに変わっておったのでしょう、生徒は潔《いさぎよ》くそう詫《わ》びてくれた。しかし、ならばなおさらのこと、質問に対しては正答を返さねばなりませぬ。勝負は時の運。ナポレオンの偉大な業績は不滅。いやいや、そんな理屈は言いわけにしか聞こえますまい。けっしてごまかすのではなく、生徒の納得できる答えを返さねばならなかった。

貴官らにはわかりますまい。戦に敗れて生き恥を晒《さら》し、あまつさえ後進に負け組の兵学を教授せねばならぬ者の立場など。

ごまかしではなく、軍人の信念をもって回答いたしました。

「ジョミニ将軍のフランス兵学は、厳格なる軍規軍命に基づく職業軍人、すなわち武士の戦が大前提である。しかるにドイツ兵学は戦争を原理なき茫洋《ぼうよう》と捉《とら》えて、無制限無分別に国民を巻きこんだ。普仏戦争の勝敗は一にかかってその結果である。このさき軍事科学が進歩し、破壊力のある兵器の際限なき登場を見れば、無制限無分別なるドイツ兵学は、クラウゼヴィッツ将軍の言う、『戦争とは他の手段をもってする政治の継続』にはとどまらず、相互の無辜《むこ》なる国民に徒《いたず》らな犠牲を強いる大殺戮《さつりく》に堕するであろう。そこにはすでに、武士道も騎士道もない。よって本官は、普仏戦争の結果にこだわらず、戦争はそれをのみ本分とする規律正しき軍隊のなすべきものと信じて、向後《こうご》も諸君に、わが敬愛するアンリ・ジョミニ将軍のフランス兵学を教授する。これを敗軍の兵法と断ずる者はそれもよし。ただし、諸君も一千年の武士の裔《すえ》であるのなら、無辜を殺戮して恥じぬ戦争は憎悪《ぞうお》せよ。ナポレオン三世がセダンの戦闘に敗れたのち、パリを焦土とせずに降伏したるは、江戸を焼かずに降参した旧幕と同様の見識である。あらゆる犠牲を顧みず貫徹される戦争はもはや戦争ではなく、それを貫徹せんとする軍人はもはや軍人ではない。日々進歩する軍事科学の中で、今日の軍人が最も貴《たっと》ぶべきは、戦の勝敗ではなく戦の道徳であると心得よ」

負け惜しみか、と思いもいたしましたが、案外のことに生徒たちは背筋を延ばし眦《まなじり》を決して、「はい」と声を揃《そろ》えてくれました。

負け組の理屈も、心からそうと信ずるところであれば、わかってもらえるものでありますな。むしろ負け組の理屈ならばなおさら、というところでありましょうか。

教え子たちのうちの幾人かは、やがてドイツに留学し、クラウゼヴィッツ将軍の兵学を修めるにちがいないが、さればこそ本官の言葉に「はい」と答えてくれたことは嬉しかった。

さよう。勝者の論理による戦争は破滅と殺戮に通じ、敗者の論は常にそれを制御しうるのであります。

生きていてよかったと思いました。どれほど生き恥を晒そうと、敗者しか語りえぬ真実をこうして伝うることができるのであれば、恥にも値打ちがある、と。おそらく本官は、鹿島《かしま》大明神と東照大権現の験力《げんりき》に与《あずか》って、あの日を生き永らえたのでありましょう。

そうでなければ、本官が体験した奇跡について、何ひとつ説明がつきませぬ。

厭離《えんり》穢土《えど》欣求《ごんぐ》浄土《じょうど》。

東照神君家康《いえやす》公が昇旗に記された、われら旗本の誓詞であります。穢《けが》れたこの世をば厭《いと》い離れ、欣《よろこ》んで浄土へと赴く。わが父祖はこの誓詞を口々に唱えて、戦国の世を戦い抜いたのでありました。鳥羽伏見の戦では大軍の雄叫《おたけ》びであった声も、とうとうひとりきりの呟《つぶや》きになってしもうた。

奥山の茶屋を出ると、観音堂の前を手を合わするでもなく横切りまして、まっしぐらに吾妻橋に向こうて歩いた。力は漲っており、このうえ観音様に願掛けでもありますまい。

仁王門から雷御門までは、両側に浅草寺の塔頭が並んでおりますな。それらの末寺はおのおの出世大黒だの子安弁天だの秋葉権現だの、まあいかにも観光名所らしき看板を掲げておりまして、お上りさんは感心しても、江戸ッ子にはさすが商売上手の観音様としか映りませぬ。

ところが、そのとっつきの広小路のきわに、鹿島大明神がおわすのです。

吾妻橋の向こう河岸《かし》には御大名の下屋敷が多くあるので、橋続きの広小路には武士が往来する。そのとっつきの智光院に武神の鹿島大明神をお祀《まつ》りして、素通りはさせまいというところでありましょうか。

とまれ、観音堂は素通りしても鹿島大明神はまずかろうと思い、鳥居をくぐって手を合わせました。

翳《かげ》りなく澄み渡ったそのときの気持ちは、今もありありと思い返すことができます。御神位に武運長久を願うは常に同しではありますが、屯所に討ち入れば生きて帰るつもりはなかった。返り討ちに果つるもけっこう、本懐をとげてもその場にて腹を切るつもりでありました。どのみち死すると決めたのでありますから、気分は雪もよいの明け空とはうらはらに、かんと澄み渡っておったのであります。

そのような気分は、鳥羽伏見においても上野においても抱いたためしはなかったので、これは畏《かしこ》くも鹿島大明神なる武甕槌神《たけみかずちのかみ》の荒御魂《あらみたま》が、ついにわが身に降り給《たも》うたのだと確信いたしました。

そこから吾妻橋の西詰まではわずか一丁、雷御門の前に立てば、めざす屯所はすぐそこに見える。


ああ――ならば、今ここでこうして話しておるのは誰だ。

あれから八年の間、いったいいくたびそう考えただろう。今目覚めたのは誰だ、今物を食うておるのは誰だ、今糞《くそ》をひっておるのはどこの誰なのだ、と。

しかるに、本官は岩瀬七之丞の生まれ変わりではない。紛れもなく彼その人の、髷《まげ》を落とし刀を捨て、かわりに軍帽を冠《かむ》りサーベルを佩《は》いた姿なのであります。けっして夢ではない。御一新の荒波に揉まれて正気を喪《うしの》うた人間の、妄想でもありませぬ。

貴官らに信じていただけるか否《いな》かはわからぬが、天に誓うてありのままをお話しいたしましょう。

川風の凍える朝でありました。

さしもの大火事も二夜を過ぐればあらかた終熄《しゅうそく》したと見えて、明けそめた広小路は静まり返っていた。火除地に集うて浮かれ騒いでいた町人どもも、それぞれの長屋に戻って寝入ったのでありましょう。

ひたすら風に向こうて歩いた。こう、前のめりに、武者ぶるいのする体をおのが腕《かいな》で抱きしめるようにして。

傍目《はため》にはさぞ尋常を欠いて見えたでしょうな。なにしろ体中の肉という肉が、すべて腓返《こむらがえ》ったように固まっておりましたし、顎《あご》の痛むほどに奥歯を嚙《か》みしめておったのですから。もっとも、あたりにはその傍目すらない、鼠色《ねずいろ》の明け方でありました。

いったいに、あれほど静かな朝は後にも先にも知りませぬ。まるで世間の人々がおのれひとりを残して、いっぺんに消えてしもうたような静けさでありました。ときおり立ち止まってはあたりを見渡した。もしや夢ではないのかと、いくども疑うたのです。

雪は已《や》んでおりましたな。白と黒との、薄っぺらでそっけない書割《かきわり》みたような景色の中に、北風ばかりがひょうひょうと耳を騒がせておりました。

めざす屯所は指呼《しこ》の間に見えて、なかなか近付かぬ。それくらい萎縮《いしゅく》しておったのでありましょうか、いや、やはり確かなる死に接近する時間というものは、常規にかからぬほど間延びしておるのでしょう。

吾妻橋の屯所と申すは、もともと橋検分の番屋でありましたから、さほど粗末なものではありませぬ。旧幕の時代には、日に一度は奉行所の与力《よりき》が立ち寄り、月に一度は供揃えも賑々しく、御目付や御使番《おつかいばん》も顔を出すので、それなりの体裁であったのです。

ちょうど大名屋敷の長屋を切ったような海鼠壁《なまこかべ》の平屋でありまして、手前に高札場、奥の川端には物見櫓《ものみやぐら》が立っていた。東の向島から渡って参りますと、吾妻橋の緩い下りしなに見える浅草寺の伽藍《がらん》とその小体な番屋が、いかにも絵に描いたような江戸の風景でありました。

しかるにそうした風情《ふぜい》も今は昔、そこを金輪際の戦場と定めたまなこには、地獄のとばぐちとしか見えませぬ。

「厭離穢土欣求浄土」

一声叫び、刀を抜いて走った。

官兵どもの寝込みを襲おうとは思いませぬ。一気に吶喊《とっかん》し斬死《きりじ》にするのであります。よって花川戸の十文字からは、あらん限りの声を上げ、尋常の勝負をするつもりで走ったのであります。

声を聞けば官兵どもは、屯所から飛び出て応戦する。これにまさる死場所はありますまい。

ところが――。

走れど叫べど、屯所には応ずる気配がないのです。

さては官兵ども、火事の急場に駆けつけて留守かと思いもしたが、火事ならばなおさらのこと橋検分の番屋を空けるはずはありますまい。

出合え、と戸口で呼ばわっても応《こた》えがなかった。あたりを見回せば、吾妻橋を渡り切らんとした町人が立ちすくんでおり、声を聞きつけて路地から出てきた幾人かが、こわごわとこちらを窺っているばかりであります。腹をすかせた野良犬《のら》が、何ごともなく目の前を横切りました。

きゃつらめ、酔っ払うて正体もなく眠っておるのなら、なおのこと許しがたい。片ッ端から寝首をかいてくれようと思うて、屯所の戸を引き開けた。

するとそこには、すでに事切れた官兵の骸《むくろ》が四つ、造作もなく転がっていたのであります。

思わず腰が摧《くだ》けてその場に這《は》いつくばり、指を組んで一心にお詫びいたしました。いや、死人に詫びたわけではない。おのれの参陣が遅れて、神仏にお手を煩《わずら》わせてしもうたと思うたのです。

東照神君が父祖の御魂を引きつれて、キンギレどもを成敗なさった。あるいは、わが願いを聞き入れられた武甕槌の御神が、たちまち神威を顕現なされた。実にそうとしか思われなかったのであります。四人《よったり》の官兵は斬り結《き》んだ末に斃《たお》れたとは見えず、いかにも鎧袖一触《がいしゅういっしょく》に薙《な》ぎ倒されたとでもいうふうに、ばったりと死んでおりました。

それまで数々の戦場において、死にゆく者の姿をたくさん見て参りましたが、あればかりは人の手によって殺された顔ではなかった。まさしく武神の怒りに触れて、一瞬のうちに命を搦《から》め取られたとしか見えなかったのであります。

このような話、貴官らに信じてくれとは言わぬ。

しかし嘘ではない。それまでにも多くの官兵を斬り続けたは、揺るぎがたい事実であるのだから、その大団円にのみ嘘を言うても仕方ありますまい。

いっときはこうも思うたのです。屯所への討ち入りが余りにもうまく運んでしもうたので、あれはおのれがなしたのではなく神威であったのだと、勝手にそう思いこんでしもうたのではないか、と。

だがそれにしては、この手で人を斬ったという記憶がかけらもない。第一、いかに腕前に自信があるというても、四人の侍を相手にあれほどの働きなど、しようにもできませぬ。

あるいは、すべてが夢まぼろしだったのではないか、とも思うた。おのれは奥山の茶屋にて酔い潰《つぶ》れ、あのような夢を見ただけではないのか、と。だがそれにしては、夢と現《うつつ》の境がない。

もひとつ面妖《めんよう》なることに、あののち本官に対して何ひとつ詮議がなかったのです。大火事のどさくさ紛れに起きた事件なら、たまさか解き放ちとなっておった本官が疑われて当然でありましょう。朝まだきの出来事とはいえ、屯所に向こうて走る姿を見た町人も、少なからずあったのです。しかし疑われるどころか、詮議すらもなかった。そのように考えてみれば、やはりこれは人知の立ち入ることのできぬ、武神がなせるわざとしか思えますまい。

重ねて申し上げます。本官はこの軍帽の星とサーベルの御紋章に誓うて、嘘は申しませぬ。

ともあれここにこうしていてはならぬと思い、刀を鞘に納めてその場を立ち去った。情けない話でありますが、なかば腰を抜かしておりましたな。

我に返りましたのは、行きがけに武運長久の願かけをした広小路の智光院、その門前に立つ鹿島大明神の鳥居の下でありました。

何ぶん気が動顚《どうてん》して憶《おぼ》えもないのですが、いわゆるお礼参りのような真似《まね》をしたあと、力つきてへたりこんでしもうたのでありましょう。しばらくの間、石段に腰をかけてぼんやりとしておりました。

そのうち、遠くから鎮火報の半鐘が渡ってきた。人心を安んずるように、カンカンカーンと三つ。少し間を置いて、またカンカンカーンと三つ。

折しも低く垂れこめていた鈍空《にびぞら》がほどけて、ふわふわと綿雪が舞い始めました。

おのれの戦が、ようやく終わったと思うた。半蔵堀の常夜灯の下に許婚を捨ててから、一年余も続いた戦でありました。

世間は御旗本の若様などというが、次男三男の冷や飯食いに生まれれば、旗本も御家人もありませぬ。あの戦はいわば、冷や飯食いが意地の戦でありました。同じ境遇のお仲間は戦のたびにへってゆき、戊辰の年の瀬も押しつまり、明治の御代を受け容《い》れかねる侍がたったひとり生き残った。そんな本官の耳には、鎮火報が終戦を報《しら》せる鐘の音に聞こえたのであります。

腹を切ろうとは思わなんだか、と。

むろんそのつもりでございましたよ。神仏の加勢まで頂戴《ちょうだい》しておきながら、万に一つも生き延びる気などありますものか。

解き放ちの折の約束事を忘れたわけではなかったが、そもそも下賤《げせん》の役人どもが、江戸の華じゃなどと見得を切ってなしたる解き放ちに、身分のちがう旗本がどうしておめおめと従えましょう。ましてや、葵《あおい》御紋を背負うて最後まで戦うた侍ですぞ。本懐を遂げたうえに腹を切る機会まで、神仏から賜わったとするが道理であります。よって、切腹をためろうておったわけではない。石段にしばし腰をおろして、動顚した心を鎮《しず》めておったのです。

そのうちすっかり夜も明けて、鎮火報を聞いた人々がちらほら出て参りましたので、いざ御神前にて腹を切らんと思い定めて立ち上がった。

ところがそのとき、目の前の広小路を見憶えのある顔が過ぎて行ったのであります。身なりを変え、髭《ひげ》や月代《さかやき》もきれいさっぱり剃《そ》ってはいたが、着物の前を取ってのさのさと歩く姿は、あの無宿人にまちがいない。なおもまちがいないことには、帯の背に差した脇差《わきざし》から本官の刀とお対《つい》の紫の下緒が垂れていた。

「おお、繁松」

と、思わず声が出た。繁松はぎょっと振り返りまして、まるで金縛りにでもかかったように立ちすくみました。

たがいを見つめ合うたその一瞬、本官は冷や水でも浴びせかけられたように、正気を取り戻したのであります。

神仏の加勢を得たのではない。江戸市中には上野のお山の残党や、官兵を憎む侍がいくらもあって、火事のどさくさまぎれにそうした者の誰かが、きゃつらを成敗したのであろう、と。おのれはたまさか、その惨劇の後始末を覗いただけなのだ、と。

まあ、当たり前に考えればそういう次第になりましょう。

とたんに、体を縛しておった力という力が、冬空に向こうてすうっと抜けてゆくような気がした。

繁松は吾妻橋の来し方をちらりと振り返り、「本懐を遂げたのか」というようなことを訊《き》きました。目を向ければ屯所のあたりは黒山の人だかりでありました。

すっかり腑《ふ》抜けてしまいましてな。腹を切るどころか、立っておるのも息をしておるのも億劫《おっくう》な気分でありました。

しかし、同時にこうも思うたのです。もしおのれに神仏の加担がありとせば、繁松とのこの出会いではないのか、と。ならばこの者とともに善慶寺へと立ち戻り、解き放ちの義理を果たすことが御神意に叶《かな》うのではあるまいか、と。

凍えた腕を懐《ふところ》に組んで、生まれ育った江戸の空を見上ぐれば、降りかかる綿雪が「生きよ」とやさしげに命じておるようでありました。のどかに渡る鎮火報の鐘の音は、「苦労であった」とおのれをねぎろうておるように聞こえました。そして人はあらかた、艱難《かんなん》に際して神仏を恃《たの》むは、けだし人情であります。神も仏もないものだと嘆きまする。

しかるに、神仏はなまじの艱難に御手を差し延ぶるほど甘くはありませぬ。なぜなら、艱難こそが人を強くするのだと、神仏はご存じだからであります。神仏と人とのかかわりを、親と子のそれに置きかえればわかりやすい。なまじの艱難ではのうて、まこと如何《いかん》ともし難き艱難、しかも人の力をふりしぼったのちでなければ、神仏の顕現はありえませぬ。

そして、神仏の大いなる力と申すは、いったん顕現すれば思いがけぬ未来を招来いたします。けっしてその場しのぎの加護などはなされませぬ。

本官はあの日、その大いなる力を頂戴いたしました。

善慶寺にたどり着きましたのは朝五ツ、今の時刻で申すなら午前八時を回ったころでありましたろうか。

繁松と連れ立って歩むみちみち、何を語り合うたという憶えもありませぬ。おそらくたがいにくたびれ果て、口を利《き》く気にもなれなかったのでありましょう。

もっとも、解き放ちの義理を果たすというほかに、命が助かると信じていたわけではない。いわば煮るなと焼くなと勝手にせえとばかりに、鯉《こい》が俎《まないた》に這い上がるような話でありますから、たがいに物を言う気力などありますものか。

坂本村を回る要などありませぬゆえ、東本願寺の裏を抜けて、新寺町通をまっすぐに歩みました。火の手はお東様の御門前で堰止《せきと》められており、新堀川の西側の寺々はいまだ燻《くすぶ》っておりました。

焼け野が原というほどでもないが、まあそのあたりは生焼けというところでありましょうか。日ごろ土地鑑がないうえにあたりはその態《てい》でありますから、生焼けの新寺町を右往左往したものであります。焼け跡の片付けをしておる檀家《だんか》衆に訊《たず》ねても、善慶寺と聞けば答えもせずに逃げ出してしまう。解き放ちは聞いているとみえて、かかずり合《お》うてはくれぬのです。

うろうろしておるうちに、同様の幾人かと合流いたしましてな。数が増えたら増えたで、いよいよ人相も悪くなるので誰も相手にはしてくれぬ。小半刻《こはんとき》もそうしてうろついておりますと、ようやく見憶えのある山門に行き当たった。

善慶寺は本堂も庫裏《くり》もきれいさっぱり焼け落ちていたが、どうしたわけか山門ばかりが火を免れてぽつねんと建っていたのであります。その門前で、泥まみれの役人が六尺棒を振っていた。

驚くことに、境内の焼け跡は立ち戻った罪人どもで溢《あふ》れ返っておりました。

正直のところ、罪一等を減ぜられるくらいでは戻る馬鹿《ばか》もそうはおるまいと思うていたのです。ましてや世の中は、この先どう転ぶかわからぬ混乱ぶりで、逃げれば逃げ得となるにちがいない。つまり囚人どもは、そうした損得勘定抜きで、ひたすら解き放ちのお情に報いんと善慶寺に立ち戻ったのでありました。

彼らの顔色には何の迷いもなかった。人情に対し義理を以《もっ》て報ゆるは、当然の行いであったのです。みながみな口々に、女房を抱いたの子供に会えたの、親に孝行の真似事ができたのと、心から石出囚獄のはからいに感謝しているふうでありました。

むしろ、それを意外に思うているおのれが、仁義人道を弁《わきま》えていなかったのです。何を偉そうにしたところで、侍の正体などそんなものかと恥ずかしゅうなった。

そうこうするうち、牢屋《ろうや》ごとの点呼が始まりましてな。十か二十がひとかたまりになり、役人が引率をして伝馬町へと戻ってゆく。案外なことに牢屋敷は焼けなかったのです。

役人どもからすればとんだくたびれ儲《もう》け、囚人どもにとっては物怪《もっけ》の幸いでありますが、焼け残った山門の下からその景色を見ておるうちに、何やら筋書通りにうまく運んだ芝居みたような気がして参りました。これですべての囚人が戻ってくれれば美談も万々歳、なに二人や三人欠けたところで、運悪く火に巻かれたことにすればよいのです。

しかし時が経《た》つうちに、囚人たちは浅葱《あさぎ》木綿の獄衣も寒々しく、次から次へと戻ってくる。中には一杯機嫌の者もあり、家族に見送られてやってくる者もあるのだが、ともかくどんどん善慶寺の山門を潜《くぐ》って、「何のなにがし、ただいま帰《けえ》って参《めえ》りやした」と挨拶《あいさつ》をするのであります。

燻り続ける本堂の焼け跡には鉄鍋《てつなべ》がかけられて、白湯《さゆ》がふるまわれる。そのうち炊《た》き出しの握り飯なども、いずくからともなく届けられましてな、迎える役人は泣く、戻った囚人も泣く、弥次馬《やじうま》までも貰《もら》い泣きをするという、まこと芝居の大団円のごとき有様となりました。

「繁兄ィ、東の大牢は揃いやした」

繁松の後釜《あとがま》に牢名主となったというやくざ者が、背越しに言いました。熾火《おきび》に手を焙《あぶ》りながら、繁松は満足げに肯《うなず》いた。

「そりゃあ冥加《みょうが》な話だ。あとのことは頼んだぜ」

「一足先に牢屋に戻りやすが、これで繁兄ィもお仕置は御免でござんす。重ね畳は返上させていただきやす」

膝を揃えてかしこまる男に向かって、繁松は多くを語らなかった。

「そうはなるめえよ」

いくらか話が伝わっていたのでありましょうか、男はあたりを見渡し、白い溜息《ためいき》を洩《も》らして雪の舞う空を見上げました。

「私《あっし》ァ、冥加を信じておりやす。なら兄さん、ご免なすって」

男も多くを語らず、ほかの囚人どもを引き連れて去って行った。

そのころには雲居のお天道様《てんとうさま》も、はや西に傾いておりましてな。わずかに残った者どもは熛り続ける燃えがらを囲んで、尻《しり》や手を温《ぬく》めておりました。

立ち戻りの刻限は、鎮火報の鳴った夕暮までであります。暮六ツの鐘が渡れば、戻った二人の首が飛ぶという約束でありました。

「のう、お侍様。やっぱり女は信じられねえの」

そうかも知れぬと思うた。聞くところによると、百姓牢も東西の大牢も頭数は揃ったらしいが、女牢はまだ戻らぬ者があるらしい。義理人情の段となれば、そもそも俠気に欠くるおなごが戻らぬのは、当然というべきでありましょう。いつの世にも、物事の要領を弁えておるのは、子を産み育てる本能を持つ女のほうであります。

「そうは思えんがのう」

煙の向こう側から声がいたしました。目を凝らしますと、炎の中に立っておるのは不動明王ではのうて、でっぷりと肥えた腹の上に腕組みをした、鍵役《かぎやく》同心の丸山小兵衛であります。

「人の本性に男も女もあるまい。お仙はきっと帰ってくるわ」

腹が立ちましたな。われらが戻ったことで、ともかくこやつは命を繫《つな》いだのであります。お仙が帰らなければ、馬鹿を見るのは繁松と本官の二人、丸山小兵衛には何の科《とが》ものうなった。それでこやつは、あっけらかんと物が言えるのだと思うたのです。

怒りのままに思わず拳《こぶし》を握りしめて立ち上がりますとな、小兵衛は腕組みを解いて片手をつき出し、「待たれよ」と言うて山門に顔を向けた。

門前の下役人が、しきりに六尺棒を振っておるのです。折しも鈍空の欠けてこぼれるような綿雪が落ち始めまして、煤《すす》まみれの山門がその有様を黒々と縁取っておりました。

「ほれ、言わんことか」

小兵衛の晴れがましい一言は、まるで舞台の袖《そで》で打たれた、一丁の柝《き》のごとくでありました。

お仙が帰ってきた。

どこでめかしてきたものか、髪を銀杏返《いちょうがえ》しに結い上げ、艶《あで》やかな小袖の裾《すそ》を取って、お仙は山門の下にきっかりと膝を揃えたのであります。

命を捨てにきたのだと思うた。その証拠にお仙のまなざしは、まずまっさきに本官を見据えたのです。それから、片襟に手を当てて、ほうっと真白な息をついた。

「女牢が住人、白魚のお仙。ただいま立ち戻りました。囚獄様にお伝え下さんし」

人の本性には、男も女もないのです。いやそればかりか、身分も素姓も、生まれ育ちの貴賤もない。

そのときばかりは、武士の矜りをふりかざして権柄《けんぺい》ずくに生きてきたおのれが、恥ずかしゅうてたまらなくなりましてな。よもやと思うそばから、声を上げて泣いたものでありました。

江戸の終《しま》いを告ぐる綿雪が、ただしんしんと、暮れゆく空からわれらの上に降り続いておりました。

話は以上であります。

何をお訊ねになられようと、本官には他に知ることがありませぬ。

感想を述べよ、と。

これはずいぶん威丈高な質問でありますが、後世司法のためと申されるのであれば、甘んじてお答えいたしましょう。

生きていてよかった。

ただそれのみであります。命あったればこそ、こうして日本国のために、天下万民のために微力を尽くせるのでありますから。

生きていてよかった。

実に、わが感想はそれのみであります。よって士官生徒らにも、軍人は死に急ぐなかれ、生きて忠節を全うすることが本分であると、つねづね教え訓しております。

生きていて、よかった。

かえすがえすそう思い、またこの先も思い続けまする。

では、これにて。岩瀬少佐、用事終わり教場に復帰いたします。

五、曹洞宗《そうとう》寂桂寺《じゃっけいじ》住職　湛月和尚《たんげつおしょう》証言

文政六未年《ひつじどし》生五十三歳

現住所神奈川県下第十三大区六小区

武蔵《むさし》国多摩郡三田村同寺内

かような山奥の鄙《ひな》の寺まで、ようこそお越し下さいました。

お召し出しに応じませなんだは、べつだん臍《へそ》を曲げたわけではなく、何を畏《おそ》れたゆえでもございませぬ。ご覧の通り病を得まして、東京までの二十里を歩き通すどころか、朝晩のお勤めすらもようよう床《とこ》に座してすます有様にござりまする。只管打坐《しかんたざ》を行とする禅坊主《ぼうず》が満足に座禅も組めぬとあっては、もはや生くる意味もござりませぬな。

さりとて、皆様のように立派な官員様がよもやおみ足を運ばれようとは。

いずれ遠からず御仏《みほとけ》様の御許《おんもと》へと罷《まか》り越します身ゆえ、後世司法のお役に立てるのでしたら本望にございます。何なりとお訊《たず》ね下されませ。また、床に臥《ふ》したるまま皆様にお目通りいたしますご無礼、どうかお許し下され。

幸い、頭と口ばかりは、まだまだ達者でございます。

ああ、折よく桂《かつら》の枝間に月が。眩《まば》ゆいほどの望月《もちづき》にござりまするな。

このあたりは南北に山が谷《きわ》まっておりますゆえ、月が細長い空を渡りまする。どうかすると、二股《ふたまた》に岐《わか》れた桂の大樹の間に昇った満月から、こうして黄金《こがね》の水のごとくに光が溢《あふ》れ出て、御庭も本堂も庫裏《くり》もどっぷりと浸しまする。

寂桂寺と申す名はその桂の古木にちなみ、私も湛月と名乗っております。いささか風流に過ぎて、何やら茶人のような名でございますが。

そもそもは名も忘られた荒れ寺でございました。私も永平寺やら總持寺《そうじじ》やらで、正しき修行をした僧ではござりませぬ。亡《な》き人の菩提《ぼだい》を弔うて生きようと、勝手に頭を丸め、雲水のなりをして旅に出ましたところ、内藤新宿からわずか三日目にして、多摩の山ぶところに朽ち果てていた、この寺に棲《す》みついてしまいました。

檀家《だんか》は打ち続く飢饉《ききん》で死に絶えるか逃散《ちょうさん》するかしており、村人といえばわずかに、山間《やまあい》にて炭を焼くか熊《くま》を狩るかをなりわいとする者の残るばかりでございました。

それでも、先代の御坊はしばらく踏ん張っておられたようでございますが、小仏の関所が廃されて甲州道中に面倒がのうなりますと、山下の青梅《おうめ》街道を通る旅人もすっかりへって、そのうえ追い打つような例の廃仏毀釈《きしゃく》の騒動が起こり、ついに寺を捨つるほかはなくなったそうでございます。

杣人《そまびと》の古老が申すには、ちょうどこのような洗うがごとき望月の晩に、御坊は泣きながら般若心経《はんにゃしんぎょう》を唱えつつ、山を下られたそうで。

私が荒れ寺に一夜の宿りをいたしましたのは、それから二夏を過ぎた、明治五年の秋口のことでございました。

夏草に被《おお》われた御本堂に寝ておりますと、桂の枝間にあかあかと月が昇りましてな。夢うつつに御仏のお声を聞いたのです。

終生亡き人の供養《くよう》をすると思い定めたのであれば、雲水に身をやつして旅をかけるまでもあるまい、と。

幸い埃《ほこり》にまみれても御本尊はおわしましたし、庫裏には私の知らぬ法華経《ほけきょう》やら大悲《だいひ》心陀羅尼《しんだらに》を始め、道元禅師の有難い御著作なども残っておりました。そこで、廃仏だの毀釈だのといわれておりますす折から、かような荒れ寺を再興するは勝手であろうと考えまして、寺の名を大悲山寂桂寺、おのが法名を湛月と定めた次第にございます。

本山からのお達しは絶えてございませぬ。仏門はいずこも同じでござりましょうが、末寺のことなど構うておる場合ではありますまい。よしや御先代がお戻りになられる日がくれば、いつでもお返しいたしまする。しかし、どうやらその前に、私の命が消えてしまうようです。

仮の宿りの現世《うつしょ》の、入籠《いれこ》のごとき仮の宿が、この寺でございますよ。ご覧なされませ。寂しき一本《ひともと》の桂が、月かげを湛《たた》えて美しい。


さようにございまするか。

明治元年暮の解き放ちについて、お調べになっておられる。証言をなされた方々は、さぞかし首を捻《ひね》られたでしょうな。何を今さら、どうしてこの話が「後世司法のため」になどなるのだ、と。

もっとも、司法卿《しほうきょう》閣下からのご命令とあらば、どなたも無下にはできますまい。いや――そうではないのかもしれぬ。実はどなたも釈然とせぬところがあって、もしや「後世司法のため」となるような出来事に、おのれはかかわり合《お》うたのではないか、と考えておったのでしょう。

中《あた》り、でございますよ。しかし、そのような大ごとにかかわり合うたかどうかは、どうでもよいのです。大切な事実は、その方々が今もこの先も存分に生きて、まかりまちごうても現世を仮の宿りじゃなどと言わぬこと。それを口にするは、世を捨てた坊主だけでよい。

中尾新之助《なかおしんのすけ》はよう存じております。伝馬町《てんまちょう》の牢屋《ろうや》同心から居流れて、市ヶ谷監獄に職を得た、と。それはそれは果報者にござりまするな。あの者は腕も立つし頭もよいし、使いようではきっとお役に立ちまする。これからもなにとぞお引き立て下されませ。

白魚《しらうお》のお仙《せん》は御雇技官の嫁になった。あのおなごには、けっして打算などござりませぬ。夫に人を見る目があったのです。お仙があのみめうるわしい姿かたちと同様に、穢《けが》れなき心の持ち主であることは、私もそうと知っておりました。

無宿人の繁松《しげまつ》が、天下の高島商会の社長とは。驚きもいたしますが、あの器量ならば当然のなりゆきと申せましょう。どだい大牢の牢名主に祀《まつ》り上げられるほどの者が、やくざなままでは終わりますまい。

岩瀬《いわせ》の若様は軍人になられたか。それもフランス国に留学《るがく》なされて、西洋の兵学を修められた、と。言われてみれば、いかにもというところでござりまするな。そして、「生きていてよかった」とくり返し申された。

その一言は、それぞれの本心でございましょう。たまさか岩瀬の若様だけが、はっきりと声になさったのです。

しからば、私も皆様に申し上げたい。明日の命も知れぬが、きょうのきょうを生きて迎えることができて、よかったと思いまする。立派な官員様が、二十里の道を厭《いと》わずに訪《おとの》うて下さったこと、心より有難く存じまする。

しからば、私の在所を探り当てられましたる経緯を、お聞かせ願えるか。

なになに、板橋の采地《さいち》にてご隠居なさっておられる石出《いしで》帯刀《たてわき》様が、話ならば私か湯《ゆ》浅《あさ》に訊ねよと仰《おお》せになった。ご自身は何も申されずに。

湯浅とは、石出様の御祐筆《ごゆうひつ》を務めておった、湯浅孫太夫《まごだゆう》にござりますな。それで在所を訪うてみれば、先月に卒中で亡《の》うなっていた、と。

それは残念な話だが、湯浅殿は齢《とし》も齢ゆえ致し方ござるまい。

石出様はかかわりを避けたわけではござりませぬぞ。ご自分が語ってしまえば、皆様方の聴聞《ちょうもん》がそこで終わってしまうとお考えになられたのです。御一新を生き永らえ、なおかつ「生きていてよかった」と言うことのできた人々の消息を、私と湯浅孫太夫に伝えてほしかったのです。

御身代は三百俵十人扶持《ぶち》の御目見得以下ではあっても、さすが六十人の同心を率ゆる牢屋御奉行にござりますな。

その石出帯刀様御歴代のご宰領のもとに、私ども伝馬町の同心は、父子代々二百六十余年もの間、同じ務めを果たして参りました。

徳川がご政道は腐り切ってしもうたが、私どもはその下のない不浄役人ゆえに、腐りようもなかった、というべきでございましょうか。

俗名を杉浦正名《すぎうらまさな》と称しまする。名前は諱《いみな》のごとく聞こえましょうが、家祖より十三代のうち六代までが名乗った通称にござりまする。

もともとは三河安城以来の御家人であったものが、どこかで何かのまちがいがあったとみえて、伝馬町牢屋同心に身を堕《お》としました。それがどのような罪のゆえであったかは、伝えられてはおりませぬ。武勲は代々の誉れとするところですが、恥は語り継がぬが武家の見識でございましょう。

ともあれ、私が物心つきましたる文恭院《じゅういちだい》様の時代には、かつてひとかどの御家人であったことを証《あか》す品物など何ひとつなく、家族は伝馬町牢屋敷内の長屋にちんまりと暮らしておりました。

牢屋同心の御禄《おろく》は定めて二十俵二人扶持、俗に「百俵六人泣き暮らし」という言葉があるくらいですから、まずその下はないといえる下役人でございます。同心と称するからには御家人の裾《すそ》にはちがいないが、手替りのない不浄役人ゆえ代々がいつも同じ顔ぶれ、事実は石出家の郎党とでもいうたほうがよろしいでしょう。

その石出帯刀様にしましても、「牢屋奉行」と申しますのは俗称で、正しくは「囚獄」でございます。三百俵十人扶持の大身ではあっても、不浄職ゆえ将軍家に御目見得は叶《かな》いませぬ。つまり私どもは、遥《はる》か昔の御開府のころより石出様ともども、ずっと同じ顔ぶれで同じお務めを続けてきた、稀有《けう》の役人でございました。

同心と申しますのは、御大名家でいうなら足軽に当たりましょう。戦国の世の雑兵ばらが泰平の世に召し抱えられ、忠義の心は侍に同じ、というほどの意味でそう称したと思われます。しかるに、町奉行所の同心ならば、八丁堀のあたりに百坪からの屋敷を構えられますが、私ども牢屋同心は小伝馬町の牢屋敷内か門続きの長屋住まいなのです。石出様の御屋敷ですら、その敷地内に建っておりました。

牢屋同心は六十人、みながみな小伝馬町の牢屋敷内に生まれ育ち、お務めを果たし、老いて死んでゆくのです。囚人たちにとっては罪が定《き》まるまでの幾日か幾月かの牢屋だが、私どもにとっては父子重代の牢獄でございました。

まあ、そのようなこと、いかに言葉を重ねようとわかってはいただけますまいが。

それでも杉浦の家は、御《お》鍵役《かぎやく》と称する上席を務めておりましたゆえ、お代物《だいもつ》も四十俵四人扶持、すなわち平同心の倍でございました。

何でも曾祖父《そうそふ》の代に、それまでの鍵役同心に跡取りがなく絶家したという話で、打役であったわが家が繰り上がったのです。打役と申しますのは、牢屋敷の御門前にて敲《たたき》の刑を執行する御役目ですな。

しかし、だからというて暮らし向きが楽であったわけではございませぬ。あの時分は、ともかく何でもかでも物の値が高うなりまして、御禄の定まっておる幕臣は借金が嵩《かさ》むばかり、七十俵五人扶持の御徒衆《おかち》さえ家の株を捨てて江戸を売る有様でございました。

有難いことに、札差や高利貸しの掛け取りも、さすが小伝馬町の堀は跨《また》ぎませぬ。せいぜい盆暮に、「御挨拶《ごあいさつ》」とたいそうに記した請求書を門番に預けるくらいのもので、まあ父子代々の借金がうやむやにならぬよう、書き付けにして届けるだけの話でございます。

町方役人ならば、立ち廻り先からの袖《そで》の下などもあるのでしょうが、牢屋同心にはあんがいのことにそれもない。だいたいからして、余分な金を持っておる者が悪事を働くはずもなく、まちがいがあったところで町方に誼《よしみ》を通じておれば、そうそう牢屋に落つることもないのです。

八丁堀の七不思議と呼ばれるもののひとつに、「金で首が継げる」と申します。これは、落ちた首を金物で継ぐのではなく、賂《まいない》を摑《つか》ませれば死罪になる者もならぬ、という意味ですな。まさかそれは大げさといたしましても、伝馬町の牢屋に落ちてくる者どもは、あらまし素寒貧《すかんぴん》でございましたから、私ども素寒貧に摑ませる金もない。いくばくかの小銭を隠し持って入牢し、重ね畳の上の牢名主に奉《たてまつ》って客分に収まるのが、せいぜいのところでございました。

そういえばいちど、髻《たぶさ》に隠した一朱銀を見つけ出して、懐《ふところ》に入れてしもうた同心がおりましてな。その者は石出様から大目玉を頂戴《ちょうだい》した。

いえ、罪人ではのうて、同心が、でございます。

新入りが牢名主に心付けを渡すは、多年のしきたりである、よって見つけ出しても見ぬふりをするが行儀であり、いわんやおのれが懐に納めるなどもってのほか、と石出様はしたたか叱責《しっせき》なされました。

伝馬町牢屋敷は町奉行所の配下ではございましたが、物の考え方はそれくらい異なっていたのでございますよ。

素寒貧の侍が、同じ素寒貧の罪人を牢に入れ、痩《や》せた腕で痩せた尻《しり》を敲《たた》き、あるいは佐渡や八丈へと送り出し、ときには痩せ刀で痩せた首を斬《き》り落とすのです。

そのように申せば、私どもの立場もいくらかはおわかりになるでしょうか。

ああ、市ヶ谷監獄にお勤めの皆様方は、ご同類でございますな。しかしよもや、世襲の職ではございますまい。私どもはみな二百幾十年もの間、そうした浮世ばなれのしたお役目についてきたのです。お定めでは一代抱《かか》えの同心であるのに、手替りなどいるはずはないゆえの世襲でございました。

勤皇も佐幕も、攘夷《じょうい》も開国も、私どもにとっては他国の出来事でした。お江戸のまんまん中に、小伝馬町牢屋敷という名の離れ小島があって、私どもは大昔からそこに住む異族であったのです。

袖の下とは無縁でございましたが、いくらかそれに近いならわしがありましてな。もしや中尾新之助からお聞き及びでしょうか。

聞いてはおられぬ、と。あれは洗い浚《ざら》いお話ししたようで、肝心なところは口を噤《つぐ》んでおりますな。もっとも、ご上司からのお訊ねならば、言うてよいことと悪いことを選り分けるも当然でございましょう。

いや、べつだん中尾の先行きにかかわる話ではございませぬゆえ、私の口から付け加えておきまする。

囚人の食事は一日二食、いちどに二合ずつの物相飯《もっそうめし》が与えられます。しかるに、お定めでは一日五合《ごんごう》とされておるのでございます。往古より扶持米といえば、一人あたり一日五合と定まっておりますな。

つまり、一日一合の米を私どもが撥《は》ねるのです。ただしあまりにも昔からのならわしでございますから、悪事であるなどとは思いませぬ。月々のお代物のほかに、その撥ね米を売り払《はろ》うた金が、「御上米《おうわまい》」と称して頂戴できるのです。まさしく、「盗《ぬす》っ人《と》の上米を撥ねる」わけですな。

私どもが何とか食い凌《しの》いでおられましたのは、ひとえにその御上米のおかげでございました。むろん、幕府がのうなって新政府も定まらぬあの御一新の折に、つつがなく牢屋敷を保っておりましたるも、石出様ご自身が貯《たくわ》えおられた御上米の功徳《くどく》でございましょう。

今にして思えば、ずいぶんいいかげんな話ではございますが、そうしたいいかげんさまで勘定に入れていたご政道というのも、それはそれでなかなかに住みやすいものでございましたよ。

話のついでに――。

中尾新之助は家督を継ぎますとき、少々駄々を捏《こ》ねましてな。人の首など切りとうない、武士を捨てて商人《あきんど》になる、と言うてきかなかった。

牢屋同心の子弟はほかの御家人のように、名の通った学塾や道場には通えませぬ。そのかわり日本橋界隈《かいわい》の商家の子や丁稚《でっち》どもにまじって、算盤《そろばん》や帳付けを教わりますゆえ、商人の下地がないわけではない。御法にがんじがらめの不浄役人などより、よほどましな人生だと考えるは、けだし人情というべきでございましょう。

かく申す私も、子供の時分には町人にあこがれたものでした。よって中尾の申すところは誰しもわからぬではないが、そこは手替りのいない御役目ゆえ、何とか説諭せねばなりませぬ。

急な病で父親に死なれた中尾は、いまだ十六か七でございましたろうか。父にかわって叱《しか》りつけ、あるいは宥《なだ》めすかす私の膝前《ひざまえ》に手をつかえて、あやつはさめざめと泣きました。

「けっしてけっして、貧乏を厭うわけではございませぬ。たとえ千石取りの身分であっても、人の首を切る御役目などごめん蒙《こうむ》ります。他人の命を奪う者も、その者の首を切る者も、御仏様の御前では同じ罪にござりまする。わたくしはさよう怖《おそ》ろしい罪は犯せませぬ」

道理でござりまするな。しかるに私は、そののち牢屋敷内で死罪が執り行われるつど、つとめて中尾に仕置人を命じました。

意地悪ではござりませぬ。嫌じゃと申す者にあえてさせねば、職分に公平を欠きまする。天下の禄を食むと申すは、公平に務めを全うすることでござります。そうしておのれの職分を果たしてこそ、罪人の上米を撥《は》ねるいいかげんさも寛《ゆる》されるのです。もしや中尾は、今も死刑の執行に携わることがあるのでしょうか。

初めて仕置を命じられた折のあの目、初めて科人《とがにん》の首を打ったときの、場所も弁《わきま》えずに嘆いたあの声は、今も忘られませぬ。

あれは、すでに一生分のお務めを果たしておりますれば、向後《こうご》なるたけつらい仕事はさせぬよう、ご高配下されますまいか。

この山里は夏のかかりから蜩《ひぐらし》が鳴き、秋口にははや、虫が集《すだ》きまする。ご覧なされませ。桂の木の二股に、すっぽりと月が嵌《は》まりました。歌ごころ絵ごころのある人に、この夜景色を見せられぬはまこと残念にござります。小伝馬町の離れ小島に生まれ育ち、世間から憎まれ蔑《さげす》まれ、あまつさえ幾つとも知れぬ人の首を落としてきた私ごときが賞《め》でたところで、何が風流でもござりますまい。

そろそろ、肝心の話を始めさせていただきましょう。

明治元年戊辰《つちのえたつ》の年の暮に、いったい何があったか。いささか気の滅入《めい》る話ではございますが、命を救われた人々のその後を伝えて下さったご報謝に、ありのままをお話しいたしまする。

御一新前のご政道は、ひどい有様でした。御老中も若年寄も、幾月と保《も》たずに入れ替わる。南北の町奉行も然《しか》りでございました。すると政《まつりごと》はそのつど蒔《ま》き直し、何ひとつ前には進みませぬ。

一方、お役替えのない下役人どもは、これ幸いと私腹を肥やし、世の中がどう転んでも物言うは金じゃと、公言して憚《はばか》らぬ始末でございました。

やがて大政のご奉還、公武合体の策も破れまして、江戸は官軍の進駐するところとなりました。

伝馬町牢屋敷は、四百《しひゃく》の囚人を抱えたまま立ち往生でございますよ。幕府はすでにない。新政府もいまだなきも同然。しかるに江戸の町は、旧態然としてそこにあるのでございます。

あの一年の間、いったい牢屋敷をどのように切り回したのか、思い返そうとしても憶《おぼ》えがない。ともかく忙しゅうて忙しゅうて、石出様はじめ上役の者は、やれ太政官《だじょうかん》へ、町奉行所へ、あるいは旧幕の要人のもとへ、石川島の人足寄場へと、八方手分けして走り回っておりました。

なにしろ頭がのうなったのに、手足は動かさねばならぬのです。摑むもの踏むものはいくらでもある。

そのうえ、お代物とする米もなければ、必要な金も下されませぬ。噂《うわさ》によれば旧幕は、御金蔵の蓄えをずいぶんと撒《ま》き散らして店閉《みせじま》いをしたそうですが、どうしたわけか石出様はそうした大盤ぶるまいにもありつけなかったのです。

おそらくはあの一年の間に、無一文となられたのではありますまいか。新政府に出仕なさろうとせぬ理由は、苦労を舐《な》めさせられた役人の意地でございましょう。

しかし、そうしたどさくさの中にあっても、同心や下男《しもおとこ》どもが浮き足立ってはなりませぬ。なにしろ牢屋敷は、大勢の悪党を抱えておるのです。

囚人も四百を越せば、間引きが起こります。少しでも居心地をよくしようとして、牢名主が気に入らぬ囚人の殺害を命ずるのです。これは無法のようでございますが、牢屋敷の待遇に対する必然の抗議でして、たとえば苛斂誅求《かれんちゅうきゅう》に抗《あらが》う百姓一揆《いっき》のようなものでございますな。ですから、無法と断ずる前に私どもは、そうした待遇を改善するよう努めねばならなかったのです。

どうするかと申しますと、まず奉行所に掛け合うて、下手人の罪をなるたけ軽くしてもらうようお願いいたします。過料ならば牢屋敷に入れずにすみますし、所払いや敲ならば一晩か二晩こらしめの入牢をさせて、さっさと罰を与えればよい。ただし、罪の軽重を牢屋敷が勝手に定めることはできませぬ。

石川島の人足寄場に余裕があれば、そちらに移して働かせるという手もある。最も厄介なものは、死罪や島流しという重罪人でございました。死罪については、町奉行が登城して御老中からのご裁可を仰がねばならぬ定めでしたが、その御老中職がもはやこの世にはないのです。では新政府かというと、そちらも忙しゅうてなかなか手が回らぬ。よって、死罪にまちがいのない悪党でも斬るに斬れず、御牢内に溜《た》まってしまうのです。

島流しは船がない。あるにはあっても、そうしたご政情ゆえ島送りのお指図が出ないので、これも御牢内に溜まってしまいます。

あれほど重罪人ばかりが詰めこまれたためしは、二百六十余年の間にもまず先例がございますまい。

おわかりでしょうか。そのような事情の中での解き放ちは、なかなかに度胸の要る決断でございましたよ。

丸山《まるやま》小兵衛《こへえ》。

誰の口からも揃《そろ》うてその名が出た、と。

はい。私と同役の御鍵役同心にございます。牢屋敷内での大事は、きっと石出様の御役宅の表座敷において、丸山と私、もうひとり石出家の家老とでもいうべき湯浅孫太夫をまじえ、四人《よったり》で合議いたしました。あの忙しいさなかにあちこち駆け回りましたのも、まずは定めてその四人のほかはございませぬ。さきに申し上げましたように、同心や下男どもが浮き足立ってはなりませぬゆえ。

それぞれがおのれの職分を果たす。そのためには、配下に余分な苦労をさせてはなりませぬ。難しい交渉事はできうる限り石出様に臨んでいただき、どうにも行き届かぬところは、私と丸山と湯浅が承りました。

昔のお役所と申しますのは、軍隊みたように下へ下へと仕事を申し送りませなんだ。それでは何かまちがいが起きたとき、誰を責めたらよいかわからなくなるゆえ、おのれのなすべき仕事を配下に任せはしなかったのです。上は御老中から下は同心まで、みなそうした心掛けであったと思われます。

さもなくば、失敗して腹を切ることもできますまい。

丸山は竹馬の友でございました。生まれ年も同じ、おのおのの父も同役、紺屋町の手習塾に連れ立って通い、竹刀《しない》を揮《ふる》った道場も一緒でした。

牢屋同心に学問は要りませぬ。人並の読み書きができればそれでよい。しかし剣術はちがいます。否応《いやおう》なく仕置人を務めねばなりませぬゆえ。はたして私どものほかに、人を斬ったためしのある侍がいかほどいたでしょうか。私は天保の末から三十年近くも牢屋同心を務めましたが、御一新前の剣呑《けんのん》な一時期に、ほんの幾人か見かけたというぐらいのものでございます。

自慢にはなりますまい。いかにお務めとは申せ、生身の人間の首を切り落とすのです。若い時分には上司から申し付けられ、いくらか慣れて参りますと、刀の研ぎ賃と称する二分金ほしさに、みずから仕置を買うて出たものでした。

罪人はみながみな神妙に首を打たれるわけではございません。泣き叫ぶ者、うろたえ騒ぐ者、あるいは神妙なようでもしばしばあるのは、刀の振り下ろされる瞬間に思わずひょいと首をすくめる者。それらはすべて打ち損じてはならぬのです。そのためには、ただの据物斬りの腕では通用いたしませぬ。暴れられようが立ち向かってこられようが、二の太刀できっと仕留める技量が必要なのです。

仕損じたときのために、かたわらには必ず添役が控えておりますが、これはまず刀を抜きませぬ。うっかり助太刀をすれば、仕置人たる同輩に恥をかかせることになるからでございます。

仕置人が打ち損ねた場合は、「いかがか」と一声かける。「まだまだ」と声が返ってくる。添役の務めはあらましそのようなものでございました。ですから仕置人と添役は、たいがい気心の知れた、たがいの腕前も承知している仲でなければいけませぬ。さよう。若い時分には、私と丸山小兵衛がきっとその仲でございました。むろんどちらが添役でも、刀を抜いたためしはござりませぬが。

何人斬ったか、と。

それはまた、手厳しいお訊ねにござりまするなあ。

十人までは算《かぞ》えておりました。指に余ったころには、すっかり慣れてしもうて、算える気にもなれなくなった、というところでございましょうか。

それが不浄役人というものでございますよ。

道場といえば、近くには名にし負う北辰一刀流《ほくしんいっとうりゅう》の玄武館があり、またその隣り合わせには、碩学《せきがく》として名高い東条一堂の瑤池《ようち》塾もありました。しかし、いずれも私どもにとっては分不相応でございます。通いたくても月謝が払えませぬ。

そこで、中西一刀流が末流という看板も怪しげな町道場で稽古《けいこ》をし、先にお話ししたような商家の丁稚と一緒くたの手習塾で学びました。

目録だの免許だのは持ちませぬ。それらを頂戴するには金がかかりますし、私どもには見栄《みえ》を張る必要もございませぬゆえ。ただ読み書きが世間並みにできて、要すれば算盤と帳付けの一通り、あとは首を斬り落とす剣の腕前があればよいのです。むしろ、人倫の学などはないほうがよい。正々堂々の立ち合いなども、まるで無用でございます。そうした心がけの子供は、さだめし薄気味悪かったのでしょうか、あるいは親から釘《くぎ》を刺されてでもいたのでしょうか、ほかにこれといった友もできず、私と丸山はいつも二人きりでございました。

人生の悲喜こもごもも、似たものでございましたな。

もっとも、小伝馬町牢屋敷という離れ小島の住人に、ちがう人生があったらおかしい。

祝言《しゅうげん》も同じ時分でして、私の妻は先に嫁入りした丸山の妻御の従姉《いとこ》でございました。まあ、私どもには選ぶほどの相手はおらぬゆえ、御同役の縁者などをたどりまして、誰も彼もが親類になってしまうのが常でした。

私の妻は、子のできぬまま安政の午《うま》の年のコロリで亡うなりましてな。私も三十なかばでございましたゆえ、他人様《ひとさま》を煩《わずら》わすより独り身で通そうと思うた次第でございます。当たり前の侍ならば、何よりも絶家を畏るるのでありましょうが、べつだん絶えて困る家でもござるまい。

丸山も同じ流行《はや》り病で、いまだ十歳ばかりの惣領《そうりょう》を亡くしました。妻御と娘御は息災であったのですが、いずれは婿《むこ》を取るかと思いきや、さっさと嫁に出しましてな。嫁ぎ先が町方同心の倅《せがれ》ならば、まず玉の輿《こし》と申せましょうが、それではやはり家が絶えてしまう。

せめて孫の一人もこちらに戻してもろうてはどうか、と私が言えば、丸山はあののんびりとした、世間に苦労など何もないというふうな口調でこう答えたのです。

「お定めによれば一代抱えの分限が、手替りのないゆえに保っておる家ではないか。無理を押して破談にでもされたらどうするのじゃ」

あれはたしか、死罪場の陽だまりでございました。土壇場《どたんば》に一本の柳が立つきりのがらんとした広場でございますから、夏は涼しゅうて冬は暖いのです。

「父祖が無縁仏になろうぞ。よう考えろ」

「どの口が言う」

とたんに二人続けて嚔《くきめ》をし、襟をかき合わせました。

堀ごしに吹きこむ北風が舞い上げる土埃に枯柳の枝が靡《なび》き、土壇場は何ごともなく静まっております。

丸山は私の立場を斟酌《しんしゃく》して、おのれも絶家すると考えたわけではございませぬ。あやつはそのような生ぬるい友情を抱くような人間ではなかった。

この土壇場で果てた罪人どもは、みな無縁仏となったではないか、と丸山は暗に言うたのでございますよ。

実は私自身も、同じことを考えていたのかもしれませぬ。あまたの命を奪い、あまつさえ回向院《えこういん》の無縁墓に放りこんでおきながら、なにゆえおのれは父祖の供養《くよう》をし、みずからもそれを願うのじゃ、と。

私たちはともに、絶家もやむなしと思うておったわけではない。もともと一代抱えのこの務めを、おのれ一代限りにしたいと思いつめておったのでございます。不浄の澱《おり》は代を重ぬるにつれ、それくらい抜き差しならぬぬかるみとなっておりました。

繁松が東の大牢の牢名主となりましたのは、慶応が明治に改《あらた》まった九月八日の前後であったと記憶いたします。

前の牢名主が目に余る間引きをするゆえ、これを隠居畳に下げて跡目を立てようという話になった。そうとなれば、後釜《あとがま》は繁松のほかに考えられませぬ。御牢内では客分の扱いでしたが、ひとたび重ね畳の上に乗れば、その貫禄は物を言うであろうと読んだのです。

まず石出様はじめ四人《よったり》で合議いたしましてな、牢名主と繋松を穿鑿所《せんさくじょ》のお白洲《しらす》に引き出し、かくかくしかじかと因果を含めて命じました。

大牢を思うように仕切れぬ牢名主は、願ったり叶ったりで文句はない。はじめはご勘弁と言うていた繋松も、「近々島送りになるにちげえねえ身でござんすが、それまでの間お役に立てるんでしたら」と引き受けた。

さよう。本人も私どもも、遠島になると信じていたのでございます。二百幾十年も重ねられた判例と申しますものは、御沙汰《ごさた》を待つまでもなく明らかだったのです。ごくたまに、よほど行状が悪かったか、あるいは逆に斟酌すべき事情があるかして、罪の軽重が変わる場合がございましたが、それとて一年に二つとあるわけではない。博奕《ばくち》の開帳などは、たいてい身代りが罪を被《かぶ》るものでございますが、そうとわかっていても遠島の罰は変わりませぬ。ですから繋松の島流しは、すでに定まっていたようなものでございました。牢屋番の分際ではお裁きに口出しなどできませぬが、佐渡のお金山《かなやま》では気の毒じゃ、せめて八丈か新島に送ってもらえまいかなどと噂し合うておったものでした。

さて、その繁松が牢名主に立ってからというもの、間引きはぴたりと止《や》まりましてな。さすがは深川一円の盆を預っていた貫禄、やめろと言われて従わぬ囚人はないのです。

そのかわり、繁松は囚人どもの身上をよく訊《き》いて、少なからずを百姓牢に移すよう申し立てました。大牢は別名を無宿人牢と申しまして、罪を恥と心得て偽名を用うる者が多くあるのでございます。そうした者どもを説諭して在所と名を謳《うた》わせれば、百姓町人が入る百姓牢へと移せる。そちらは大牢よりずっと余裕もあるのです。

貫禄に物を言わせて、やめろと命ずるのは簡単な話ですが、言うだけのことはおのれがやるのだから立派でございます。もっとも、それがまことの貫禄というものでございましょうな。

繁松に限って御沙汰が先延べになればよいなどと、私どもは考えておりました。それくらい、あやつの差配ぶりはみごとで、牢屋敷も大助かりだったのです。

そうしたわけでございますから、明治元年も押し詰まった年の瀬になって、繁松に死罪の御沙汰が下りましたときには、一同まったくもって仰天いたしました。

丸山小兵衛など、御沙汰書を読み上げる御与力《よりき》様に面と向こうて、思わず苦言を申し述べたほどでございました。

私どもも牢屋同心は、捕物も詮議《せんぎ》もいたしませぬ。しかし、囚人たちの身上は町方役人よりもよう知っておるのです。奉行所のお白洲では瞭《あきら》かにされなかった真実が、牢内の噂話に伝わってくるからでございます。

だからあの御沙汰には、みながみな同じ勘を働かせた。麴屋《こうじや》の貸元が繁松を売ったのだ、と。

島送りになったところで、明治のご治世が定まれば必ず恩赦がある。繁松がその恩典に洩《も》れようはずはない。晴れて放免されたなら、縄張りを分けて看板を出させなければ、渡世の笑いものでしょう。そこで腹黒い麴屋五兵衛《ごへえ》は、太政官の役人に金を摑ませて死罪の沙汰を求めた。袖の下や弔いにかかる金など、縄張りからの揚がりに比ぶればわずかなものです。

その筋書が瞬時にしてわかったからこそ、丸山は声を上げずにはおられなかったのです。

御法と申すは、いくらか人情のかかわるゆるゆるとしたものであって然りと思われますが、銭金で枉《ま》げてはなりませぬ。ましてや、娑婆《しゃば》にある自由な身の者が、不自由な囚人を銭金でどうにかしようなど、もってのほかにございましょう。

しかし、私どもも不浄役人には理不尽と思うたところで何もできませぬ。「何かのまちがいではないか」と丸山が言うたのは、よほど腹に据えかねたからでございますよ。丸山小兵衛がそう申したのではないような気さえ致します。もしや歴代の父祖がその口を借りて、声を上げたのではありますまいか。

二百幾十年もの間、手替りもなく人々から忌《い》み嫌われ、伝馬町牢屋敷という離れ小島の住人であり続けた父祖の魂が、その時代の終《つい》のあのときに、とうとう物を言うてしもうたのでしょう。

私も奥歯の軋《きし》るほど腹を立てておりました。繁松がどうの、麴屋や太政官がどうのではございませぬ。「黙って首を打て」と、私どもは命じられたのですよ。不浄役人ゆえに、不義不実にも黙して従え、と。

武士にとってこれほどの屈辱がございましょうや。

何かおもてなしをしとうても、荒れ寺には番茶もございませぬ。

お役人様のお口には合いますまいが、せめて白湯《さゆ》と干し芋を。

あの小僧は街道の迷い子でございましてな。いまだ六つの子供ゆえ詳しいいきさつは存じませぬが、江戸から信州へと落つる途中で、足を挫《くじ》いたまま親にうっちゃられたのです。躾《しつけ》は武士の子のようでございます。

いったいどんなつらい目に遭うたのか、訊ねても何ひとつ答えませぬ。いや答えぬというより、頭が忘れてしもうておるようなのです。忘れねば生きてゆけぬほどの苦労を、舐めて参ったのでしょうか。

ほれ、本堂から習わぬ経を読む声が。

御仏にすがっておるわけではござりますまい。食わしてもらうためには、せめて坊主の真似事《まねごと》でもせねばと思うておるのです。

東京には皇后陛下のお情をたまう、孤児院があると聞きます。願わくは、お帰りの折にあの者をお連れ下されませ。生まれ育ちを忘れてしもうているだけの、やさしゅうて賢い子供にござりますれば、きっといずれはお国のお役に立つはずでございます。

書記様のお手元が暗うござりまするな。どうぞ月かげに机をお進めなされませ。私もこれが最後のお務めと心得て、なるたけ声を出しますゆえ。

ああ、山の端《は》に雲が。月の隠れぬうちに、話の先を急ぎましょう。

思いがけぬ御沙汰に私どもが腹を立てましたのには、ほかにもわけがございました。はい。白魚のお仙と呼ばれた夜鷹《よたか》の元締。あの者に対する仕打ちは、あまりに不憫《ふびん》でございました。

遠島の御沙汰が下りて牢屋敷に入れられてからというもの、お仙はずっと女牢で怒鳴り散らしておりました。数日の間、ぐっすりと眠る様子もなく、水も飲まず飯も食わず。

それではほかの囚人がたまりませぬゆえ、同心どもがかわるがわる宥めに参りましてな。お仙にしてみれば、理不尽を訴えておるわけで、誰であろうと聞いてくれる者がおれば大人しいのです。

何でも、猪谷《いがや》権蔵《ごんぞう》と申す北町奉行所の内与力に嵌《は》められた、と。情を交わしたうえ、夜鷹どもの稼ぎまで分捕られ、あげくには官軍の軍規を乱す淫売《いんばい》の廉《かど》で引っくくられた、と。

なるほど、すでにお聞き及びか。しからば話は早い。

幕府の威勢が衰えてからというもの、奉行所の与力同心の行いは目に余りました。世の中がどう転ぼうが先立つものは金じゃと、町衆に集《たか》り始めたのです。多少は私ども不浄役人の僻《ひが》み目もござりましょうが、囚人どもの噂からすれば、どうにもそうとばかりは言えぬ。

また、それよりもなお寛しがたいことに、進駐してきた官軍に何ひとつ物が言えず、善悪など忘れ果てた走狗《そうく》になり下がっていた。

猪谷権蔵と申す与力は、さしずめその元締でございましたな。噂話なら聞き流すこともできましょうが、もっとたしかな筋から耳に入ってくるのです。

丸山小兵衛が一人娘の嫁入り先は、北町奉行所の同心でございました。その婿殿と申すがよくできた男でして、家を絶やしてまで嫁を出してくれた丸山夫婦の恩を肝に銘じて、しばしば牢屋敷の長屋を訪ねては孝養を尽くすのです。たいていは嫁を伴わずのひとりきりでございましたから、まるで入婿のようじゃなどと感心した次第でした。

そのうち私も親しゅうなりましてな。なかば冗談に、「毎度の手みやげは町衆から巻き上げたか」などと軽口を叩《たた》きましたら、そやつは律義《りちぎ》な顔をムッとさせて抗弁した。

「内与力様でもありますまいに、さような真似は誓っていたしませぬ」

その一言をきっかけにして、婿殿は猪谷権蔵の悪業三昧《ざんまい》を、丸山や私に伝え始めたのです。そうこうするうち、話の中にも出てきた白魚のお仙が入牢したのですから、嘘《うそ》でも噂でもございますまい。

丸山はある日、婿殿にこう申し付けました。

「お気持ちはありがたいがの、このさきもう、牢屋敷を訪《おとの》うてくれるな。舅《しゅうと》殿に申し分けが立たぬ。そのぶん、娘を愛《いと》おしんでくれよ」

短い別れの言葉ではございましたが、婿殿は長屋の玄関先でうなだれてしまい、丸山はその律義な顔よりももっと頭《こうべ》を低く垂れて、長いことじっとしておりました。

私どもには石出帯刀様という立派な上司がおりましたが、猪谷権蔵のような悪人に支配される町方役人たちは、さだめし苦労でございましたろうな。

丸山がなにゆえ婿殿と絶縁したかは、おわかりでしょう。お仙が入牢したからには、猪谷の配下である婿殿を近付けてはなりませぬ。どのような誤解を招くかしれませぬゆえ。

もっとも、今さら何を聞くでもなく、私も丸山も猪谷権蔵の人となりは知っておりました。鍵役同心はしばしば公用にて奉行所に出向くからです。八丁堀の役宅にも、いくたびか伺うためしがございます。

内与力とは申しても、あの時分の猪谷はまるで御奉行様のようでしたな。立ち居ふるまいは権高で、とうてい御旗本の陪臣《ばいしん》とは見えぬ。初めて会《お》うたときには、きっと何かの手ちがいで御奉行様の御前に出てしもうたかと思うたほどでした。

石川河内守《いしかわかわちのかみ》様の北町奉行ご着席は、戊辰の年の二月であったと憶えます。だとすると、ほんの幾月かの間にあの猪谷は、やりたい放題の権勢を身につけたことになりまするな。根っからの悪党が、はなからそのつもりで悪事の限りを尽くした。そうでなければできるはずはない。幕府は倒れ、天朝様の政《まつりごと》も定まらぬこのどさくさに、なるたけ掻《か》きこんでしまおう、と。

お仙はその魔物の毒牙《どくが》にかかったのでございますよ。

ああ、とうとう月が翳《かげ》ってしまいました。どうぞこの灯りをお手元に。

辰の年の江戸は、もはや腐り切っておりましたな。伝馬町の堀の内からは、その腐れ具合がようわかるのです。囚人どもの噂話ほどたしかなものはございませんし、いったん門の外に出れば、なるほどまた悪うなったと、吹き過ぎる風にすら感ずるのです。

御牢内は腐りようもないゆえ、それがわかるのですよ。

腐り残ったまともな侍が、上野のお山に上がって滅んだのが五月。そののちは誰もが官軍に媚《こ》びへつろうて、善悪の見さかいがつかなくなりました。

そうしたさなかに、官兵を八人も斬ってお縄となった岩瀬《いわせ》七之丞《しちのじょう》は、眩《まばゆ》いばかりでございましたな。

さて、入牢の順序はどのようでしたか。なにしろてんてこまいの忙しさでございましたゆえよう憶えませぬが、まず夏のうちに繁松が入牢し、次に七之丞が揚座敷《あがり》に入り、お仙が女牢に送りこまれましたのは、旧暦十一月の寒い朝であったと思いまする。四百《しひゃく》の囚人を抱えておれば、まあ悪人ぶりも済々《せいせい》ではございますが、とりわけあの三人は千両役者でございました。

深川一円の盆を仕切る大兄ィに、大江戸三美人と謳われた夜鷹の元締、加えて八人斬りのキンギレ退治となれば、舞台でも見るような華かさですな。今様の三人吉三《さんにんきちさ》の狂言にでも仕立ててほしいほどでございます。

七之丞の罪状は辻斬《つじぎ》りでした。官兵がああもばたばたと撫《な》で切られたのでは、ほかに言いようはありますまい。辻斬りとなれば、無辜《むこ》の町人を見さかいなく斬ったということになりますが、七之丞はさぞ不本意であったでしょう。

官兵の横暴ぶりには、目に余るものがあったのですよ。それらを天に代って成敗し、なおかつ鳥羽《とば》伏見や上野戦争の恨みを晴らしたとあらば、江戸ッ子が喝采を送らぬはずはない。よって、詳しい罪状などおくびにも出さず、辻斬りということにしたのです。

皆様方にとっては、不倶戴天《ふぐたいてん》の敵《かたき》でございましょうが、私たちの目にはまるで後光が差すほどの、旗本中の旗本に見えたものです。

その七之丞にも近々切腹の御沙汰が下り、誰かしらが介錯《かいしゃく》を務めねばなりませぬ。そのお役目だけは万金積まれても御免蒙りたかった。

三人三様に、耐え難い理不尽を抱えていた。それらは私どもにとっても、やはり耐え難い理不尽でございました。おのれの務めとあらば、果たさねばならぬ。しかし、どうにも我慢がならなかった。

「控えよ、丸山。太政官よりの御沙汰は、畏《かしこ》くも天朝様のご宸念《しんねん》にあらせられるぞ」

繁松の死罪に思わず文句をつけた丸山小兵衛を、石出帯刀様はきつく叱りつけました。日ごろから大声も出さぬ温厚なお方でございますから、びっくりいたしましたよ。それから石出様は、上座の御与力様に向こうて頭を下げた。

牢屋奉行と与力ではどちらが上ということもございませぬが、御沙汰書を持ってきた検使与力ならば上座でございます。

「上意に物申すなどもってのほか、ご無礼は平にお許し下されよ。丸山、下がれ」

石出様は頭を垂れたまま、少し振り返って丸山に命じました。

そのとき、私とも目が遭《お》うたのですよ。一瞬ではございましたが、石出様が何かしら私に因果を含めたように思った。そこで、同役の私からも言うて聞かせよ、という意味かと思いましてな、丸山とともに広敷から下がったのです。

「丸山、いくら何でも御沙汰に物言いはなかろう」

「物言わぬほうがおかしいではないか」

「気持ちはわかるがの、分《ぶ》を弁《わきま》えねばならぬぞ」

怒りを宥めんとする私の手を振り払って、小兵衛は立ち止まりました。

「おのれの分は弁えておるつもりだ。出過ぎた真似はせぬが、職分は尽くす」

「おお、上意に物申すも職分のうちか」

「さよう。その通りじゃ」

これはまずいことになった、と思いました。小兵衛の気性は私が誰よりも知っております。やつは好々爺《こうこうや》と見えて、その実はたいそう頑固者なのです。

みなさま、丸山小兵衛についてはすでに聞き及びでしょうな。しかるに、それはあやつの本性ではございませぬ。

あるいは、司法省にお勤めのみなさまならば、すでにお気付きかとも。

法の番人には、責め役と宥め役があります。悪党どもにつらく当たって泥を吐かせたり、規律を守らせたりする者と、その一方やさしく当たって、情をつなぐ者でございます。剛柔をかわりばんこに当ててこそ、真実は明らかとなり、規律も正しゅうなります。いつの世にも変わらぬ、御役の定石でございますな。

しかるに、そうした職分上の性格はその者の本性ではない。あくまで演じておるのです。

伝馬町牢屋敷の六十人の同心を束ねておるのは、私と丸山小兵衛、すなわち二人の鍵役でございました。この要《かなめ》となる二人にも、悪役と善役がなくてはなりませぬ。私は囚人どもに怖れられ、丸山はそれを宥める役回りでした。

本来の気性はむしろ逆だと思われます。しかしたがいの父も祖父もその役回りは同じでございましたゆえ、自然そうなっていた。糅《か》てて加えて、私はごらんの通り金壺《かなつぼ》まなこの悪相でございますし、丸山は色白でふっくらとした、まるでふかしたての饅《まん》頭《じゅう》のごとき福相で、まあ見た目の役どころもそれが中《あた》りと思えました。

実は、私のほうがいいかげんな気性で、縦のものが横になっていても気に食わぬ正義漢は、丸山のほうでございましたよ。

だから、やつが御沙汰書に物言いをつけたのは、至極当然の話なのです。そして、石出様に叱責されても、丸山は頑として説を枉《ま》げなかった。まずいことになった、と申しますのはつまり、こうなると丸山は梃《てこ》でも動かぬ気性じゃと、私は知っていたからなのです。

いや、そのあたりは石出様も、同席しておった湯浅孫太夫も、とっさに勘づいたのでしょう。だから両者は私に向けて、しきりに目配せを送った。

中尾新之助がその場にいた、と。

さて、どうでしたか。居合わせたとしても、平同心が同じ広敷には上がれませぬ。当日の上番か何かで、御廊下に控えておったのではございますまいか。

ああ──そういえば、御玄関の式台で出会いましたな。出会うてしもうたが身の不幸でございましたよ。丸山に繋松の仕置を申し付けられて、中尾は「エエッ」と頓《とん》狂《きょう》な声を上げましたっけ。

あやつは齢《とし》こそ若いが、肝が据わっており腕もたしかでした。そのとき出くわさなくとも、理不尽な斬首《ざんしゅ》を務めうる者は中尾のほかにはいなかったと思います。

中尾は抗弁いたしましたよ。それもまあ、お役目ならばあってはならぬことではございますけれど、憤《いきどお》りをあらわにして、「さような仕置なら、御鍵役がなさればよい」というようなことを言うた。

道理でございますな。無実の首を打つなど、鬼のしわざでございますから。せめて配下には任さず、上司たる鍵役が務むるは道理にございましょう。

よいよい、わしがやる。

そう言わねばならなかったのに、声は咽元《のどもと》で凍りついてしまった。繁松の首をはねるというは、それくらい怖ろしい話であったのです。私たちは不浄役人にはちがいないが、不正も不実もないと信じていた。その唯一《ゆいいつ》の拠《よ》りどころが失われてしまう、鬼になってしまう、と私は思いました。生きて鬼になるくらいなら、卑怯者《ひきょうもの》のほうがまだしもましでございましょう。

私どもは追いつめられていたのです。牢屋敷《ろうやしき》の周囲を繞《めぐ》るのは濠《ほり》と練塀ではのうて、江戸と明治の鬩《せめ》ぎ合う濁流でございました。二千六百余坪の小島に拠ったまま、私どもは今し呑《の》みこまれんとしていたのです。

鬼になりたくはなかった。不浄であろうと、義の道をたがえぬ武士でありたかった。

谷間《たにあい》の夜空を、月がゆるゆると渡りまする。桂《かつら》の木の影も、ほれ、まるで根方の水溜りみたように小さくなりました。

まんまるの望月《もちづき》は、丸山小兵衛の笑顔に似ておりまする。

やつのあの笑顔と、のんびりとした物言い物腰は囚人どもに慕われ、一方の私は忌み嫌われておりました。配下の同心とて、それは同じでございましたろう。それくらい私たちは、おのおのの役回りに徹していたのです。

す。

「おぬしには苦労をかけるのう」

それが丸山の口癖でした。二人きりになると、きっと独りごつようにそう言うた。

「根がやさしいゆえ、苦労もひとしおじゃろうに」

私は答えなかった。御役ならば仕方のない話です。父祖代々ずっとその役回りで、今さら入れ替わるわけにも参りますまい。

人柄がやさしいかどうかはともかく、私が丸山よりも柔弱であることにちがいはなかった。だとしたら、根が傲岸《ごうがん》な丸山がいつも笑うているのも、苦労であったはずです。

お勤めに適材適所など、そうそうあるものではございますまい。ましてや職分を必ず世襲する時代の話ゆえ、与えられた仕事におのれを合わせてゆくほかはなかった。あのお月様にしても、好きで谷間の空を渡っておるわけではござるまい。摂理に順《したご》うて、その道をたどるほかはないのです。

それでも、輝かしい。闇夜《やみよ》を照らすという本分を、けっして忘れてはいない。

だから望月の夜には定めて思うのです。丸山小兵衛は本分を忘れなかったのだ、と。

おや。こうして耳を澄ませておりますと、小僧の経文もなかなかにうまくなった。

私が何を教えたわけでもないのに。

まるで牢屋同心の剣術でございますな。玄米一升が月謝の破《や》れ道場に通うて、飲んだくれの先生から何を教わったわけでもない。しかし、幼い時分より人を斬《き》る覚悟があって、長じてはかわるがわる罪人の首を落とした。免許だの目録だのとは無縁だが、腕前はみな立派なものでございましたよ。

あの小僧も、ゆくゆくは一人前の坊主《ぼうず》になるやもしれませぬな。

そのかそけき道を照らして下さるよう、せめてお月様にお願いいたしましょう。

みなさまがたは、天佑《てんゆう》というものを信じましょうか。

明治元年十二月二十五日の朝、追いつめられた私どもの上に天佑がもたらされたのです。

繁松が土壇場に首を差し延べ、中尾新之助が刀を大上段に振りかぶったとたん、火急を告ぐる半鐘が殷々《いんいん》と鳴り渡った。

仕置と申しますものは、なるたけ物を考える暇《いとま》なきよう、さっさと済ますが習いにございます。しかしあのときに限っては、検役場《しらべやくば》に居並ぶ石出様や検使与力も、どことなくお指図をためろうているふうがあった。お二方が半裃《はんかみしも》の肩を寄せて、何やら話し合うておられるのです。

むろん、すでに場合が場合でございますゆえ、御沙汰についてどうこうという話ではない。仕置次第のお届けを、町奉行所に出すのかあるいは太政官なのか、というような、いわばどうでもよい話をなさっていたのです。

繁松は土壇場に吹き晒《さら》されたまま神妙にしている。中尾新之助と添役の同心は、それに背を向けて蹲踞《そんきょ》している。繁松の両肩を押さえる下男どもなど、着物の尻《しり》を端折《はしょ》っての空《から》ッ脛《ぱぎ》でございます。

私はそのさまを見るに見かね、石出様に「そろそろお指図を」と申し上げました。ようやっとお声がかかって、繁松の顔に目隠しの布がかけられ、中尾は刀を抜いてその脇《わき》に立ちました。ところが、大上段に振りかぶったとたん、中尾がしばしためろうたのです。

「いかがか」

と、添役の同心がおのれの刀の柄《つか》に手をかけて言うた。もし中尾が斬れぬのなら、かわって仕置をせねばならぬからです。

中尾は不条理の重みに耐えかねて、体をこわばらせてしまった。石出様のお指図を待つ間に、気合を削《そ》がれてしもうたのやもしれませぬ。

「いかがか」

添役がもういちど声をかけた。そこでようやく中尾は、「まだまだ」と答えました。荒い息遣いが検役場にまで伝わって参りましたよ。なにしろ振り上げた刀の切先が、遠目にもわなわなと震えているのです。

しかし、あのとき中尾の体を縛《いまし》めておったのは、武士にあるまじき怯《おび》えではないと思う。何かしら目に見えぬ力が死罪場を宰領して、石出様に言わでものことをしゃべらせ、のみならず中尾を羽交いじめにしていたような気がするのです。もしその得体の知れぬ力がかからなければ、半鐘の鳴り渡る前に繁松の首は飛んでいたはずでござりますゆえ。

私の耳にも、はっきりと聞かれました。カンカンカンと、三つ続きで連打される早鐘の音が。

「しばらく、あいや、しばらく」

丸山小兵衛が躍り出た。あの叫び声は今も耳に残っておりまする。

「火急の折に罪人の首をはねるなど言語道断にござる。中尾、刀を納めぬか」

おそらく丸山は、とっさに「天佑じゃ」と思うたのでしょう。人の世の理不尽を神仏が見るに見かねて、ついに火事まで起こったのだと。一介の立会人に過ぎぬ鍵役《かぎやく》同心が、仕置の指図などできようはずはございませぬ。しかし天佑じゃと信じたればこそ、丸山は天に代わって声を上げたのです。

中尾は刀を下ろし、死罪場の気がどっと緩みました。石出様も御与力様も、咎《とが》めようとはなさらなかった。

お二方のうしろに控えていた湯浅孫太夫が、老いた背を丸めて言上いたしました。

「丸山が申すところは至極もっともにござりまする。罪人にはかえって気の毒ではござるが、ここはいったんお取りやめ下され」

まったくもって、すんでのところでございましたよ。石出様は湯浅の意見を容《い》れられて、仕置はいったん中止と相成りました。

なるほど。多くの町家を焼き払う天佑などあろうものか、とおっしゃられる。

さて、それはどうしたものでござりましょうや。

人々の平安を約束するが神仏の験力《げんりき》ならば、世に不幸も災難もござりますまい。さほどに神仏は甘くありませぬ。むしろ、道理に叶《かな》うか叶わざるか、正義に悖《もと》るか悖らざるか、神意仏意はそこに顕現すると思いまする。

たしかに、あの大火事によって家を失い、傷つき斃《たお》れた者も多くありましょう。しかし神仏は、そうした不幸と引き替えてでも、世の理不尽を正そうとなさった。その大いなる天佑を、私たちは賜わったのでございます。

おそらく、みながみな同じことを考えていたと思います。この天意を無下にはできぬ、と。それでも、口ではうまく言えませぬ。しばらくは誰もが阿呆《あほう》のようにぼうっとして、空を渡る煙を見上げておりました。

我に返って物を言うたのは繁松でございます。ああ、すでに中尾からお聞き及びですか。

胸のすくような啖呵《たんか》でございました。今さらおのれの命を惜しいとは思わぬが、囚人どもは救《たす》けてくれろと繁松は言うた。

「このそっ首と引きかえに、四百の命をお救けなさんし」、と。

感心いたしましたな。あれこそ牢名主の器量というものでございますよ。そのときのことを思えば、あやつがいま、大きな実業を営んでお国のために尽くしておるのは、当然の成り行きであろうと思われます。仮にもしあのとき、天佑神助が下らなければ、今日のお国はいくばくかの実力を欠いておるにちがいございませぬ。あの火事はいっときの不幸であっても、繁松はそののちのわずかな間に、多くの人々を飢渇《きかつ》から救い、国を富ませ世を導いたのです。まさしく天佑にほかなりませぬ。

石出様は繁松の啖呵を黙って聞かれたあと、ひとこときっぱりと仰《おお》せになられました。

「解き放ちをいたす」

ああ、それからいったい何があったのか。牢屋敷は上を下への大騒ぎとなりまして、思い出そうにもたしかな憶《おぼ》えがございませぬ。

「杉浦。わしに力を貸せ」

丸山がそう言うて私の体をひしと抱きしめましたのは、どこか物置のような暗がりであったと思います。

「書き付けや高札の御法などくそくらえじゃ。天下の御法はわが胸のうちにある。わしは戦をするゆえ、力を貸してくれ」

いったい何を言うておるのかわからなかった。しかし、問い質《ただ》そうとする声は、その顔を引き起こしたなりすぼんでしもうたのです。

丸山小兵衛の目は炎を含んだように赤く染まり、ふくよかな頰にはその赤い白目の爛《ただ》れ落つるがごとく、血の涙が流れていたのです。

「わしらは不浄役人ゆえ、穢《けが》れてはなるまいぞ」

何も訊くまいと思いました。四十なかばの老役とは申せ、私と丸山は命ひとつ身がふたつの友でござりましたゆえ。

下谷善慶寺《したやぜんけいじ》における解き放ちの顚末《てんまつ》につきましては、すでに仔細《しさい》をお聞き及びと存じまする。

しかし、皆様にお答えをした四人がゆめゆめ気付いていなかったことがひとつ。むろん皆様も、まさかと思われましょう。

私と丸山小兵衛は芝居を打ったのです。申し合わせも台本もなかったが、そこは不浄役人の子として生まれ育った二人の、阿吽《あうん》の呼吸に任せた即興劇でございました。

もし台本に何か書かれていたとするなら、台詞《せりふ》はさきに丸山が申した三つきり。

「杉浦。わしに力を貸せ」

「書き付けや高札の御法などくそくらえじゃ。天下の御法はわが胸のうちにある。わしは戦をするゆえ、力を貸してくれ」

「わしらは不浄役人ゆえ、穢れてはなるまいぞ」

私は友のその決心を諒《りょう》として、芝居の相方を務めたのです。

丸山がいったい、このどさくさ紛れに何をしようとしているのかはわからなかった。しかし、命をかけて彼の胸の内なる御法を守らんとし、腐り切った世に唯一、穢してはならぬ正義を掲げんとしているのはたしかでした。

とりわけ私は、「わしは戦をするゆえ、力を貸してくれ」という言葉を斟酌いたしました。つまり、戦は丸山ひとりでするのです。手出しはせずに段取りを計らってくれ、と丸山は言うたと思うた。

囚人どもを解き放ったあと、火勢の迫る善慶寺の本堂には、放つに放てぬ三人の罪人が残されました。

白魚のお仙は内与力の猪谷権蔵をはじめ、奉行所の悪業三昧《ざんまい》を知悉《ちしつ》しております。女の細腕で意趣返しをするは無理にしても、お仙の申し述ぶるところが太政官《だじょうかん》や官軍筋の耳に入れば、与力同心までお咎めを蒙《こうむ》りましょう。いかに腐り切った奉行所であっても、私どもも牢屋敷はその配下なのです。

繁松の腹は読めぬが、思いもよらずに死罪場まで送りこまれて、これも義理のうちとまでは了簡《りょうけん》いたしますまい。解き放たれたならば、きっと麴屋五兵衛を血祭に上げるにちがいない。

岩瀬七之丞は官兵を斬り続ける。いや、拾った命をこれ幸いに、しばらくは闇に潜っていつの日か、新政府の要人を狙《ねら》わぬとも限りますまい。

そうこう考えれば、この三人ばかりは何としても解き放つわけにはゆかぬ。いよいよ火の手が迫れば、後顧の憂《うれ》いなきよう斬って捨てるが道理でございましょう。

「斬るほかはござるまい」

私は心にもないことを言うた。

なにゆえか、と。

さて。芝居の台本に、そう書いてあったような気がしたからでございます。牢屋同心としての私の役回りは、さようなものでございましたからな。

丸山小兵衛の目論見《もくろみ》は、三人をここで解き放つところにあると思うた。私が道理を主張すれば、丸山はさらなる道理を畳みかけてくると読んだのです。

「もはや、ほかに手立てはござらぬ」

私がそう言うて刀を抜くと、あれこれ迷うていた牢屋同心たちも一斉に鞘《さや》を払いました。

案の定、その白刃の前に丸山が立ち塞《ふさ》がって、みごとな道理を述べました。

書記様はすでにお書き留めのようですな。さよう。あれはその場に居合わせた者の、誰ひとりとして胸に刻まぬはずもない、けだし名台詞でございました。

曰《いわ》く、解き放ちは神仏の慈悲をわれらが顕現せしむるもの。ゆえに火事にも喧嘩《けんか》にもまさる江戸の華である、と。

曰く、おのおの方は華を捨て、石くれを抱くおつもりか、と。

曰く、不浄役人なればこそ、この華ばかりは石に変えてはならぬ、と。

しかし――すべては芝居でございました。私が道理を述べて、石出様以下の役人に決心を促す。そこに丸山がさらなる大義を開陳して、一気に覆《くつがえ》すのです。迷える評定と申しますものは、そうした段取りを経て初めて、揺るぎなき決定を見るものでございます。小役人なりに甲羅を経た私と丸山は、それを知っていた。

「解き放て」

石出様はややあって、一言そう仰せになられました。そのとき、私と丸山の顔をじっと射すくめるように見つめられたのは、思いすごしでございましょうか。

今宵の月は、ひとしおゆるゆると移ろうてゆくような気がいたします。

さきほどから軒端《のきば》にとどまったまま、庭も縁側も座敷の破れ畳も、黄金《こがね》の水に浸されました。この耀《かがよ》いの翳るまでに、話をおえなければ。

あれから私はどうしたのでしょうか。三人がお縄を解かれ、黒々と立ちこむる煙の中に姿を消してから。

解き放つにあたっての約束、と。

ああ、あれは丸山の口から出まかせでございますよ。

三人の命は一蓮托生《いちれんたくしょう》。三人のうち一人でも戻らざれば、戻った者も死罪。三人ともども戻れば無罪放免。

そのような面倒を、あの火急の折に誰が考えましょう。

お仙が文句をつけた。島流しと死罪が一蓮托生では割に合いませんな。はたして丸山は、口から出まかせの綻《ほころ》びを突かれて、懇願するほかはなかった。割には合わぬだろうが、了簡せよ、と。

お仙はすこぶる頭のよい女です。おそらくそのときとっさに、この話には何か企《たくら》みがあると勘づいたことでしょう。上目づかいに丸山を睨《にら》みつけたあとで、「みんながずらかっちまったらどうする」、というようなことを訊《たず》ねた。

私の出番ですな。

「さなる場合には、丸山小兵衛が腹を切るそうだ」

いかにも評定でそう決したように、精一杯の意地悪さを装《よそお》うて私は言いました。

深く考えてそう申したわけではありませぬ。丸山の目論見が何であるかもわかってはいなかった。ただ、丸山が命がけで三人を放免し、その間に何をしようが潔《いさぎよ》く善慶寺に立ち戻らせようと考えているのはたしかでした。

囚人どもから慕われている丸山が腹を切るとなれば、あるいは義理に絡《から》んで戻ってくるやもしれませぬ。ましてや、憎まれ役の私が「それでも逃げおおすか」とでも言わんばかりの顔をすれば。

七之丞も繁松も、呆《あき》れたようなことを言い返したと憶えます。それで、三人は連れ立って煙の中を駆け去った。

そのころには、本堂の襖《ふすま》にも火が移っておりましてな。外縁の欄干の擬宝珠《ぎぼし》など、灯明をつらねたごとくに緑青《ろくしょう》の炎を立ち昇らせていた。

「余計なことを言うたか」

私は炎の中に佇《たたず》む丸山の、後ろ背に向こうて訊ねました。「いや」とだけ返答があった。

それから丸山が、どこへ行ったのかはわかりませぬ。石出様と湯浅孫太夫は奉行所へと向かい、私はほかの同心に声をかけて、ひとまず伝馬町牢屋敷に引き返さんとしました。丸山はそのいずれにも加わってはいなかったはずでございます。

風向きがすっかり変わっておりましてな、いったん神田川の北ッ河岸《かし》に逃がれた人々が、美倉橋から逆戻りしておりましたよ。それで南の柳原《やなぎわら》土手に渡ってみれば、案外のことにこちらは火が回っていない。手前勝手ではございますがこれ幸いと勇み立ちまして、同心が四人か五人でしたか、一目散に牢屋敷へと駆けつけた。

表御門から飛びこみますと、同心長屋の女房どもが、濠の水を掻い出して火消の真最中、頼もしいことには石出様の御屋敷の屋根に何人もがよじ登って、火の粉を長《なが》箒《ぼうき》で叩き落としている。丸山の女房などは、てっぺんに仁王立ちになって、長襦袢《ながじゅばん》一枚の尻までからげ、まるで町火消の纏持《まといも》ちみたように大声で指図しておりました。

あれはまこと女傑でございましたよ。常日ごろから亭主を尻に敷いておるのが、牢屋敷内の笑いぐさではございましたが、まああの女房あってこその丸山小兵衛でしたな。

「御屋敷は引き受けました。牢屋をお頼み申します」

女房からそう指図されまして、私ら男どもは大牢や百姓牢の屋根に梯子《はしご》をかけて這《は》い上がりました。そのうち、近在の若い衆が竜吐水《りゅうどすい》を曳《ひ》いて助ッ人に参りましてな、おかげで伝馬町牢屋敷は焼けずにすんだのです。

解き放ちのお下知《げじ》があって、私どもは囚人とともに牢屋敷を出たのですが、女房どもや近在の商家は踏ん張っていた。面目次第もない話ではございます。

しかし、のちのち考えたのですが、やはりあの決断は尚早に過ぎたのではございますまいか。たしかに煙は寄せ、火の手は迫っていたけれど、今少し様子見をするべきではなかったのか。

おそらく私どもは、解き放ちという江戸の華に向こうて、事を急いでいたのでしょう。さもなくば――ああ、これは邪推やもしれませぬが、石出様はじめみながみな、この機に乗じてあの三人を解き放とうと考えていたのではございりますまいか。

私、でございますか。さて、いったい何を考えていたやら。

いくらか捨て鉢な気分でしたな。こんな世の中、何もかも煙《けむ》になってしまえばよい、と。

どなた様の天下かもわからぬ。おのれが幕臣なのか朝臣なのかも。罪も罰も、けっして御法に則《のっと》ってはおらず、人倫に照らしてもいない。それでも私どもは、わけのわからぬ新政府やら見知らぬ御奉行様からのお達し通りに、囚人の首を刎《は》ねたり島に送り出したり、尻を赤むくれるまで叩いたりせねばならぬのです。

そのような立場が、武士としてどれほどの屈辱であったか、皆様方もよくよくお考え下されませ。

吹き寄する火屑《ほくず》も少のうなって、大牢の屋根の上にほっと腰を下ろしたとき、ふいに嫌な想像をしたのです。

お仙は無理を承知の意趣返しをするのではあるまいか、と。あの猪谷権蔵の屋敷に躍《おど》りこんで、知れ切った往生をするのではないか、と。

あの女は頭がよくて口も達者なだけではない。物事の筋を通すから、夜鷹の頭目にのし上がったのです。だとすると、無礼討ち覚悟で猪谷に啖呵《たんか》を切るぐらいのことはやりかねませぬ。

死なせてはならぬ。それも、あの猪谷権蔵の刀の錆《さび》になるなど、考えただけで我慢がならなくなった。

惚《ほ》れていたか、と。

ははっ、ご冗談もたいがいになされまし。たしかに私はあの当座、長く独り身をかこっておりましたが、惚れたおなごは安政の年のコロリで死んだ女房ひとりと思い定めておりました。

それにしたところで、惚れた腫《は》れたは下賤《げせん》の話でござりましょう。武士にはほかに大切なことがいくらでもある。

お仙の一件に限らず、猪谷権蔵の所行は許しがたい。その悪党にお仙が斬られでもしたなら、解き放ちをした私どもが殺したも同然ではございませんか。

よもや、と思いついたとたん矢も楯《たて》もたまらなくなりましてな、大牢の屋根から出《で》庇《びさし》づたいに飛び降り、御厩《おうまや》へと走りました。三百俵十人扶持《ぶち》の御目見得以下といえども、石出帯刀様は馬上与力と同格ゆえ御手馬をお持ちなのです。あの日は徒《かち》にて解き放ちの先達をなさっておいででしたから、御厩には馬が残されていた。主《あるじ》の御手馬に同心が乗るなどとんでもない話ではございますが、私もよほど気が急《せ》いていたのでしょう、鞍《くら》を置くやあとさきかまわず打ち跨《また》がって表御門から乗り出しました。めざすは八丁堀岡崎町、桑名《くわな》越中守《えっちゅうのかみ》様上屋敷が裏手の内与力役宅にございます。

火事のどさくさで、いったい善慶寺での解き放ちからどれほど経《た》っていたかもわからぬ。ともかく身を切るように夜風の冷たい晩でございました。道順などよう憶えませぬが、江戸橋の袂《たもと》で奉行所の役人に呼び止められ、「牢屋敷より内与力様へ御用」と叫んで乗り打ちいたしました。めざす役宅まではせいぜい二十町、ひとけの絶えた夜道を馬の脚ならば、わけもございませぬ。

ところで皆様方は、私がこの目で見た有様を、すでにご承知なのでしょうか。ああ、やはり何もご存知ない。しからば、今いちど念を押させていただきます。私の申し上げることは、すべて「異聞風説ノ類《たぐい》」にてござりまするな。万々が一にも、このさきお取調べをなされたり、御一新の垣根を乗っ越えて新たな人生を歩み始めた人々に、罪科の及ぶことなどござりますまいな。

約束なされませ、典獄様《てんごく》。御仏前に誓うて下さらねば、けっしてしゃべりませぬぞ。

——かたじけのうござりまする。

これぱかりは地獄に持ってゆこうと思うておりましたが、やはりそれも後生が悪くてなりませなんだ。ましてや「後世司法ノ参考」となるのであれば、毒の吐きがいもあるというものでございます。


猪谷権蔵の屋敷はしんと静まっておりました。

遥《はる》かな半鐘の音が夜空を渡っており、桑名屋敷の塀ごしには高張提灯《たかはりちょうちん》がいくつも掲げられて、猪谷の門前をほのかに照らしておりました。

取り越し苦労であったな、と思うた。北町奉行所の内与力ならば、押っ取り刀で火事場に駆けつけているはずです。しかし、火勢も衰えたゆえ帰宅するやもしれず、お仙はそれを見越してどこかで待ち伏せているとも思えました。

不審なことには、門の潜《くぐ》り戸が開いたままで番人の姿がない。郎党小者までひとり残らず引き連れて火事場に向かうはずもございますまい。

「牢屋敷鍵役《かぎやく》同心、杉浦正名と申す。急用にて内与力様にお目通りいたしたい」

そう名乗っても返事はありませぬ。あまりの静けさに、また不安の心持ちになりましてな。この広い御屋敷の闇のどこかに、お仙が息を詰めて潜んでいるような気がしてきた。

お仙、お仙、と名を呼びながら、私は屋敷内に入りました。

「お仙、出てこい。おまえの気持ちはようわかるが、罪を作ってはなるまいぞ。命を大切にせい」

獄吏の皆様には、とうてい他人事《ひとごと》とは思えますまい。時代こそ異なれ、法の裁量に手の届かぬが私ども、そのぶん囚人どもに確かな愛着や憎悪《ぞうお》を抱くが獄吏というものの性《さが》にござります。あの折の私の声は、日ごろ口に出せぬ良心そのものでございました。

「どなたかご在宅か。お出会いめされよ」

玄関の式台に立って人を呼ぶと、いきなり衝立《ついたて》が倒れまして、鬼形《きぎょう》の若党が斬りかかってきた。

もっとも、人斬りがお役目の私には造作もございませぬ。身を躱《かわ》して足払いをくらわせ、腕を捻《ね》じ上げて、「火事場泥棒ではない」と叱《しか》りつけた。

すると、若党が妙なことを言うたのです。

「牢屋敷の謀反《むほん》とは情けない。世も末じゃ」

ぞくり、といたしましたよ。言うておることはわからぬが、「牢屋敷の謀反」とは聞き捨てなりませぬ。

若党をうっちゃって、土足のまま御屋敷の中へと駆けこんだ。廊下も座敷も真の闇ゆえ、いくらか目が慣れるまでは柱にぶつかり、障子を破り倒しなどいたしましてな。

広い屋敷の奥居に、猪谷権蔵の骸《むくろ》が横たわっていた。

争うた形跡もなく、首の皮一枚を残してあおのけに斃れていた。

その有様をひとめ見たとたん、私は身を慄《ふる》わせて朋輩《ほうばい》の名を呼びました。

「小兵衛、小兵衛」と。

まちがいなく丸山小兵衛の仕業だと思うた。二百六十余年の太平の末に、生ける人間の首を据物のごとくさように斬る技は、牢屋同心のほかに持ちませぬ。それも、多くの場数を踏んだ同心のほかにはね。

私は丸山の名を呼ばわりながら玄関へと戻り、なかば気のふれた若党を蹴倒《けたお》して屋敷から飛び出た。

馬を急かせながら、善慶寺の本堂における丸山の諫言《かんげん》が耳に甦《よみがえ》りました。

華を捨て、石くれを抱くおつもりか。

この華ばかりは石に変えてはならぬ。

解き放たれよ。

丸山小兵衛はこぞって石くれを抱いてしもうた侍たちの中にあって、ただひとり万《ばん》朶《だ》の桜を抱き続けんとした。

不浄役人ゆえに、穢れてはならぬと思うたのでございますよ。

丸山小兵衛はどこへ行った。

広い江戸の町の、大火事の晩に居場所を探すなど、大海に胡麻《ごま》を拾うほどのあてもなき話にございますな。

まず思い当たったのは一人娘の嫁ぎ先で、たしか山本という町方同心。御組屋敷は目と鼻の先の河岸沿いです。ところがそのあたりまで行ってみますと、同心たちはこぞって火事場に出たという。山本の家を訪ねようと思いもしたが、ことがことであるだけにめったな真似《まね》はできませぬ。あれこれ迷うた末、奉行所に行ってみようと思い立ちました。

丸山のことだから、猪谷を斬ったあと潔く名乗って出たかもしれぬ。あるいは解き放ちの報告のために参上した石出様と会えるやもしれませぬ。

八丁堀から北町奉行所は、ほんの一ッ走りでございますな。ところが、開け放たれた呉服橋御門まで参りますと、あんがいのことに婿殿《むこどの》の山本が番人に立っておったのです。

まず石出様の所在を訊ぬれば、たしかにお越しにはなられたが、その足で御奉行様ともども西の丸に向かわれたそうな。解き放ちと聞けば奉行所の裁量に余るゆえ、西の丸に進駐していた官軍か太政官かにお報《しら》せに上がったらしいのです。

「丸山の父はご無事でしょうか」

と、山本は切なげに訊ねました。父という物言いが胸に刺さった。よそのお国ではどうか知らぬが、江戸の侍の慣例では嫁御の父をけっして父とは呼びませぬ。

どこまでも律義《りちぎ》なやつめ、と思えば、いったい何をどう伝えてよいものかわからず、かと言うて黙っておるわけにも参りますまい。

「どうかなさったのですか」

顔色を読まれて、私は仕方なく答えました。

「丸山は内与力《うちよりき》様を斬った。天に代わって成敗したのじゃ」

正しくは、そうではござりますまい。天に代わってことをなしたのではなく、人間として許すべからざる悪人を斬ったのです。

丸山は言うた。「天下の御法はわが胸のうちにある」、と。すなわち、法がさほどいいかげんなものに堕《だ》したのであるなら、おのれ自身が法にならんとしたのです。

山本は六尺棒を杖《つえ》にしたままうなだれてしもうた。驚くでもなく嘆くでもなく、その胸中やいかばかりであったでしょうか。

その姿を見ながら、私はふと丸山の立ち回り先に思い当たった。本所新町の麴屋五兵衛宅。まちがいない。

私は馬首を返しながら言うた。

「丸山からの伝言じゃ。嫁御を大切にし、子をたくさんもうけ――」

思いつきの言葉を口にするうち、何やらまことの遺言のような気がいたしましてな、声が詰まってしもうた。

「新しき世を耐えて生きよ」

駆け出しながらこうも思いました。丸山にはさほどに大それた考えはなかったのではないか。この若侍が背負うであろう明治という時代に、ほんの少しでも力添えができるのなら、今が命の捨てどきではないかと考えたのではなかろうか、と。

四十俵四人扶持の分限が、できるかぎりの忠義をなさんとした。

立派な旗本御家人の子息はどうか知らぬが、私と丸山が町の寺子屋で教わった忠義とは、真心の謂《い》でございましたゆえ。

伝馬町の離れ小島に育った私どもは、あんがいのことに江戸の地理を知りませぬ。遊び歩く銭はなし、公用というても南北奉行所の往還と、せいぜい石川島の人足寄場、江戸所払いの罪人を引いて千住大橋まで送るくらいのものでした。ことに本所深川界隈《かいわい》の雑駁《ざっぱく》たる地理には疎《うと》い。ともかく東に向こうて両国橋を渡ったはよいものの、その先は右も左もわかりませぬ。そうこうするうち、夜もしらじらと明け初《そ》めた。

さしもの大火事も深川からは遠いが、夜の明くるまで屋根や物干しに上がっている野次馬もおらぬので、道の訊ねようもない。気が急くほどにいよいよ迷うてしまいました。

それでもようよう尋ね当てました麴屋五兵衛の家は、これが町家かと思われるほどたいそうな構えでございました。

やはりしんと静まっていた。「誰かある」と門口で呼ばわっても答えはない。玄関の敷居を跨ぐと、奥の闇から胸をはだけた年増《としま》と若い男が、抱き合うて這い出て参りましてな、はてどうしたものか、間男の現場を見てしもうて知らぬ顔もできまい、などと思うた。

だが、そうではなかったのです。家の中に踏みこんでみると、まず小上がりの座敷に浪人体の骸が転がっておりました。そして、奥の寝間には麴屋五兵衛とおぼしき大男が、袈裟《けさ》掛《が》けに斬られて息絶えていたのです。

いずれもみごとな太刀さばきで、繁松の意趣返しなどであろうはずはない。

妙に心が落ち着いてしまいました。寒さすら覚えなくなっていた。たとえていうなら、おのれ自身ももはやこの世のものではないような。暑さ寒さも、悲しみも喜びも感じぬ魂となって、浮世をさまようておるような心持ちでございました。

黙ってその場を立ち去ろうとすると、またしても丸山の声が甦りました。

わしは戦をするゆえ、力を貸してくれ。

これは戦だと思うた。戦場なのだから骸の転がっているのは当たり前なのです。

しかし、このざまでは力の貸しようもございますまい。私は丸山が風のごとく先駆ける戦場の、後を追うて走っているにすぎぬのです。

まだ戦うつもりか、と私は明け初める雪もよいの空に向こうて問うた。

ともに戦おうと、なぜ言うてはくれぬ。後始末をするだけの友か。

その先はもはや、馬を走らせる気にもなりませなんだ。おそらくこれでは終わるまいとは思うても、丸山の足取りをたどる術《すべ》はないのです。

ところで、皆様はいったい話のどこまでをお聞きになっておられるのでしょう。

いや、べつに知りたいわけではござりませぬ。それぞれが新たな人生を歩んでおれば、口に出してもかまわぬことと、語らざるべきことはございましょう。しかし、あの者たちは嘘《うそ》をつきませぬ。

私にはさような分別は必要ない。乞食坊主《こじきぼうず》が新たな人生とも思われませぬし、ご覧の通り病を得て、明日の命も知れませぬ。むろん言葉に一切の嘘いつわりなきは、あの者たちと同しでございまする。

嘘をつかずに実《まこと》を貫かんとすれば、それはそれで苦労な人生となりましょう。だが、それでよいのです。この世は百千万の嘘に充《み》ち満ちているが、真実はひとつきりにございますゆえ。百千万の方便に頭を悩ますよりは、ひとつの真実で苦労をしたほうがずっと楽でございますよ。

今さらあえてその真実を語らんとする私を、ほれ、月も笑うておりまする。

話を続けましょう。

夜が明けても鎮火報は鳴りませなんだ。下谷の大名屋敷から新寺町まで及んだ火は、浅草を脅《おびや》かすかと見えて西に勢いを変えたのです。

それを火勢が衰えたものと勘違いした私は、いつ鎮火報が鳴ってもよいように善慶寺へと戻った。じきに消えると思うていたのでございますよ。

たちが悪かったのは火事のほうではございませぬ。世の中が悪かった。大名火消はおらぬし、町火消も気合が入らぬ。そもそも戦火で丸焼けになっていたはずの町だと思えば、官軍もさほどこだわりますまい。大名旗本の屋敷や御家人の大縄地など、焼けてしまえば手間が省けるというくらいのところでございましょう。

新寺町は一面の焼け野が原でございましたよ。笑止千万ですな。伝馬町牢屋敷が焼けずに、四百《しひゃく》の囚人を連れてわざわざ引き移った善慶寺が跡形もなくなったのです。しかし、解き放った者どもは鎮火報の鳴った暮六ツまでに善慶寺へと立ち戻る約束ですから、私たちはその焼跡に踏ん張って待たねばなりませぬ。

馬を曳いて丸焼けの境内に入りますとな、同心と下男《しもおとこ》どもが後片付けを始めていた。焼け残った材木を組んで筵《むしろ》掛けの掘立小屋などをこしらえ、大鍋《おおなべ》を燠火《おきび》に置いて粥《かゆ》を煮ている。

そして、わが目を疑うことには、丸山小兵衛が何食わぬ顔でその鍋をかきまぜていたのです。

「おお、ご苦労。牢屋敷は無事であったそうだな。粥でも食うて温《ぬく》まれ」

ほかの同心たちの手前、めったな口はきけませぬ。私は境内の隅に馬を繋《つな》ぎ、丸山を手招きしました。

「おぬし、石出様の御手馬を乗り出すとは、なかなかやるのう。まあ、火急の折ゆえ文句もつけられまいが」

いつに変わらぬ布袋面《ほていづら》を築地塀《ついじべい》の蔭《かげ》に引き寄せて、私は声を絞りました。

「わしは今、八丁堀と本所をこの馬で回ってきた。なにゆえ勝手をする」

さすがに笑顔をとざして、丸山は答えました。

「勝手と思うか」

「そうではない。ひとりで勝手な戦などしおって、水臭いではないか。力を貸せと言うておきながら、なにゆえ先走ったのじゃ」

丸山は頭を下げました。そしてそれきり、物も言わずに踵《きびす》を返してしもうた。もともと口数の少ない男ではありましたが、あのときのだんまりは重かった。

雪もよいの師走《しわす》二十六日は、鎮火報の渡ることなく過ぎてゆきました。囚人どもがいつ戻ってきてもよいように、私たちは焼跡を片付け、粥を炊《た》き続けた。

ふと、おのれは夢でも見たのではないかと思うた。あるいは、何か勘違いをしているのではないか、と。それくらい丸山は、いつに変わらぬ様子だったのです。

しかし、そんなはずはございませぬ。私の詰問《きつもん》に黙って頭を下げたのですから。あの重いだんまりは、勝手な戦を肯《がえん》じたにちがいないのです。

午過《ひるす》ぎには、天朝様よりの御下賜《ごかし》じゃと称して、官兵が荷車を曳いて参りましてな。おそらく西の丸に上がった石出様から話が通じたのでございましょうが、蒲団《ふとん》だの米だの酒樽《さかだる》だのが積んであった。

赤熊《しゃぐま》の冠《かむ》りものをした隊長も官兵どもも、常日ごろのように威丈高な様子はなく、ひどくびくびくしておりましたよ。火事に乗じて私ら御家人が巻き返すとでも思うていたのでしょうか、「控えおろう」の一言すらなく、荷車ごと置き去って逃げるように引き揚げてしもうた。

「あのていたらくでは、消せる火も消えぬのう」

後姿に向こうて、丸山は聞こえよがしに言うた。

ご無礼を承知で申しますとな、どうもあのころ江戸に進駐しておった官兵は、質が劣っていたように思われます。腕に覚えのある者は奥州《おうしゅう》や蝦夷地《えぞち》の戦に駆り出され、寄せ集めの百姓兵にダンブクロを着せて、江戸に残していたのではございますまいか。そうでなければ、岩瀬七之丞のようなキンギレ退治が横行するはずもござるまい。

言葉が通じなかったというのも、おかしな話ですな。いかに訛《なま》りの強い西国とはいえ、御家来衆のあらかたは参勤のお供をして、江戸の風に当たっておるはずでございますから、ああもちんぷんかんぷんなわけはない。

かつての江戸の町は、それこそ諸国の侍の坩堝《るつぼ》でございましたけれど、言葉が通じぬゆえの悶着《もんちゃく》など聞いたためしがなかったのです。

荷車を置いて官兵が去ったあと、私は思いついて言うた。

「岩瀬の若様ばかりは、行くあてもわからぬのう」

鎌《かま》をかけたのですよ。お仙と繁松にかわって意趣返しをしたのなら、もしや七之丞の本願にも加担したのではないかと、私は疑うていたのです。むろん、まさかとは思うておりましたが。

少しためろうてから、丸山は雪空を見上げて怖いことを言うた。

「わかっておる」

髪の根がぐいと締まる思いがいたしましたよ。丸山がしばしば揚《あがり》座敷を訪《おと》うて、七之丞と碁を打っていたことを思い出したのです。牢屋《ろうや》話のつれづれに、何か聞き出していたとしてもふしぎはござりますまい。

私と丸山小兵衛は、物心ついたときから双子のように育った朋友でございます。顔つきも気性もちがうが、たがいが何を考えているかはいつも承知していた。だが、あのときばかりはあやつの肚《はら》がまるで読めなかったのです。

たぶん、丸山は迷っていた。だから肚の読みようもなかったのだと思う。詰まるか詰まらざるか、ここで引くべきか進むべきかと、あやつはずっと考え続けていたにちがいござりませぬ。

新寺町はそっくり焼けてしもうたが、それでもどこか彼方《かなた》から暮六ツの鐘は渡って参りました。とうとう鎮火報は鳴らず、見渡せば遥か西の湯島か池之端《いけのはた》のあたりには、まだ黒々と煙が立ち昇っておりました。

囚人どもの立ち返りは、明日の暮六ツまで持ち越されたのでございます。それでも、善慶寺には誰かが残らねばなりませぬな。

丸山と離れるわけには参りますまい。そこで、鍵役二人が残るゆえみな牢屋敷に引き揚げるよう命じました。

いえ、べつだん何の目論見があったわけではござりませぬ。ただ、迷える友のかたわらに寄り添うていたかった。それだけが私の務めであると信じたのです。

雪を凌《しの》ぐだけの筵小屋に燠火を集め、天朝様より賜わった蒲団におのおの身をくるんで、冷酒を酌《く》みました。夜を徹して働き、体は鯣《するめ》のごとく干からびておるのに、夜の更《ふ》くるまで話は尽きなかった。

思い出話でございますよ。ほかの話題は何もなかった。四十のなかばまでかたときも離れずに生きてきた二人でございます、過ぎにし日々は語るに尽きぬ。

亡《な》き父母のこと。歴代の町奉行や与力たちのこと。忘れがたい囚人どものこと。猖《しょう》獗《けつ》をきわめた安政の年のコロリのこと。話がそのとき虚《むな》しゅうなった妻や子に及ぶと、どちらからともなく幼き日々の楽しい思い出に翻《ひるがえ》して笑い合いました。

語り合いながら思うた。こやつは朋輩などではない。双子同然の親友でもない。紛《まご》うかたなく私の体の一部なのだ、と。もしこやつがいなくなれば、そのとたんから歩むことも飯を食うこともできなくなると。

おわかりでしょうか。さればこそ私は、何の詮索《せんさく》もできなかったのです。たとえばおのれの体が病や怪我《けが》を得て不自由になったとき、叱ったり宥《なだ》めたりできましょうか。

「ちとせは別嬪《べっぴん》じゃったのう。わが女房と引き較《くら》べるたび、早まったと何度思うたかしれぬわい」

ちとせとは、私の妻でございます。私たちはたがいの女房ですら呼び捨てにしておりました。

「たしかに美人ではあったがの。ああもさっさと死なれてしもうたのでは仕様があるまい。女房は長持ちが一番じゃ」

「まったく、風邪ひとつひかぬわ」

言いながらふと笑顔をとざして、丸山は熾火を見つめました。

「山本殿は面倒を見てくれるであろうかの」

呉服橋御門でその山本に会《お》うたことを、私は口にしませんでした。

「あの婿殿ならば、心配は無用じゃ」

丸山が私に後事を托《たく》したような気がしました。そこでとうとう、私は肝心に触れた。

「力を貸せとは、そうした意味か。水臭いどころか、人を馬鹿《ばか》にするのもたいがいにせえ」

丸山は答えなかった。私もそのさきに踏みこもうとはしなかった。

「おまえには苦労のかけ通しじゃ」

欠け茶碗《ぢゃわん》の冷酒を啜《すす》りながら、話を変えたのか蒸し返したのかわからぬふうに、丸山はしみじみと申しました。

「わしが宥め役でおまえが憎まれ役、しかし気性はまるでさかさまじゃろう。子供の時分にも、はたに喧嘩を売るのはわしのほうで、おまえはいつも止めに入ったではないか。鬼が仏を演ずるのはさほど苦ではないが、仏が鬼となるはさだめし苦労であろうよ。すまんのう」

「たがいの親がその役回りであったのだから仕方あるまい。おまけに、面構えもこの通りじゃ。その布袋面が叱りつけても、この金壺《かなつぼ》まなこで宥めても、都合は悪かろう」

今にして思えば、そうしたたわいないやりとりにも、のっぴきならぬ意味が含まれていたような気がいたしまする。

そのうち私は酒が回って横たわり、夜空を流れゆく煙やときおり恥ずかしげに顔を顕《あら》わす眉月《まゆづき》を眺めおるうちに、うとうとと眠ってしまいました。

丸山の立ち上がる気配に目覚めた。だが、友に対するおのれの身の処しようがわからぬまま、私は背を向けて蒲団にくるまっておりました。

羽織が脱ぎ捨てられ、刀の下緒《さげお》をしならせて襷《たすき》が結ばれた。

「馬に乗ってゆけよ」

私は寝言のように言うた。言うたとたんに涙がつうとこぼれました。このかけがえなき友の餞《はなむけ》とするべき言葉が、ほかになかったのです。

幕府御家人は御徒《おかち》ですら七十俵五人扶持の御禄《おろく》を頂戴《ちょうだい》しておりました。私どもはその下の下の、牢屋同心なのでございます。どうして戦場を騎馬にて駆けることができましょう。しかし、その不浄役人でも徳川の殿軍《しんがり》を務むるのであれば、せめて馬上にあるべきだと思うた。

寝転んだまま身をこごめ、蒲団の端を噛《か》みしめました。丸山は物も言わずに行ってしもうた。蹄《ひづめ》の音が遠ざかるほどに、おのが手足が、おのがはらわたが、ちぎれて去るような気がいたしました。

なにゆえ私が黙って友を送り出したか、ご不審に思われるでしょうな。

まさか怯懦《きょうだ》ではござりませぬ。「力を貸せ」と丸山の言うた意味が、ようやくわかったからでございますよ。

生身の人間を数知れず斬《き》り続けてきた丸山が、斬られて死ぬるはずはないのです。いったいどこで何をしてくるのかはわからぬが、必ず生きて帰ってくる。

そのときこそ私は、力を貸さねばならなかった。

月がようよう軒端に隠れました。

書記様もさきほどから筆が進みませぬご様子で。もう書き取りなどよろしゅうございましょう。どうか私の話を、皆様の胸にお刻みなされませ。

小僧も習わぬ経文に疲れ果てて、眠ってしもうたようでございます。

月が翳《かげ》れば、ほれ、夜空にはさざれ星が満ちておりまする。このさきの話は、夢でも現《うつつ》でもない星ぼしの昔話と思《おぼ》し召されて、お聞き下さるがよい。

夜の明ける前に、丸山小兵衛は戻ってきた。何ごともなさげに。まるで風流な夜駆けから帰りでもしたかのように。

やがて鎮火報が鳴り渡り、囚人どもが三々五々、立ち戻って参りました。みながみな、焼け残った山門を潜ると行儀よく帰参の挨拶《あいさつ》をした。丸山はそのひとりひとりの手を握って労《ねぎら》い、ときには抱きしめて欣《よろこ》んだ。

私がその有様を仏頂面で見つめておりましたのは、べつだん日ごろの役回りに徹していたからではござりませぬ。いったい何があったかはしらぬが、血染《ちじ》みで真黒になった着物のまま、泣き笑いして囚人どもを迎える丸山に、人間ではない何ものかの仕草を見たからでござりまする。

繁松と七之丞が戻って参りましたのは朝五ツごろ、折しも大粒の綿雪が舞い落ちておりました。

山門の下で、繁松は膝《ひざ》を揃《そろ》えてかしこまり、七之丞は偉そうに佇んだまま、同時に帰参の口上を述べようといたしましてな。顔を見合わせて声を譲り合うた。

「岩瀬七之丞、ただいま立ち戻った。一同、ご苦労である」

「東の大牢、信州高島無宿繁松にござんす。ご厚情つかまつりまして、ただいま帰《けえ》って参《めえ》りやした」

二人ともども、まこと晴れがましい顔でございましたな。このさきの生き死になどともかく、まるで生まれ変わった赤児《あかご》のように見えました。

しばらくして、お仙も帰ってきた。一蓮托生の男たちに目を向けると、帰参の口上を述ぶる前に、真白な溜息《ためいき》をほうっとつきましたよ。あれはたしかに大江戸三美人のひとりにちがいないが、そのときの顔といい科《しな》といい、錦絵《にしきえ》のごとくでございましたな。

今もしばしば考えるのです。丸山小兵衛の戦とは何であったのか、と。

御家人の矜恃《きょうじ》。いや、ちがう。

不浄役人として虐《しいた》げられてきた侍の意地。それもちがう。

ぴたりと嵌《は》まる答がない。

実はこのご訊問《じんもん》のはじめに、「後世司法ノ参考ト為《な》ス」という理由をお聞きしたとき、ハッとしたのです。答はその一言に隠されているのではないか、と。

もしや丸山小兵衛は、人の知恵が人の世を律し、人が人を罰する御法というもののあるべきかたちを、みずからの命を抛《なげう》って示さんとしたのではございますまいか。

太政官か司法省のどなたかが、風聞を耳にしてそれに気付き、詳細を明らかにせよとお命じになった。

どうか、参考となすだの異聞風説の類だのと申されずに、固く永く、皆様の胸におとどめおき下されませ。

友と学んだ寺子屋にて、老師が二人だけに諭した教えがございまする。

「法は民の父母《ちちはは》なり」

出典など存じませぬ。不浄役人の小倅《こせがれ》として、町人の子供らからも疎んじられていた私と丸山に、師はその言葉を贈って下さいました。

御法は民を罰し苦しめるものではなく、父母のごとく民を慈《いつく》しみ護《まも》るものである、と。

「法は民の父母なり」

ならば、世が乱れて法が父母の慈愛を喪《うしの》うたとき、その法にたずさわる者はみずからを法と信じて、救われざる者を救わねばなりますまい。おのれ自身が民の父母にならねばなりますまい。

丸山小兵衛はけっして神仏の化身などではなかった。務めに忠実たらんとすれば、人はみな神仏に似るのでござりましょう。

「おまえには苦労のかけ通しじゃ」

牢屋敷の死罪場の枯柳の下で、丸山は精も根も尽き果てて俯《うつむ》いたまま、そう申しました。

あやつが私に求めたもの、「力を貸せ」というたその力とはただひとつ、土壇場《どたんば》における介錯《かいしゃく》でございました。

翌十二月二十八日の明け六ツ前、まだあたりがほの暗い時刻でございましたよ。丸山が天に代わりてなしたることは、噂《うわさ》にも伝わってはいなかった。

「何も申すな」

私は叱った。この矜《ほこ》り高き武士には、もはやどのような言葉もそぐわぬと思うたからでございます。むしろ要らぬ言葉を口にして、その全《まった》きがわずかでも損われることを私は怖《おそ》れておりました。

銀鼠《ぎんねず》の空も、積もるでもなく降りしきる泡雪も、むろん惜別の言葉すらも、全き武士を穢《けが》しているように思えました。

「もう二言三言は聞いてくれよ」

しかし、丸山は何も言わなかった。そして穢れぬままに血染みの着物の前をくつろげ、気合もろともに脇差《わきざし》を突き立てました。

丸山はそれから物言うたのです。

「まだまだ」、と。

腕の立つ同心はほかにいくらもおりましょうが、その声を聞き届けることのできる者は、私しかいなかった。大上段に振り上げた刀を握り止めておられる者は、彼のすべてを知る私のほかにはいなかったのです。

「いかがか」

「まだまだ」

丸山小兵衛は、多くの人の命を奪ったおのれの罪を、みずから裁いたのでございます。

「いかがか」

「まだ、まだまだ」

それればかりではないのやもしれませぬ。父祖代々の罪を、丸山はそうして雪《そそ》がんとした。不浄役人と呼ばれ続けた所以《ゆえん》を、謂《いわ》れなき汚名とはせずに、わが罪われらが罪としたのでございますよ。

「いかがか」

存分に引き回したあと、丸山は三度目の声に答えてようやく言うた。

「お頼み申す」、と。

双手《もろて》をつかえ、うなじを垂れて。

この死に損ねのつたない話を、しまいまでお聞き下さり、かたじけのうございました。

何ひとつお構いできませぬが、庫裏《くり》の囲炉裏端で少しお休みになられてから、東京へとお帰りなされませ。小僧にはよう言うて聞かせますゆえ、なにとぞご同道をお許し下さい。

つけたりではござりまするが、のちに思いついたことをひとつ。

丸山小兵衛の死にざまは、まこと全きでござりました。末期《まつご》に言うた「お頼み申す」も、おのれの介錯を頼んだわけではござりますまい。

私に向こうてそう言うたのではなく、新しき時代を生くるすべての人々に向こうて、この日本を托したのだと思われまする。

限りなき未来に向こうて。

ちちはのこころもて、おたのみもうす、と。

解説

縄田一男

左様、私も批評家の端くれなれば、浅田次郎先生が近年とみに歴史・時代小説に進境著しいことは、ようく存じているつもりでござりまする。

新選組の斎藤一《はじめ》を、これ以上はないという凄絶《せいぜつ》な筆致で描かれた『一刀斎夢録』や、参勤交代をテーマに、父を亡《な》くして何も知らないまま御供頭の大役を仰《おお》せつかった小野寺一路の成長と人間の素晴らしさをユーモアでくるんでとらえられた『一路』――特に後者は「オール讀物」の第三回「本屋が選ぶ時代小説大賞」を受賞された作品と相成ります。

この「本屋が選ぶ――」について、少々、御説明致せば、今年、つまり四回目の二〇一四年度からは、三人の選者が各々《おのおの》のベスト一〇を選び、その中から候補作を選び選考ということになっておりますが、第一回の二〇一一年から第三回の一三年までは、私が一人で二〇作を選び、その中から候補作を選んでおりました。

ここで余談となってしまうのは心苦しいのでござりますが、一寸《ちょっと》、乱暴な云《い》い方をしますれば、私の批評家としての方針は、放っておいても売れる本の書評はしない——つまりはベストセラー作家の蔭《かげ》になってしまって、実力があるのに、なかなかそれが認められない作家を一人でも多く拾い出す、というものでござりました。

従って、ベテラン作家の作品であっても、よほどのことがない限りは、二〇作の中には入れない、そんな頑《かたくな》な気持でおりました。ところが昨年は、そのよほどのものが二作も出ました。津本陽先生の『信長影絵』とこの『一路』だったのでござります。

浅田先生が歴史・時代小説の手だれであることは、『蒼穹《そうきゅう》の昴《すばる》』にはじまる中国歴史小説や、『壬生《みぶ》義士伝』にはじまる一連の新選組ものを見ても明らかでございますが、私が中途より書評から遠ざかっていたのは、先に申し上げた、放っておいても売れる作家になられたからで——それでも『一路』の斬新さには舌を巻き、ベスト二〇に入れたという次第で、こういうのを、予期せぬ愉《たの》しみというのではござりますまいか。

それでは、そろそろ、この一巻『赤猫異聞』の内容に分け入らせていただきまするが、何しろ、様々に仕掛けのある小説、解説の方を先に読んでおられる方がいらっしゃったら、ぜひともここで本文へ移られることをお勧めする次第でございます。

物語は、明治元年の大火の際の囚人「解き放ち」からはじまりますが、それにしてもよく調べてございますなあ。

作中には「そもそも『赤猫』は放火犯の俗称、総じて火事を指します。しかるに伝《てん》馬町牢屋敷《まちょうろうやしき》におきましては、火の手が迫った際の『解き放ち』をそう呼んでおりました」と記してありますが、私が「赤猫」ということばを覚えたのは、確か故松本清張先生の「赤猫まねき」(『無宿人別帳』所収)であったと記憶してございます。

伝馬町の牢屋敷の敷地は二千六百余坪と書かれていますが、映画やTVでも、なかなかこれだけのセットは組めません。ここで、戦後の映画化作品に描かれた伝馬町の牢屋敷をふり返ってみれば、「燃ゆる牢獄」(監督渡辺邦男、東宝'50)は石出帯刀《いしでたてわき》――作中に「なにしろ江戸開府のころに召し出されて以来、手代りのない一途《いちず》な御役目などほかにはございますまい」と記されておりますように、この名前は、役職ともども踏襲されます――を片岡千恵蔵、解き放たれる方が高田浩吉という配役です。牢屋敷のセットはある程度の大きさを感じさせつつも、全景は出て来ません。

後にも先にも大がかりなセットを組んで全景に近いスケールをつくったのは、沙羅《さら》双樹《そうじゅ》の直木賞候補作を映画化した「獄門帳」(監督大曽根辰保《おおそねたつお》、松竹'55)で、こちらで石出帯刀を演じたのは笠智衆《りゅうちしゅう》、解き放たれるのは鶴田浩二でございました。それから、解き放ちとは関係ありませんが、割合、大きなセットを組んでいたのが、五味康《こう》祐《すけ》の『如月《きさらぎ》剣士』を映画化した「きさらぎ無双剣」(監督佐々木康、東映'62)で、ストーリーは牢人たちを新しい獄舎に移すため与力・同心が総動員され、その間、無法地帯となった江戸の町に火をつける、という陰謀が進められつつある、というもの。万事、派手だがイージーな映画をつくる東映にふさわしく、牢屋敷のことは大岡越前(高田浩吉)が仕切っておりました。

　これは随分、話が逸《そ》れたようでございますな。

　この他にも、伝馬町の牢屋敷で行う打首は山田浅《あさ》右衛《え》門《もん》ではなく、牢屋同心が行うなどというくだりに、かなり時代小説を読んだ方や、小池一夫原作／小島剛夕画の劇画『首斬り朝』を親しまれた方は、正に目からウロコでございましょう。

　また第一話の語り手、中尾新之《しんの》助《すけ》が自分たちのことを不浄役人と幾度も繰り返しますが、江戸開府の際、悪人を取り締まる役目に就いたのは、社会の最下層の人々で、打首の際、罪人が暴れないよう、左右からしっかりと押さえこむのは非人のつとめでございました。

　これらのことどもを味気ない考証ではなく、興味津々《しんしん》たるストーリーの中に溶け込ませるテクニックは相当の手腕でございましょう。

　そしていよいよ、善慶寺《ぜんけいじ》での「解き放ち」となるのでございますが、ここに厄介《やっかい》な囚人が三人いる——三十を過ぎた大年増《おおどしま》で夜鷹《よたか》の元締めの白魚《しらうお》のお仙《せん》、博奕打《ばくちう》ちの信州無宿、繁松、そして、上野の山の戦いの後、江戸市中の空屋敷に潜伏して、官軍の兵隊を夜な夜な斬ってまわったという旗本、岩瀬七之丞《しちのじょう》で。

　本来は「たとえいかなる極悪人でも、火事で焼き殺すは余りに不憫《ふびん》というわけで、鎮火ののちはいつ幾日《いつか》、どこそこに必ずや戻れと厳命して解き放つ。戻ってくれば罪一等を減じ、戻らぬ者は草の根分けても探し出して磔《はりつけ》獄門」というのが定法でございますが、とかく厄介な三人、一時は「斬るほかはござるまい」という乱暴な意見も出たが、その時、一人、異を唱えた者がございました。

　丸山小兵衛《こへえ》でござる。

　齢《とし》の頃なら四十の半《なかば》を過ぎた老鍵《かぎ》役人。色白で下ぶくれの、布袋《ほてい》様のような福相の持ち主で、気性もいたって温厚、大声もあげたことがない。その小兵衛が決然と、三人の「解き放ち」を主張し、三人共に戻れば無罪放免、一人でも逃げれば全員死罪、その折には自分も腹を切る、と明言したのでございます。

　そしてこの後は、その後の三人のことが語られていくのです。白魚のお仙は、意趣返しのため、自分を弄《もてあそ》び牢に入れた与力を殺すべく……。

しかしながら、いまでは、英国人の鉱山技師エイブラハム・コンノオトと結婚し、スウェイニイと改名。「主人は北海道から帰るとじきに、ご奉公の年季が明けます。そののちはイギリスに戻って、母校のオクスフォードで教鞭《きょうべん》を執ることになっておりますの。子供はおそらく、あちらで産むはこびとなりますわね」とのたまうのでございます。

さらに、繁松も、高島善右衛門《ぜんえもん》と改名し、名だたる財閥と肩を並べるほどになっていたのでございます。

だが、かつての任侠《にんきょう》精神はいささかも失っておらず、その云いぐさの小気味良いことといったら、

いわく「助かった、と思ったのはそのときだな。むろん、ずらかるつもりなんざあるもんか。蒙《こうむ》った（丸山小兵衛の）恩を義理で返さずにどうする」。

それから、役人たちがお仙のところへ行ったと知るや「女の古傷を抉《えぐ》るような真似《まね》は許せねえ。理屈じゃあねえぞ。どんな世の中になったって、男は金玉の分だけ目方があるってことを忘れるな」。いわく「そもそも命はてめえひとりのものじゃあござんせんか。百人の人間にゃ百の人生があって、てめえがこうだからおめえもこうだなんて理屈の、通るはずはござんせん」。

いわく「私《あっし》ァこう思う。人間はみんな神さん仏さんの子供なんだから、あれこれお願いするのは親不孝です。てめえが精一杯まっとうに生きりゃ、それが何よりの親孝行じゃございませんか」。

繁松のような男こそ快男児と呼ぶにふさわしいのではございますまいか。

そして三人目、岩瀬七之丞は、フランスに留学し、現在は陸軍士官学校で教鞭を執っているのでございます。

そして、彼のいう

「生きていてよかった」

ということばこそが、この一巻のテーマでございましょう。

そして不思議なことにお仙も繁松も岩瀬も、意趣返しができなかった……。

さらに、誰が三人に生きていてよかった、という思いを抱かせることができたのか。これは、この一巻の本当の主役は誰であったのか、ということとも関わってきますので、ここで明かすわけにはいきますまい。

ここでこの解説のはじめに記した『一路』や『黒書院の六兵衛』の執筆について、作者は、「楽しかったなあ。読んでる人の百倍くらい僕が楽しんでいると思う。僕が感じていることを少しでも多く読者に分けたい、と思って書いているんです。僕にとって小説を書くことは道楽なんですよ。だから体調が悪かったり、機嫌が悪かったり、現実の世界で嫌な目に遭ってるときの方が、良い原稿が書けたりする。楽しい世界にどっぷり浸かってやろうと思っているからね（笑）。本当は、僕の頭の中を、そっくりそのまま読者に提供するのが理想なんです。でも、僕の感じたこと、考えたことは言葉にした途端にどうあがいても別物になってしまうんです。その意味で言葉は無力だなと思います。でも少しでも理想に近づけたいし、読者に楽しんでほしいと思って、日々試行錯誤しながら書いています」。

　ということばで語ってらっしゃる。

　これをもっと嚙《か》み砕いていえば、作家というものは、とかくテーマだ何だといいたがる。しかしながら、自分の作品は単なるエンターテインメントでいい。それ以上のものを読みとるか否《いな》かは、読者に任せるべきではないか――この押しつけがましさのなさが、かえって読者の胸に感動を湧《わ》き立たせるのではありますまいか。

　浅田文学の真骨頂、ここにあり、というべきでござりましょう。

（平成二十六年十一月、文芸評論家）

この作品は平成二十四年八月新潮社より刊行された。

赤《あか》猫《ねこ》異《い》聞《ぶん》

新潮文庫　あ-47-6

平成二十七年一月一日発行

著者　浅《あさ》田《だ》次《じ》郎《ろう》

発行者　佐藤隆信

発行所　株式会社新潮社

郵便番号　一六二―八七一一
東京都新宿区矢来町七一
電話　編集部(〇三)三二六六―五四四〇
読者係(〇三)三二六六―五一一一
http://www.shinchosha.co.jp

価格はカバーに表示してあります。

乱丁・落丁本は、ご面倒ですが小社読者係宛ご送付ください。送料小社負担にてお取替えいたします。

印刷・大日本印刷株式会社　製本・憲専堂製本株式会社

ISBN978-4-10-101927-7　C0193